PLAYLIST

Preludio: Vanitas – Broilers

GOTHAM – Dax

Need A Doctor – Dr. Dre, Eminem, Skylar Grey

Hate Myself – NF

How Should I Feel – Witt Lowry, Meg & Dia
(feat. Meg & Dia)

Beautiful – Eminem

Fallen Angel – Three Days Grace

CASTLE OF GLASS – Linkin Park

Space Bound – Eminem

Final Masquerade – Linkin Park

Ordinary – Alex Warren

CONTENT NOTE

Oops! … You did it again … Möglicherweise.

Dieses Buch hier ist deutlich düsterer als der erste Band. Das liegt vor allen Dingen daran, dass ein wesentlicher Teil der Handlung im Carrow stattfindet, dem Underground-Club meiner männlichen Protagonisten Rome und Asher. Dort spielen neben Drogen und Glücksspiel auch Prostitution und Menschenhandel eine große Rolle.

Das ist in Deutschland längst ein massives Problem, über das zu selten berichtet wird. In den USA kommt erschwerend hinzu, dass Prostitution illegal ist. Betroffene von sexuellen Übergriffen haben daher keine Krankenversicherung, keine Möglichkeit zur Anzeigeerstattung, und es gibt nur wenige Hilfsangebote. Wer »illegal« ist, hat in der Vorstellung vieler Menschen oftmals kein Recht auf Schutz durch das Gesetz.

Ich will hier keine Moralkeule schwingen, aber ich möchte dieses Buch nicht in fremde Hände geben, ohne das Thema kurz angesprochen zu haben. Die Recherche für dieses Buch war zum Teil schwer erträglich, aber sie war mir wichtig. Die folgende Handlung ist also fiktiv, aber sie geht – leider – nicht komplett vorbei an der Realität.

Stellt euch bitte auf sexuelle und physische Gewalt sowie

Missbrauch, Ableismus, Misogynie, Folter, Mord und Brandstiftung ein.

Lest dieses Buch bitte nur, wenn ihr damit zurechtkommt. Da jeder Band in dieser Reihe einen neuen Stoff behandelt, wird es in Band 3 auch wieder um etwas ganz anderes gehen.

Oh, und bei aller Schwere noch eine Sache: Ironischerweise glaube ich, dass »ein gewisser Protagonist, der hier erst mal nicht namentlich genannt wird«, einer der ehrlichsten und (auf seine Art …) auch liebenswürdigsten Charaktere ist, die ich je geschrieben habe.

Zara

PROLOG

ASHER

Ich glaube an Schutzengel.

Und damit meine ich nicht geflügelte Wesen, die irgendeinem Allmächtigen den Kaffee bringen, während er Schach gegen sich selbst spielt und doch mit jeder Partie nur alle anderen verlieren lässt.

Ich meine Menschen, die einen aus den tiefsten Abgründen zerren, selbst wenn man alles versucht, sie stattdessen bis hinab in den Schlund der Hölle zu reißen.

Ich glaube an diese Art Schutzengel.

Aber ich habe nicht geahnt, dass mir mal einer begegnen würde.

1. KAPITEL

EVERLY

Ich nestle mit zitternden Fingerspitzen am ausgefransten Rand des Crop-Tops. Es reicht mir gerade so über die Brüste, und ich muss mich ständig davon abhalten, es weiter hinunterziehen zu wollen, um mich vor den Blicken der Umstehenden zu schützen. Ich stehe inmitten einer riesigen Menschentraube vor einem alten Bauzaun. Ebenso wie ich warten sie alle darauf, ins »Carrow« eingelassen zu werden. Der legendäre Underground-Nightclub wechselt regelmäßig seine Location, um dem wachsamen Auge der Behörden zu entkommen, und erfüllt dabei sämtliche Klischees: Sex, Drugs & EDM. Damit ist er der letzte Ort, an dem man eine stark introvertierte Zwanzigjährige suchen sollte, die noch nie in ihrem Leben auch nur falsch geparkt hat.

Es war eine furchtbare Idee, herzukommen.

Was habe ich mir dabei gedacht?

Ich schließe die Lider und nehme einen tiefen Atemzug. *Du wirst jetzt keinen Rückzieher machen, Everly.*

Was sagte mein Bruder, bevor er wieder einmal mit seiner Freundin zu irgendeinem seiner zahllosen Wochenendausflüge aufgebrochen ist? »*Um dich muss ich mir ja keine Sorgen machen. Du traust dich doch ohnehin nicht vor die Tür.*«

Xaviers kaltherzige Art verletzt mich. Oft. Aber er ist der

Einzige, der mir noch geblieben ist. Nach Moms Tod und … allem anderen. Trotzdem habe ich genug davon, mir jeden Tag von ihm sagen zu lassen, was ich alles nicht kann. Wie unzureichend und schwach ich bin. Er nennt mich die »Prinzessin auf der Erbse«.

Damit ist heute Schluss.

Damit – und mit allem anderen.

Keine Tränen mehr. Keine Albträume mehr. Keine Nervenzusammenbrüche. Und schon gar keine Reglements großer Brüder. Ich werde – ich *muss* – etwas ändern.

Heute.

Jetzt.

Denn alles andere würde wieder nur darauf hinauslaufen, mich im Bett herumzuwälzen und mich in den Schlaf zu weinen wie ein kleines Mädchen. Aufzuwachen und die leblosen Gesichter meiner Eltern vor mir zu sehen. Xaviers wutverzerrte Miene, und wie er Dad vorwirft, Mom umgebracht zu haben.

Hastig verdränge ich die düsteren Gedanken, bevor sie mich in die nächste Panikattacke stürzen können.

Sei stark, Everly.

Ich begradige meine Haltung und erinnere mich an die Worte meiner Ballettlehrerin: »Grazie, Miss Addington! Kinn nach vorn, Schultern nach hinten, Brust raus, Bauch einziehen!« Ich hatte seit Ewigkeiten keine Spitzenschuhe mehr an den Füßen. Aber die Positur ist mir in Fleisch und Blut übergegangen – einmal Tänzerin, immer Tänzerin. So schaffe ich es tatsächlich irgendwie, zwischen den ganzen fremden Menschen meine Fassung zu bewahren, gerade zu stehen und so zu tun, als wären sie alle nicht hier.

Es gelingt mir, bis ich ans Absperrband der Warteschlange gelange. Von hier aus kann ich den schlichten Eingang zum alten Fabrikgelände ausmachen. Die Musik hinter den Mauern ist so laut, dass sie den Boden zu meinen Füßen vibrieren lässt. Ein durchdringender EDM-Beat, der meinen Herzschlag bestimmen wird, sobald ich die Flügeltüren durchschritten habe.

Aber zunächst muss ich an den zwei Türstehern vorbei. Nervös taste ich nach dem harten Plastik des gefälschten Führerscheins. Weil ich erst in drei Monaten einundzwanzig werde, hätte ich ohne das Ding keine Chance, in den Club zu kommen. Ich habe ihn von Scarlett – ausgerechnet. Sie ist Xaviers beste Freundin, und mit Sicherheit würde er zwei Wochen lang kein Wort mehr mit ihr wechseln, wenn er erführe, dass sie mir dabei geholfen hat, einen gefälschten Ausweis zu bekommen. Aber sie weiß, wie es sich anfühlt, in einem goldenen Käfig gefangen zu sein. Nur dass sie ihren goldenen Käfig hasst und ich … die meiste Zeit über dankbar dafür war. So lange habe ich mich darin geborgen gefühlt. Sicher vor der Kälte dort draußen.

Bis mit Moms Tod alles zusammengebrochen ist. Weil mein goldener Käfig sich als genauso grausam, falsch und gnadenlos herausgestellt hat wie die Welt jenseits davon.

Jetzt will ich nur noch vergessen.

Verdrängen – wie mein Bruder es tut.

So tun, als wäre nichts passiert. Weder Moms Tod. Noch Dads Verrat. Oder sein feiger Selbstmord.

Nichts.

Davon.

Ich will Stille in meinem Kopf und Musik in meinem Herzen.

Sehnsüchtig sehe ich hinüber zu der großen Flügeltür. Dahinter wartet sie: meine Nacht. Mein Abenteuer. Meine Flucht.

Gerade treten mehrere Mädchen darauf zu, die garantiert noch jünger sind als ich. Einer der Türsteher bittet auch sofort um ihre Ausweise, woraufhin sich eine Brünette auf Zehenspitzen stellt und ihm etwas zuflüstert. Ihre knallroten Lippen verziehen sich zu einem breiten Grinsen, und wenn sie sich nur noch einen Inch vorbeugt, streifen ihre Brüste seinen Arm.

Er lacht – und deutet in Richtung Flügeltür.

Aber gerade als die Mädchen hindurchtreten wollen, weicht das erste von ihnen entsetzt zurück. Ihr Giggeln verstummt. Und kurz darauf begreife ich auch, warum. Über ihre schlanken Körper fällt ein langer, dunkler Schatten, ein tätowierter Oberarm schiebt sich über ihre Köpfe hinweg und lässt ihre dünnen Gestalten darunter wirken wie Spielpuppen. Spielpuppen, die hilflos gegeneinanderprallen und schließlich im Dreck landen, als sie mit einer einzigen Geste zurückgedrängt werden. Entsetzt japsend rappeln sie sich auf ihre High Heels und eilen am Flatterband vorbei davon. Zurück bleibt nur der durchdringende Geruch ihrer Parfüms.

Hinter mir geht ein leises Raunen durch die Menge. Ich sehe, wie zwei, drei Wartende sich aus der Traube lösen und das Gelände verlassen.

»Lass uns woanders hin. Mongrel ist an der Tür. Der lässt uns garantiert nicht rein«, grummelt ein Typ gleich neben mir. Und entfernt sich ebenfalls.

Irritiert sehe ich zwischen ihm und der Gestalt hin und her, die sich jetzt vollständig in das schwache Neonlicht vor dem Eingang schiebt. Selbst die massive, zweiflügelige Tür, die mir vorhin noch riesig vorkam, scheint aufgrund seiner schieren Größe zusammenzuschrumpfen.

Das dort ist kein Mann. Es ist ein Monstrum. Nicht nur,

weil er so hochgewachsen ist. Sondern auch, weil seine Schultern breiter sein dürften als jede Sessellehne. Er ist kein Bodybuilder mit magerem Körper, der vielleicht hübsch anzusehen ist, aber in der Realität kaum Kraft hat. Das dort ist das Sinnbild des TikTok-Memes, bei dem ein Lkw in einen Kerl rast und zerschellt, während Letzterer unbeeindruckt weiterläuft.

Und ich sollte davon definitiv nicht ansatzweise so fasziniert sein, wie es tatsächlich der Fall ist.

Aber die Wahrheit ist: Ich kann meinen Blick nicht von ihm abwenden. Es ist hypnotisierend, wie bei jeder kleinsten Bewegung ein Muskelstrang fließend in den anderen greift und die dunkle Tinte auf der Haut dabei tanzen lässt. Noch von hier aus, mehrere Schritte entfernt, kann ich dieses Schauspiel mühelos beobachten.

Es sollte mir Angst machen.

Nein, es *macht* mir Angst.

Trotzdem wende ich nicht den Blick ab.

Selbst dann nicht, als er den Kopf hebt und die Masse mustert, die darauf wartet, eingelassen zu werden. Und schließlich geradewegs mich ansieht.

Mir kriecht eine brennende Hitze den gesamten Körper hinauf. Plötzlich fühle ich mich noch viel winziger, noch viel deplatzierter als ohnehin schon.

Auf seiner Stirn bildet sich eine tiefe Falte, er verengt die Augen und verzerrt sein Gesicht zu einer feindseligen Grimasse.

Ich ziehe die Schultern hoch und die offenen Enden meiner Lederjacke fest um mich, als könnte ich mich dadurch wenigstens ein bisschen vor seiner intensiven Musterung schützen. Die Jacke gehörte mal Xavier und riecht noch immer nach ihm. Aber das beruhigt mich gerade überhaupt nicht. Die eiskalten Metallzinken des Reißverschlusses reiben über die nackte Haut an meinem Bauch, und allerspätestens jetzt bereue ich es wirklich, nicht einfach ein langes T-Shirt angezogen zu haben. Oder wenigstens eine Hose. Stattdessen trage ich einen Rock, der selbst für den Geschmack der Mädchen an meiner ehemaligen Highschool zu kurz geraten wäre. Meine unbedeckten Beine beginnen zu zittern, und fast bin ich mir sicher, dass *er* es erkennen kann. Mongrel, der Türsteher. So, wie er mich jetzt ansieht, mit dieser skurrilen Mischung aus Süffisanz und Verärgerung, weiß er, dass ich kurz davor bin, auf dem Absatz kehrtzumachen und wegzurennen. Und zwar so schnell ich kann. Einzig und allein, weil er den Anschein erweckt, als würde er mich jeden Moment mit Haut und Haaren verspeisen. Nicht sicher, auf welche Art und Weise – nur dass am Ende garantiert nichts mehr von mir übrig bliebe.

Ja, ich sollte definitiv rennen.

Aber ich bleibe an Ort und Stelle. Unfähig, mich zu rühren.

Bis irgendwer mich von hinten anrempelt. »Hey, was stehst du so rum? Wir wollen alle rein. Also beweg gefälligst deinen süßen Arsch nach vorn.«

Mir bleibt nichts, als genau das zu tun: einen Schritt vor den nächsten zu setzen, auch wenn ich mich in den ungewohnten High Heels auf einmal fühle, als würde ich versuchen, über Wasser zu laufen.

Mit klopfendem Herzen blicke ich dem Anfang der Schlange entgegen. Vor mir sind noch fünf, vier, drei, zwei Gäste, die ebenfalls ins Carrow wollen.

Und dann bin ich an der Reihe.

Mit zitternden Fingern packe ich den gefälschten Führerschein und halte ihn geradewegs dem erstbesten Türsteher entgegen, in der Hoffnung, dass mir die unmittelbare Begegnung mit diesem Mongrel einfach erspart bleibt.

Aber ich habe Pech.

Große, schwielige Finger reißen mir die kleine Plastikkarte aus der Hand. Ich wage es nicht einmal, den Blick zu heben, sondern starre lediglich auf den fadenscheinigen Stoff seines T-Shirts. Es ist dunkelbraun und so locker geschnitten, dass ich es vermutlich als Zelt aufbauen und bequem darunter schlafen könnte. Trotzdem heben sich die Muskelpartien deutlich ab: der Übergang vom Trapez in die Schultern und weiter in die Brustmuskeln. Sie sind so ausgeprägt, dass der Stoff lose davon hinabfällt. Nur an der Stelle, an der ein Zipfel in der schwarzen Jeans steckt, kann ich die letzten Ausläufer seines Sixpacks erahnen.

Was lediglich bedeutet, dass ich ihn viel zu lange angestarrt habe. Schon wieder.

Nervös blinzle ich nach oben, in der Hoffnung, dass es ihm womöglich einfach gar nicht aufgefallen ist. Weil er zu sehr mit meinem Ausweis beschäftigt ist, anstatt mit der Frage, wo ich wohl gerade hinschaue. Aber ich habe kein Glück. Als mein Blick flüchtig sein Gesicht streift, bleibt kein Zweifel daran, dass er genau weiß, womit ich die letzten zehn Sekunden zugebracht habe. Dass ich ihn offen angestarrt habe. Und er scheint alles andere als amüsiert darüber. Ich fühle mich wie eine kleine Motte, die von einem faszinierenden Leuchten angelockt wurde und jetzt mit einem letzten Stromstoß aus der Elektrofalle ins Jenseits befördert wird.

Ich bin mir sicher, dass genau das jeden Moment eintreten wird und hoffe nur noch, dass er mit mir nicht verfährt wie mit den Mädchen vorhin – und ich mit dem Gesicht voran im Dreck lande …

Doch gerade als ich mein Schicksal schon akzeptieren will, ertönt schräg hinter mir Motorengeheul und wird von einzelnem Johlen und Rufen aus der Menge beantwortet. Irritiert drehe ich mich herum. Ein blauer Sportwagen rast direkt auf mich zu. Die grellen Scheinwerfer leuchten mir geradewegs ins Gesicht, ich kneife die Lider zu und begreife zu spät, dass ich vermutlich lieber zur Seite springen sollte, anstatt mich um mein Augenlicht zu sorgen.

Aber es macht wohl keinen entscheidenden Unterschied mehr, ob ich nun von einem Türsteher zu Hackfleisch verarbeitet werde oder von einem Sportwagen zu Mus gefahren …

Das Motorengeheul verstummt. Um meine Beine schmiegt sich wohlige Wärme, und das leise Knistern eines gerade erst abgestellten Wagens dringt bis an meine Ohren.

Eine Autotür knallt zu, und ich traue mich, die Lider zu heben, nur, um mich im selben Moment schon wieder einem großen Kerl gegenüberzusehen. Allerdings trägt dieser hier ein edles, schwarzes Button-up, das sich eng an einen schlanken Körper schmiegt.

»Hey, hab ich dich erschreckt?«

Ich blinzle, aber wage es nach meinem Schock von gerade eben nicht, den Blick bis zu seinem Gesicht zu heben. Stattdessen bleibe ich an schmalen Lippen und einem so charmanten Lächeln hängen, dass mein Magen nervös zu flattern beginnt.

»Ein bisschen«, flüstere ich.

Er streckt schlanke, saubere Finger nach mir aus. Es prickelt, als sie meine Haut berühren, mein Kinn heben und meinen Blick geradewegs in seinen zwingen. Aus hübschen, braunen Augen mustert er mich aufmerksam. »Das tut mir leid«, sagt er.

Aber ich bin mir sicher, dass er es nicht meint. Ich kann es erkennen. An der Art, wie er mich ansieht. Wie seine Mundwinkel sich kräuseln. Und seine Augen spöttisch auf mich herabblitzen.

Doch es stört mich nicht.

Im Gegenteil. Es fasziniert mich.

Er beugt sich zu mir herab. Mir steigt sein Geruch aus kalter Minze und warmem Oud in die Nase. Seine Lippen streifen meine Ohrmuschel, und mir rinnt ein Schauer aus Nervosität den Nacken hinab, als er flüstert: »Begleitest du mich nach drinnen?«

Noch ehe ich zugestimmt habe, schlingt er seinen Arm um meine Taille. Seine Fingerspitzen schieben sich bis unter das Leder meiner Jacke und streifen die nackte Haut an meinem Bauch. Auf die plötzliche Nähe bin ich nicht vorbereitet. Mich hat noch nie zuvor ein fremder Mann dort berührt, und von der Stelle schießt ein Impuls aus Aufregung, Überraschung und Lust durch meinen ganzen Körper. Ich beginne zu straucheln und wäre beinahe über meine eigenen Füße gestolpert.

Ich greife blind nach Halt, finde den Unterarm des Fremden und kralle mich an seinen weichen Muskelsträngen fest. Sie spannen sich unter meinem Klammergriff an, bis sie sich eisern anfühlen.

Reiß dich zusammen, Everly. Du bist nicht mehr das kleine Mädchen. Du bist eine erwachsene Frau. Genau das willst du doch heute beweisen, oder nicht?

»Entschuldige«, murmle ich, will mich schon von ihm lösen, aber werde im nächsten Moment nur noch näher gegen den warmen Körper gedrängt.

»Dafür musst du dich nicht entschuldigen, mein Täubchen«, sagt er.

Ich stehe zu dicht bei ihm, als dass ich ihm auch nur in die Augen sehen könnte. Lediglich das herablassende Schmunzeln, das seine Lippen ziert, kann ich mühelos erkennen.

Mit hartem Griff lenkt er mich in Richtung der Flügeltüren.

»Ich bin übrigens Rome, mein Täubchen. Mir gehört dieser Club.«

Mein Name scheint ihn nicht sonderlich zu interessieren. Er hat eine Bezeichnung für mich gefunden. Alles andere – ist ihm egal.

Und irgendwo dort, sehr, sehr tief in meinem Inneren, schreit eine Stimme, dass ich etwas unfassbar Dummes tue, indem ich mich ihm so einfach überlasse.

2. KAPITEL
ASHER

Francesca Bertinelli

Steht auf dem gefälschten Führerschein.

Wenn dieses Mädchen dort »Francesca Bertinelli« heißt, dann bin ich fucking Donald Duck.

Ich habe sie schon einmal gesehen. Irgendwo. Sie hat ein Gesicht, an das man sich erinnert. Dass mein Bruder sofort seine gierigen Finger nach ihr ausgestreckt hat, war zu erwarten. Rome liebt hübsche Dinge. Und das dort – ist ein verdammt hübsches Ding. Das Problem ist, dass mein Bruder seine neu errungenen Spielzeuge auch sehr schnell kaputt macht. Das war schon immer so: mein erstes Fahrrad, meine erste Playstation, meine erste Freundin – ich konnte mich felsenfest darauf verlassen, dass Rome alles finden, benutzen und zerstören würde, sobald sich die Gelegenheit dazu ergab.

Ich habe also damit begonnen, ihm diese Gelegenheiten so selten wie möglich einzuräumen. Es ist ein Tanz auf Messers Schneide, denn wenn man Rome nicht mit Spielzeug versorgt, wird ihm langweilig. Und das ist mindestens genauso fatal …

Aber als ich die Masse der Wartenden mustere, die vor mir steht und um Einlass in einen Club bettelt, den keiner freiwillig betreten wollen sollte, fällt mir niemand ins Auge, mit dem ich meinen Bruder ablenken könnte. Keine einzige der Anwesenden ist ansatzweise so hübsch wie die Kleine, die definitiv nicht Francesca heißt. Ich kann ihm kein Ersatzspielzeug in die Hand drücken. Im Gegenteil: Ich schicke die Hälfte der Leute wieder nach Hause, weil sie mir gefälschte Ausweise unter die Nase halten oder auf Stress aus sind oder schlicht und ergreifend scheiße aussehen.

Im Gegensatz zu den vorherrschenden Gerüchten hasse ich es, an der Tür zu stehen. Es ist verdammt langweilig. Und die Einfälle, um doch noch irgendwie an mir vorbei in den Club zu kommen, werden immer lächerlicher. Als ich einen Kerl dabei erwische, wie er seinen Kumpel in einer Fake-Wampe mit reinschmuggeln will, hab ich keinen Bock mehr.

»Übernimm du«, wende ich mich an Rodriguez, einen aus unserer Crew, der fast immer hier draußen steht.

Er nickt.

Aber das reicht mir noch nicht. »Ich mach gleich drinnen meine Runde. Und wehe, ich erwische dort irgendwelche Kindergartenkinder, weil du nicht aufgepasst hast. Dann darfst du die Kotze mit deinen Fingernägeln aus den Ritzen der Dixi-Klos kratzen, hast du mich verstanden?«

»Ja«, erwidert er zerknirscht.

Ich wende mich ab und gehe in Richtung Club, nicht ohne ihm noch zum Abschied meine Schulter reinzurammen. Der Ärmste strauchelt und wäre fast auf die Fresse geflogen. Ich verdrehe die Augen. Am besten, ich schick ihm George mit raus. Der Junge hat zwar nicht eine funktionierende Gehirnzelle, doch dafür sieht er wenigstens aus wie

Jason Momoa. Zumindest … bis zum Halsansatz. Hat ein Gesicht, das nur seine Mama lieben kann. Aber damit ist er im Security-Team weiß Gott nicht der Einzige.

Während ich die Tür unserer aktuellen Location aufstoße, werfe ich einen Blick auf die Zeitanzeige meines Smartphones. Mitternacht. Wir sind seit einer knappen Stunde offen, und drinnen ist längst die Hölle los.

Wir haben einen Mainfloor mit Stage und Livemusik, wo sich die meisten Ahnungslosen tummeln, die nur hier sind, um vor ihren College-Freunden damit angeben zu können, einmal im Carrow gewesen zu sein. Sie wissen nicht, was das Besondere an diesem Club ist – und sie werden es auch nie erfahren.

Hier drüben riecht es noch nach teurem Aftershave und Schweiß. Ich gehe die provisorischen Bartische am Rand ab, die wir immer wenige Stunden vor Eröffnung befüllen. Da wir die Location ständig wechseln müssen, ist hier rein gar nichts fancy. Die Getränke sind so lange kalt, wie das Eis nicht geschmolzen ist, und wer das wacklige Ensemble aus Bierzeltgarnituren umschmeißt, auf dem wir unseren Hochprozentigen lagern, den kann selbst ich nicht mehr vor der Rache der Meute bewahren.

Im hinteren Teil des großen Floors werden in circa ein, zwei Stunden Junkies und notgeile College-Studenten wahlweise ihre Zurechnungsfähigkeit oder ihre Unschuld verlieren, möglicherweise auch beides. Aber noch ist dort wenig los. Nur zwei Mädchen, die kreischend vor mir weglaufen, sobald sie mich sehen.

Ich schüttle genervt den Kopf und trete den Weg in Richtung des Bauzauns an, der den Mainfloor vom Seitentrakt trennt. Dahinter spielt sich offiziell nichts anderes ab als Stauraum – Nachschub für die Bar. Neunzig Prozent der

Leute, die drüben durch die Flügeltüren treten, glauben, sie hätten es damit in den berühmt-berüchtigten Underground-Club geschafft. Tatsächlich beginnt das »Carrow« erst hinter diesen Metallstreben.

Ich nicke Bully zu – sein Name ist Programm: Er lässt niemanden rein, der dort nicht hingehört.

»Den Boss gesehen?«, frage ich.

Er nickt stumm nach hinten.

Und ich folge der Geste. Bis er anfügt: »Will sicher nicht gestört werden.«

Ich drehe mich halb zu ihm um. Gerade früh genug, um noch sein dämliches Grinsen zu sehen.

»Ach ja?«

Er kichert. Knapp zweihundertfünfzig Pfund stehen vor mir und giggeln wie eine Vierzehnjährige auf Lachgas.

»Was ist so witzig?«

Er wird schlagartig ernst. »Nichts.«

Ich gehe weiter. Drüben auf dem Mainfloor habe ich das Mädchen nicht entdeckt. Rome kann sie also nur mit hergeschleppt haben. Allerspätestens nach Bullys albernem Verhalten ist es offensichtlich: »Francesca« steckt irgendwo hier in den Tiefen des Carrows. Und vermutlich sollte sie froh sein, wenn Rome sie nur in unseren Cage gesteckt und zur Unterhaltung der männlichen Gäste hat tanzen lassen, bis jemand sie freikauft.

3. KAPITEL
EVERLY

»Erzähl mir, was führt dich her, Täubchen?«, fragt Rome, während er mich an der wogenden Masse eines riesigen Dancefloors vorbeiführt, die ihn überhaupt nicht zu interessieren scheint.

Ich hingegen spüre ihre Blicke auf mir, als wären es ausgestreckte Hände. Zahllose, verwirrte Gesichter, die mich anstarren. Weil ich hier neben ihm herlaufe, seinen Arm fest um meine Taille geschlungen, und Mühe habe, auf meinen High Heels mit seinen langen, selbstsicheren Schritten mitzuhalten. In ihren Augen lese ich dieselbe Frage, die mich beschäftigt, seit er mich vor seinem Club aufgelesen hat: *Warum ich?*

»Ich brauchte dringend Ablenkung«, antworte ich.

Rome legt den Kopf in den Nacken und lacht, als hätte ich etwas Amüsantes gesagt. Sein Lachen ist befreiend. So sorglos und ansteckend.

»Dann bist du zum richtigen Ort gekommen«, sagt er schließlich, bleibt im selben Moment stehen, und weil ich den plötzlichen Halt nicht erwartet habe, pralle ich förmlich gegen seinen Körper. Aber er scheint es kommen sehen – nein, *beabsichtigt* – zu haben, denn er zieht mich noch näher zu sich, bis mein Gesicht im weichen Stoff seines Hemds versinkt. Seine Lippen streifen über meine Stirn, und er sagt: »*Wovon* willst du dich ablenken?«

Ich rücke ein Stück von ihm ab, nur gerade so weit, dass ich ihn ansehen kann – und kein bisschen mehr hätte er zugelassen. Er erwidert meinen Blick, den Kopf schief gelegt und unübersehbare Neugier in den dunklen Augen.

»Von meiner Familie«, sage ich zögerlich. Weil ich bezweifle, dass ihn die Details interessieren. Und weil ich nicht über sie nachdenken will.

»Familie«, wiederholt er summend. »Oh, ja, das kann quälend sein.«

Er legt eine Hand um mein Gesicht, sein Daumen streift über meinen Kiefer, meine Wange, mein Kinn – und schließlich meine Unterlippe. »Es sollte verboten sein, einer Schönheit wie dir wehzutun, weißt du?«

Ich schlucke. Weil die Intensität seines Blickes mich verunsichert. Selbst mein Herzschlag rennt plötzlich dem dröhnenden Bass der lauten Musik davon.

»Mache ich dich etwa nervös?«

Ich nicke, selbst wenn ich in seinem Griff kaum Spielraum für die Geste habe. Aber ich schaffe es auch nicht, ihm zu antworten. Mir ist noch nie jemand begegnet, der so … so überwältigend ist wie dieser Mann.

Es gibt ein Gleichnis, in dem es heißt, es brauche nur eine einzelne Kerze, um einen riesigen Raum mit Licht zu füllen. Rome ist wie diese Kerze. Nur dass er den Raum nicht mit Licht füllt – sondern mit Dunkelheit.

»Möchtest du gehen?«

Was er wohl täte, wenn ich jetzt bejahe? Würde er mich tatsächlich gehen lassen? Oder hat er mir die Frage nur gestellt, weil er meine Erwiderung längst kennt: dass ich in seiner Gegenwart darauf nur mit Nein antworten kann.

Trotzdem hebe ich den Blick, sehe ihn so geradeheraus an, wie ich nur kann, bevor ich ihm entgegne: »Ich bin nicht hergekommen, um mich zu verstecken. Ich will vergessen. Ich will, dass die Welt dort draußen verschwindet und nur das Jetzt noch zählt.«

Er lächelt schmallippig, macht eine Verbeugung vor mir, als wäre er ein Bediensteter und ich seine Prinzessin. »Ich verspreche dir, die kommende Nacht wird vollkommen einzigartig sein, mein Täubchen. Du wirst über nichts nachdenken als das, was genau hier, genau jetzt passiert.« Beim letzten seiner Worte legt er seine Lippen spielerisch auf meine Hand, haucht einen Kuss darauf und sieht doch im selben Moment zu mir auf, als hätte ich gerade einen Pakt mit dem Teufel geschlossen. »Komm, ich zeige dir mein bescheidenes Reich. Und dann gehen wir zur Bar und suchen etwas, womit wir dich aufheitern können.«

Er führt mich bis zu einem Bauzaun, nickt einem Bouncer zu und geleitet mich anschließend durch ein Labyrinth aus Geröll, Metallschrott und zerfallenem Mauerwerk. Bis sich hinter einer dicken Wand aus Backstein ein weiterer Saal vor uns öffnet.

Giftgrünes Licht aus Laserscheinwerfern wird von stählernen Pfeilern reflektiert, zwischen denen vereinzelt Zäune gezogen sind und Räume begrenzen, in die man freien Einblick hat: Pokertische, eine Bar, ein Dancefloor. Ganz am Rand gibt es eine Metalltreppe, die nach oben führt. Frei einsehbar ist auch die schmale Brücke, die auf halber Höhe der Treppe abzweigt. Sie hängt an Drahtseilen von der Decke und zieht sich einmal quer über den gesamten Floor. Als Geländer dienen nur dünne Metallstreben. Wie ein tief über der Menge schwebendes Gefängnis. Und wie in einem Gefängnis, gibt es nur eine einzige bewachte Tür.

»Was ist das?«, frage ich, ohne anzunehmen, dass ich eine Antwort darauf bekäme.

Aber Rome erwidert: »Das da, mein Täubchen, ist ein Dance-Cage. Böse Mädchen sperren wir dort oben ein, bis jemand bereit ist, ihre Ablösesumme zu zahlen und sie mitzunehmen. Doch das ist nichts, was dich interessieren muss, nicht wahr?« Er legt zwei Finger unter mein Kinn, hebt mein Gesicht an und mustert mich aufmerksam. Als hielte er einen Diamanten ins Licht, begutachtet er jeden Inch im grünen Schimmer der Laserstrahlen, die mich immer wieder streifen. Bis er schließlich sagt: »Du bist viel zu gut dafür. Eine Prinzessin wie du gehört dort nicht hin.«

Ich bin so überwältigt von alledem, dass ich keinen Laut herausbekomme. Nicht einmal Atem zu holen wage ich unter seinem Blick noch. Er ist so eindringlich, dass es mir Angst macht. Nicht die rationale Art von Angst, die ich vor dem Ungetüm von einem Mann draußen an der Tür hatte. Nein, das hier ist anders. Es ist ganz anders. Es ist die Art von Angst, für die es keine vernünftige Erklärung gibt. Lediglich dieses vage Gefühl, wie ein Kratzen von Fingernägeln an der Schädeldecke. Ein unverdrängbares *»Renn, solange du noch kannst«*. Und die gleichzeitige Starre aus Faszination und Schock.

Warum bringt jemand wie er ausgerechnet *mich* hierher?

Im Gegensatz zu allem, was ich vor mir sehe, bin ich … unspektakulär. Ein Fake. Auf meinen Heels kann ich nicht laufen. Meine Lederjacke ist mir zu groß. Entweder zupfe ich am Saum meines Rocks oder dem meines Crop-Tops. Die wenigen Frauen, auf die ich einen Blick erhasche, haben Kurven wie Göttinnen und bewegen ihre Körper selbstsicher und lasziv. Eine von ihnen steht dort drüben neben einem schlanken Kerl und degradiert ihn mit ihren Bewegungen zu einem Dance Pole. Einem Accessoire, das neben ihr still zu stehen hat, während sie die Blicke aller Anwesenden bedingungslos auf sich zieht. Selbst wenn ich hundert Stunden vor dem Spiegel stehen und üben würde, wäre ich doch niemals in der Lage, mich so zu bewegen wie diese Diva.

Ich wünschte wirklich, ich könnte es. Jemand anderes sein. Jemand wie sie. Und nicht ich. Alles, nur nicht ich.

Plötzlich klatscht Rome neben mir in die Hände. Als ich den Blick hebe, wirkt seine sonst so sorglose Miene ungehalten, und unwillkürlich frage ich mich, ob ich Anlass dafür geboten habe. Tatsächlich versinken alle in unserer unmittelbaren Umgebung in abrupte Stille, die sich lähmend im gesamten Raum ausbreitet, als selbst die Musik abgestellt wird.

»Roxanna!«

Die Frau, die ich gerade eben noch so schamlos angestarrt habe, hält in ihren Bewegungen inne und sieht zu uns herüber. »Rome«, haucht sie, in einer tiefen, rauchigen Frauenstimme und setzt einen Schritt auf uns zu.

Doch er sieht sie nicht einmal an. Stattdessen nickt er nachlässig nach oben und sagt: »In den Cage mit dir. Mindestgebot fünftausend Dollar.«

Ein Raunen geht durch die Menge.

Ich runzle die Stirn und blinzle verwirrt zwischen der schönen Frau und der schwebenden Gitterbrücke hin und her. Er will sie doch nicht wirklich dort oben einsperren, bis jemand fünftausend Dollar für ihre Freilassung zahlt?

Aber ehe ich mich dazu durchringen kann, meine Frage laut zu stellen, erwidert Roxanna: »*Warum?*«

Rome sieht zu mir herab, trägt ein schiefes und geradezu unheimliches Lächeln im Gesicht. »Du hast meine Begleitung traurig gemacht.«

Ich schüttle den Kopf, öffne schon den Mund, um zu widersprechen, doch er kommt mir zuvor: »Lüg nicht, mein Täubchen.« Zungenschnalzend geht er vor mir in die Knie, bis ich diejenige bin, die auf ihn hinabblicken kann – auch wenn mir das nicht den Hauch eines Gefühls von Überlegenheit vermittelt. Er legt zwei Finger unter mein Kinn und sagt: »Ich *hasse* Lügen. Wenn ich selbst einem engelsgleichen Geschöpf wie dir eines nicht verzeihen könnte, dann wäre es die Unwahrheit.«

4. KAPITEL

ASHER

Als ich das Herzstück des Carrows betrete, ist es nicht »Francesca«, die in den Dance-Cage klettert – es ist Roxanna.

Was nicht gut ist.

Roxanna ist eine unserer besten Tänzerinnen. Unter den Bouncern nennen wir sie die »Puff-Mutter«, weil sie ein Auge auf die Jüngsten hat und dafür sorgt, dass Kerle mit »besonderem Geschmack« mit den passenden Mädchen auf ihre Kosten kommen – anstatt sich einfach zu nehmen, was sie haben wollen …

Rome lässt keinen Wunsch unerfüllt. Im Carrow wird jeder noch so abgefuckte Kink befriedigt, wenn dafür die richtige Summe über den Tisch geht. Er würde mich in eine verdammte Leichenhalle einbrechen lassen, wenn es das ist, was einer seiner Kunden im Bett haben will. Aber wie jeder gute Dienstleister möchte nicht einmal Rome, dass seine beste Ware beschädigt wird. Es sei denn, er macht sie selbst kaputt …

»Was hat sie angestellt?«, frage ich den nächstbesten Stammgast an einem unserer Pokertische.

Er zuckt zusammen, als er meine Stimme hört, blickt an mir hoch und wirkt erleichtert, als er meine ausdruckslose

Miene sieht. Nein, ich bin nicht hier, weil er einen gezinkten Kreuzbuben hinter seiner lächerlich breiten Krawatte versteckt.

»I-irgendwas mit der Neuen«, stottert der Kerl und zupft nervös an seinem Hemdkragen.

»Welcher Neuen?«

Er nickt in Richtung Bar. Und als ich seiner Geste folge, erkenne ich den dunklen Haarschopf meines Bruders. Rome hat seinen Arm noch immer besitzergreifend um sein kleines Spielzeug geschlungen. Nicht mal den Blick kann er von ihr abwenden. So besessen ist er von ihr.

Verdammt, ich frage mich wirklich, wo ich sie schon einmal gesehen habe. Angesichts ihrer Schönheit hätte ich auf Magazin-Cover, Werbetafeln, sogar eine fucking Kinoleinwand getippt. Aber dazu ist die Kleine viel zu schüchtern. Auch wenn ich ihr eines lassen muss: Sie erwidert den Blick meines Bruders, ohne mit der Wimper zu zucken. Hab manche Kerle gesehen, die seit Jahren für ihn arbeiten und das bis heute nicht fertigkriegen.

»Roxy hat sie traurig gemacht. Oder so«, erinnert der Pokerspieler mich sowohl an seine jämmerliche Existenz wie auch an meine Frage nach Roxanna.

Romes bescheuerte Psychospielchen gehen mir auf den Sack. Wahrscheinlich hat Roxanna beim Anblick von Romes Abendbegleitung beweisen wollen, wer hier die beste Hure im Club ist. Puff-Mutti hin oder her – namenlose Konkurrenz kann auch sie nicht ausstehen. Und aus diesem Grund hat Rome sie eben in den Käfig gesperrt.

Ich überschaue die Anwesenden. Irgendein reicher College-Bubi wird sich schon finden, der einen Tausender dafür springen lässt, Roxanna für eine Nacht in sein Bett zu holen.

Das ist die Regel: Wer im Cage eingesperrt ist, muss sich

der Masse so lange anbiedern, bis jemand bereit ist, eine horrende Summe für ein paar Stunden Spaß zu zahlen. Manchmal finden sich sogar mehrere – dann wird hier geboten wie auf dem Viehmarkt.

Wenn hingegen niemand bereit ist, auch nur das Mindestgebot zu leisten, lässt Rome die Mädchen oft bis in den folgenden Nachmittag hinein dort verrotten. Und das ist noch das geringste Übel. Problematisch sind die männlichen Kunden, die er ihnen danach zuteilt. Meistens krieg ich dann irgendwann einen Anruf, das Mädchen vom Hotel abzuholen und zum Doc zu bringen. Der flickt sie wieder zusammen, ohne nach einer Versicherung zu fragen. Und wir fragen ihn nicht nach seiner Lizenz.

So oder so bemühen sich die meisten Mädchen nach Leibeskräften, aus dem Cage so schnell wie möglich wieder herauszukommen. Die daraus resultierenden Darbietungen sind legendär. Immerhin können sie damit auch innerhalb kürzester Zeit eine ganze Menge Kohle machen: Bietet die halbe Meute auf dasselbe Mädchen, hat es monatelang ausgesorgt. Sie hätte eine Chance auf einen kompletten Ausstieg. Aber es ist ein Spiel mit dem Feuer. Denn wenn niemand bietet, wird sie den kommenden Tag nie wieder vergessen.

»Wie viel kostet sie?«, frage ich den Pokerspieler.

»Roxy? Mindestgebot liegt bei fünftausend.« Seine Augen haften inzwischen – wie die des halben Saals – an Roxannas Gestalt, wie sie sich zwischen den Käfigstäben räkelt. Sie hat ein Bein fest um eine der Stangen gewunden und lässt sich hinterrücks daran herabhängen, präsentiert die nackte, braune Haut ihrer Schenkel und ihres Hinterns. Ihre schwarze Mähne flutet durch das Gitter und ist so lang, dass man sie von der Tanzfläche aus fast mit Händen greifen könnte –

und manche der Kerle versuchen es sogar. Aber dann stellt sie sich wieder aufrecht hin, wirft einen feurigen Blick in Richtung Bar und stolziert im Takt der Musik weiter in eine andere Ecke des Cages. Wie ein Tiger im Käfig.

Man sieht ihr an, wie wütend sie ist. Sie würde Rome die Augen auskratzen, wenn sie könnte. Aber das kann sie nicht. Weil ich hier stehe. Und der einzige Kerl in diesem Raum bin, der sie nicht anstarrt, weil er notgeil ist – sondern um ihr klarzumachen, dass sie ihre Wut schlucken und brav buckeln wird. Sie gehört immerhin zu denjenigen, die heute Nacht gutes Geld verdienen werden. Soll sie gefälligst daran denken. Und nicht an die Tatsache, dass Rome sie vor versammelter Mannschaft zu Fleischware degradiert hat, die jeder x-Beliebige haben kann, der dafür zahlt.

Offiziell liebe ich meinen großen Bruder nämlich abgöttisch. Und würde alles für ihn tun.

Wirklich fucking *alles*.

Ich wende meinen Blick von Roxanna ab und sehe zurück zur Bar. Dort schiebt die kleine Francesca, die nie und nimmer Francesca heißt, gerade eine ihrer dichten, blonden Haarsträhnen über ihre linke Schulter. Bei jeder anderen hätte ich vermutet, dass es ein Trick ist – um den Kerlen um sie herum mehr Einblick zu gewähren. Auf ihren hübschen, grazilen Hals. Die schmalen Schultern. Die Ansätze ihrer weichen Brüste. Aber garantiert ist es das nicht. Die Kleine hat absolut keine Ahnung davon, welche Wirkung sie auf Männer hat – noch ohne dass sie dafür irgendwelche Kunststücke an Metallstangen vollführen muss.

Ausgerechnet diese unschuldig-elegante Geste ist es auch, die mich erinnern lässt, wo ich sie schon einmal gesehen habe.

Es war tatsächlich eine Zeitschrift. Aber kein Cover –

sondern lediglich eine Randnotiz. Sie war das arme, kleine Anhängsel. Die bemitleidenswerte Tochter eines Mörders, der seine eigene Frau auf dem Gewissen hat. Und das Leben Dutzender anderer.

Das dort – ist Everly Addington.

Die jüngere Schwester von Xavier Addington, dem steinreichen Fuckboy meiner Halbschwester Jayna.

Rome *hasst* Jayna.

Er hasst sie so sehr, dass er einmal versucht hat, sie umzubringen. Was Xavier wiederum alles andere als witzig fand. Weswegen er meinem Bruder daraufhin mit einem miesen Trick die russische Mafia auf den Hals hetzte.

Ich muss zugeben: Der Schachzug war nicht unklug. Es hat mich Wochen gekostet, herauszufinden, dass Addington junior dahintersteckte. Und Monate, um den von ihm verursachten Schaden bei den Russen wieder halbwegs zu reparieren.

Wobei »reparieren« ein dehnbarer Begriff ist. Nach Romes Ansicht ist absolut nichts repariert. Denn seither zahlen wir Monat für Monat ein hübsches Sümmchen an die Zharkov-Familie, damit sie uns nicht mit Kalaschnikows die Bude lüften. Im Gegenzug »dürfen« wir im Club alles Mögliche verticken – bevorzugt natürlich Drogenimporte aus Russland.

Stichwort Schutzgeld: Ich darf demnächst wieder mal Scheine zählen. Die nächste Geldübergabe an Zharkov findet in einer Woche statt, und ich werde den Teufel tun und irgendwen anders damit beauftragen.

Rome ist in dieser Zeit immer besonders … moody. Kein Wunder, dass er Roxanna in den Cage gesperrt hat. Wer weiß, was ihm morgen einfällt, um sich von der Tatsache abzulenken, dass er ein Viertel seiner Einnahmen kommentarlos den Russen zu überlassen hat.

Aber vor allen Dingen – will ich nicht herausfinden, was passiert, wenn ihm klar wird, wessen kleine Schwester er da gerade mit Blicken fickt.

Sie wäre nicht mehr nur irgendein Spielzeug für eine Nacht. Sie wäre sein Lieblingssextoy bis in alle Ewigkeit und für jeden, der sie haben will.

Er würde sie nie wieder gehen lassen.

5. KAPITEL

EVERLY

Zwei Black Manhattan on the Rocks für meinen liebreizenden Gast und mich«, befiehlt Rome dem Barkeeper und bedenkt mich schon wieder mit jenem Blick, der mir das Gefühl gibt, splitterfasernackt vor ihm zu stehen. Es liegt an seinen Augen. Irgendetwas darin ist … so seelenlos, dass sie alles in sich aufsaugen. Wie ein schwarzes Loch, das zwanghaft gefüllt werden will und doch niemals, niemals genug hat.

Ich zupfe unwillkürlich am Bund meines Crop-Tops und spüre gleich darauf seine Finger, wie sie sich mit meinen verfangen. Sie sind warm und weicher, als ich vermutet hätte, schmiegen sich um meine Hand und halten sie fest in ihrem Griff.

»Dir ist doch nicht etwa kalt, oder?«, fragt er.

Ich schüttle mit dem Kopf.

Seine Fingerrücken streichen hauchzart meinen Bauch hinab und führen meine Hand unerbittlich mit sich. Mir läuft ein Schauer den gesamten Körper hinunter, noch bevor er den Bund meines Rocks erreicht hat.

»Dann ist diese Gänsehaut nur meiner Berührung zu verdanken?«, bohrt er weiter.

Ich öffne den Mund, um etwas zu antworten.

Er folgt der Bewegung mit seinem Blick, betrachtet meine Lippen und leckt sich über seine. »Verrate mir nur eines«, setzt er an, tritt einen halben Schritt zu mir, bis er so nah ist, dass ich den Stoff seines Hemds an meinem Handrücken spüre, »macht es dich zu einem Engel, dass ich deiner Schönheit nicht widerstehen kann – oder macht es dich zu einer Gespielin des Teufels, weil du mich so unerbittlich verführst?«

»Wer sagt, dass der Teufel keine Frau ist?«, erwidere ich krächzend und beiße mir im selben Moment auf die Zunge dafür, einfach den erstbesten Gedanken *laut* ausgesprochen zu haben.

Normalerweise passiert mir das nicht.

Manchmal denke ich solche Dinge, ja – aber ich würde sie doch nie, niemals laut sagen.

Auf Romes Lippen breitet sich indes ein so schamloses Grinsen aus, dass ich noch röter anlaufe als aufgrund meiner Forschheit ohnehin schon. Schließlich lacht er laut und legt den Kopf in den Nacken dabei. Doch dann hört er abrupt auf, mustert mich mit seinem Raubtierblick und sagt: »Oh, du bist definitiv der Teufel, mein Täubchen. Mein ganz persönlicher Teufel in Engelsgestalt.« Damit beugt er sich zu mir herab, kommt mir näher, immer, immer näher, ohne den Blick ein einziges Mal von mir zu nehmen. Er ertränkt mich in der schwarzen Nichtexistenz seiner Seele, bis mein Herzschlag dumpf aussetzt und sein Mund auf meinen trifft.

Ich schließe die Augen, weil ich es nicht mehr schaffe, seinen Blick zu ertragen. Oder auch nur einen einzigen Reiz aus dem überfüllten, lauten Raum um mich herum. Mein ganzer Körper versinkt in der Berührung unserer Lippen. Mir wird heiß und kalt zugleich, von irgendwoher nehme ich wahr, wie seine Finger mit dem Bund meines Minirocks zu spielen beginnen. Doch ich vergesse es fast, als seine Zunge bestimmend in meinen Mund dringt. Er bittet nicht um Einlass. Er nimmt ihn sich. Genauso rigoros, wie er seinen freien Arm um mich schlingt und mich so eng an sich drückt, dass ich seine Erektion hart gegen meinen Handrücken pressen spüre.

Dies ist der Moment, in dem es mir zu viel wird.

Kuss – okay, das ging gerade noch. Flaschendrehen in der siebten Klasse, kein Problem.

Aber alles darüber hinaus?

Ich weiß, ich bin hierhergekommen, um genau das zu erleben. Das war mein Plan! Ich habe nur nicht damit gerechnet, wie überwältigend es sein würde. Wie viel. Und wie schnell und …

Ich beiße ihm unsanft in die Unterlippe, dränge ihn in seiner Schmerzenssekunde zurück und ringe nach Atem.

Sein Gesicht ist wutverzerrt. Und der Ausdruck seiner Augen so feurig, als wolle er mich auf einem Scheiterhaufen brennen sehen.

Sofort.

Mein Blick fliegt hinüber zu dem schwebenden Gefängnis in der Raummitte, und ich frage mich unwillkürlich, ob ich die Nächste bin, die darin eingesperrt wird.

Aber als ich wieder zurück zu Rome sehe, ist die Wut verschwunden. Er leckt sich über die blutige Lippe und grinst. »Der Teufel ist nicht nur eine Frau – er ist eine *Jungfrau*«, rät er.

Alles in mir schreit danach, zu verneinen. *Lüg, Everly, lüg.* Aber ich tue es nicht. Ich bin eben doch mehr Engel als Teufelin.

Rome schüttelt bedächtig den Kopf. Und irgendetwas in seiner Miene … verändert sich. All die seelenlose Kälte – für den Bruchteil einer Sekunde macht sie einer lechzenden Hitze Platz. »Wie wäre es, wenn wir uns mit den Drinks an einen ruhigeren Ort verziehen? Ich habe da hinten ein kleines Büro. Dort wären wir ungestört.«

Ich folge seinem Fingerzeig. Dort beginnt der Abschnitt des Floors, in den nicht einmal mehr das giftgrüne Licht der Laser dringt. Ich erahne einen weiteren Gitterzaun, und hin und wieder schälen sich einzelne Gestalten aus den Schatten dahinter: Frauen mit verschmiertem Make-up, Männer mit zerzausten Haaren. Und links davon ist eine unscheinbare Tür, an die jemand mit weißer Kreide »ROME« gekritzelt hat. Dorthin will er mich bringen. Und ich spüre, dass dies der Moment ist, in dem meine Neugierde, mein Trotz und mein Begehren nach Abenteuer verlieren – und die winzige Stimme in meinem Inneren, die mich seit Betreten dieses Clubs lautstark zu warnen versucht, gewinnt. Wenn ich mit ihm gehe, bin ich ganz allein. Mit ihm. In diesem Raum. Ich wäre ihm ausgeliefert. Über den Lärm der Musik hinweg würde niemand meine Hilfeschreie hören, sollte er mir tatsächlich etwas antun wollen.

Auf mein Schweigen hin legt Rome den Kopf schief. Ich erkenne sein Missfallen über die Tatsache, dass ich mich nicht blind seinem Willen hingebe. Doch dann sagt er: »Du möchtest noch ein bisschen hierbleiben, hm?«

Ich nicke und frage mich, ob ich erleichtert sein soll, dass er mein stummes Nein so einfach akzeptiert hat. Oder ob er mich nur in trügerischer Sicherheit wiegen will.

Doch ehe ich näher darüber nachdenken kann, stellt eine Barkeeperin zwei Gläser vor uns ab. In dem schwachen Licht wirkt der Inhalt tiefschwarz, lediglich die Eiswürfel schimmern grün daraus hervor. Es sieht gespenstisch aus, und dennoch nehme ich einen großen Schluck – bin jedoch nicht darauf vorbereitet, wie sehr das Getränk mir in der Kehle brennen würde. Ich kneife fest die Lider zusammen, unterdrücke ein Husten und zwinge mich dazu, den Cocktail herunterzuschlucken, anstatt dem Impuls meines Körpers zu folgen und ihn geradewegs wieder auszuspucken.

Rome betrachtet meinen jämmerlichen Kampf gegen den Alkohol mit zunehmendem Interesse. Während mir Tränen in die Augen steigen, liegt sein Blick flackernd auf mir. Von innen heraus verbrennt mich der Alkohol und von außen dieser Mann.

Gerade als ich mir eingestehen muss, dieses Sengen nicht mehr ertragen zu können, bricht irgendwo gleich rechts von uns Gebrüll los. Es kracht. Einer der Pokertische wird umgeworfen, Spielkarten und Einsatzchips fliegen durch die Luft. Irgendetwas sirrt geradewegs auf mich zu, verfehlt mich nur knapp um wenige Inches, und erst mit dem ohrenbetäubenden Klirren in meinem Rücken begreife ich, dass es ein Glas gewesen sein muss. Im selben Moment donnert ein Kerl unmittelbar neben mir auf die Bar. Er starrt mich aus leeren Augen an, während ihm Blut aus Nase und Mund trieft. Schon in der nächsten Sekunde wird er gepackt und zurück in die wütende Meute geschleudert.

6. KAPITEL

ASHER

Mongrel!«

Ich drehe mich nach dem durchdringenden Ruf um, noch ehe er verklungen ist. Ich hätte ihn nicht gebraucht, um zu wissen, dass irgendwer gerade so hirnamputiert war und Beef angefangen hat.

Ich dresche mir einen Weg durch die Menge zur Bar hinüber. Einer der Pokerspieler muss sich beim Schummeln derart dumm angestellt haben, dass sogar eines der Rich Kids auf Drogen gecheckt hat, dass es ausgenommen wird. Ich packe den erstbesten Kerl am Kragen und schicke ihn ins Traumland, um mir den nächsten zu schnappen. Und was auch immer der Typ intus hat, es scheint ihn glauben zu lassen, dass er Stress mit mir will. Das will er ganz bestimmt nicht. Allerspätestens morgen früh wird ihm das der Arzt in der Notaufnahme ebenfalls mitteilen.

Während ich ihn versandfertig zusammenfalte, werfe ich einen kurzen Blick in Richtung meines Bruders. Und seines kleinen Spielzeugs. Everly Addington klammert sich fest an sein Hemd und vergräbt ihr Gesicht an seiner Brust. Rome hat indes beiläufig seine Finger nach der Kette an seinem Handgelenk ausgestreckt, die normalerweise unter seinem Hemdsärmel verschwindet. Er reißt eine der Perlen davon ab und lässt sie in eines der beiden Getränkegläser fallen, die trotz des Radaus noch immer heil neben ihm auf der Bar stehen. Sie löst sich sofort in der Flüssigkeit auf, ohne auch nur Blasen zu werfen.

Ich falte den letzten Idioten zusammen, der den Nerv hat, sich mir entgegenzustellen, und werfe mir seine bewusstlosen Überreste über die Schulter, um sie wegzubringen.

Doch bevor ich gehe, drehe ich mich noch einmal nach dem Mädchen um. Sie starrt mich geradewegs an, wie ich hier zwischen einem in der Mitte durchgebrochenen Tisch stehe und irgendeinen Kerl über der Schulter baumeln habe. *Tja, Püppchen, das gibt's in deiner hübschen Prinzessinnenvilla wohl nicht so oft zu sehen.*

Trotzdem schaut sie nicht weg. Keine Ahnung, was das da in ihrer Miene ist. Faszination. Schrecken. Ekel. Ich habe keinen blassen Schimmer. Nur dass sie ganz offensichtlich nicht aufhören kann, mich anzusehen. Es ist wie vorhin. Als sie in der Schlange stand. Zu diesem Zeitpunkt dachte ich noch, es läge daran, dass sie Schiss hat, weil ich sie definitiv weggeschickt hätte, wenn Rome nicht aufgetaucht wäre. Aber inzwischen weiß sie, dass ich hier nichts zu sagen habe. Ich führe nur Befehle aus. Also was will sie noch von mir?

Einem dämlichen Impuls folgend lenke ich meinen Blick demonstrativ auf das Glas neben ihr. Sie schlingt ihre schlanken Finger darum, als könne das Scheißteil ihr die Nacht retten. *Nur ein bisschen Alkohol, dann wird es sicher lustig …* Sie hat keine fucking Ahnung.

Ich schüttle kaum merklich den Kopf. Am liebsten hätte ich sie angebrüllt, dass sie nicht so verdammt dumm sein soll, es zu trinken. Aber ich halte meine Klappe.

Was gut so ist. Denn schon im nächsten Moment höre ich die warnende Stimme meines Bruders: »*Mongrel?*«

Ich wende ihm meine volle Aufmerksamkeit zu.

Er mustert mich argwöhnisch.

Natürlich, ich habe es gewagt, seinen kleinen Schatz anzusehen.

Doch dann grinst er breit, leckt sich über die Lippen und zwinkert mir zu. Mit diesem »So was hättest du wohl auch gern mal unter dir liegen – tja, träum weiter«-Ausdruck in den Augen.

Ich ignoriere ihn und trotte davon. Mache meinen Job. Für ihn. Und hoffe für die Kleine, dass sie intelligent genug ist, ihre feinmanikürten Finger von dem verdammten Drink zu lassen.

Während ich mit meinem menschlichen Gepäck durch den dunklen Gang in Richtung Hinterausgang spaziere, frage ich mich, was ich anstelle, wenn sie ihn doch trinkt.

Rome findet sie süß. Nein, mehr noch, er bewundert sie. Nicht wirklich sie selbst – nur ihr unschuldiges Aussehen. Was bedeutet, dass er sie wahrscheinlich am Stück lassen wird. Er wird sie nicht zerstören. Jedenfalls nicht absichtlich. Vermutlich wird er sie einmal durchnehmen und dann irgendwo absetzen. Dank der Drogen, die er gerade in ihren Drink gegeben hat, hat sie morgen womöglich kaum noch Erinnerungen an das, was mit ihr passiert sein wird.

Das wäre das Best-Case-Szenario.

Aber wir sprechen hier von Rome Hall. Niemand weiß, was in seinem abgefuckten Hirn vor sich geht. Ich kann nicht einmal mit Bestimmtheit sagen, dass er wirklich keine Ahnung hat, wer sie ist. Vielleicht hat er sie sofort erkannt. Vielleicht sperrt er sie auch völlig grundlos in den Cage, nagelt sie so oft und so lange, bis sie beide den Verstand verloren haben. Oder vielleicht ist schon morgen nicht viel mehr von ihr übrig als ein paar DNA-Reste unter seinen Fingernägeln.

Shit.

Ich muss irgendwas unternehmen.

Der Kerl auf meiner Schulter hustet. Ich hoffe, er spuckt mir nicht gleich Blut aufs Shirt. Wenn diese Flecken erst mal getrocknet sind, kriegt man sie kaum noch raus, ohne dass einem der billige Stoff zwischen den Fingern zerfällt. Aber hey, wenn ich nicht den billigen Kram kaufe, sondern es machen würde wie Rome, saue ich mir ein Zweihundert-Dollar-Hemd ein – weiß nicht, ob das so viel besser ist.

»Wo … wo bringst du mich hin?«, krächzt er.

Und ich nehme *aus Versehen* die nächste Ecke so knapp, dass sein Schädel gegen die Mauer knallt und er ein zweites Mal in Ohnmacht fällt.

Bedauerlich.

Als ich den Club durch die Hintertür verlasse, sehe ich einige Schritte entfernt eine Zigarette in der Nacht aufglühen und atme auf, als ich die dazugehörige Person erkenne. Nora ist hier.

»Hi«, sage ich und warte, ob sie reagiert. Dass sie raucht, ist kein gutes Zeichen. Normalerweise lässt sie die Finger von *jeder* Art Rauschgift. Schätze, irgendwer oder irgendwas hat sie heute Nacht richtig angepisst.

Aber was es auch war – es hat offenbar nicht ausgereicht, um ihr die Sprache zu verschlagen. Jedenfalls dreht sie sich zu mir um und nickt auf meinen Ballast. »Was ist passiert?«

»Schlägerei. Das Übliche«, erwidere ich und nicke in Richtung Parkplatz. »Ich fahr ihn nachher raus.«

»Nachher«, wiederholt sie. In diesem Tonfall, der einem eindeutig vermittelt, dass ihr etwas nicht gefällt – und man besser alles daransetzt, das zu ändern.

Trotzdem antworte ich: »Ich muss gleich wieder zurück.«

»Ach ja.« Sie wirft mir einen ihrer Nora-Blicke zu. Diesen habe ich »Canny Columbo« genannt und hasse ihn immer noch genauso sehr wie am ersten Tag, an dem ich ihn ertragen musste.

Aber da ich weiß, dass irgendwas im Argen ist, schlucke ich mein Missfallen herunter und nicke nur stumm.

Einen Augenblick lang starrt sie mich nur an.

Nora hat einen markanten Kiefer für eine Frau und schmale, dunkle Augen, mit einem unerbittlichen Ausdruck darin. Nora ist nicht *schön*. Und das ist auch gut so. Sonst wäre sie im Club verloren. Trotzdem will man sie immer wieder ansehen. Wäre sie eine Schauspielerin, würde sie regelmäßig für die Rolle der Bad-Ass-Antagonistin gecastet, die von ausnahmslos jedem Zuschauer gehasst wird – und genau dafür einen Oscar bekommt. Nora ist nicht unsympathisch, aber sie macht einen nervös. Sie macht sogar Rome nervös. Auch wenn er das nie zugeben würde.

Dementsprechend überrascht bin ich, als sie unseren knappen Staring-Contest mit einem Seufzen beendet und sagt: »Schmeiß auf den Pick-up, ich kümmere mich drum. Ich brauch eh Auslauf. Du kannst dafür meinen Wagen haben.«

Sie wirft mir die Schlüssel ihres Kleinwagens zu, bevor ich die Chance habe, zu widersprechen. »Der Kerl ist nicht leicht. Bist du dir sicher, dass du zurechtkommst?«

Sie schnaubt. Ach ja, wie konnte ich es wagen, an ihrer Physis zu zweifeln … Ich verdrehe die Augen. Denn selbst wenn Nora ziemlich trainiert ist – ist sie doch immer noch eher Typ Elfe als Hulk.

Wir traben die kurze Strecke hinüber zum Pick-up, und ich lade mein Gepäckstück auf der Ladefläche ab. Der Typ stöhnt auf, aber regt sich kein Stück. Falls er auf die dämliche Idee kommen sollte, davonzulaufen, ist das seine Dummheit. Eigentlich würde Nora ihn in unmittelbarer Nähe einer Notaufnahme aussetzen, was so ziemlich das Beste sein dürfte, was ihm heute Nacht noch passieren kann. Wenn er hingegen kopflos hier durch die Gegend kriecht, kann er froh sein, wenn er morgen überhaupt aufwacht.

»Was ist los?«, frage ich, bevor Nora einsteigen und sich trollen kann.

»Will nicht drüber reden«, knurrt sie.

»Steph?« Steph ist ihr Wichser von einem … keine Ahnung. Andere würden vermutlich sagen »Freund«. Aber diese Bezeichnung hat er nicht verdient. Er ist halt einfach ein Wichser. »Sag Bescheid, wenn du ihn dir aus dem Kopf vögeln willst.«

»Wow. Das ist dein Angebot, ja?«

Ich runzle die Stirn. »Ja?«

»Er hat Schluss mit mir gemacht wegen …« Sie hält inne, presst die Kiefer aufeinander und fährt zischend fort: »Wegen meines großartigen Jobs hier. Und du bietest mir an, dass ich Sex mit dir haben kann?! Ehrlich jetzt?«

»Mach's halt nicht, wenn du nicht willst«, sage ich ungerührt. »Was erwartest du von mir? Eis essen und *Titanic* schauen, oder was?«

Sie spuckt Luft aus. Oder eventuell war es doch Speichel, keine Ahnung. Nora ist nicht empfindlich. *Normalerweise.*

Sie steigt in den Pick-up, knallt mir die Tür vor der Nase zu, lässt den Motor aufheulen – und fährt dann das Fenster herunter: »Weißt du was? Vielleicht komme ich darauf zurück.«

Ich muss lachen. »Na, siehst du.«

»Bild dir bloß nichts drauf ein, Pancake.«

»Würde mir nie einfallen«, antworte ich und will mich abwenden, als sie mich noch einmal zurückruft.

»Hey, was ist so dringend da drinnen, hm? Gibt's ein Problem?«

Ich halte inne.

Shit.

Ich habe ihr nichts von der High-Society-Puppe erzählen wollen. Weil ich mir nämlich vorstellen kann, was Nora gleich sagt, wenn ich ihr eröffne, dass ich die Kleine dort herausholen werde.

Ich senke meine Stimme, weil ich bei dieser Unterhaltung *wirklich* keine Zeugen gebrauchen kann: »Die kleine Schwester vom Addington hat sich verlaufen.«

Eleonora verengt die Augen. Ich kann es erkennen, weil die Innenbeleuchtung des Pick-ups nicht nur die dunkelvioletten Highlights ihrer schwarzen Haare glänzen lässt. »Im Club meinst du. Auf dem Dancefloor.«

Ich schüttle langsam den Kopf. »Im Carrow. Sie ist ihm … *aufgefallen.*«

»Weiß er, wer sie ist?«

»Nein. Aber er wird es rausfinden. Und so lang würde ich ungern warten.«

Nora beißt sich auf die Unterlippe. »Wie alt ist sie? Minderjährig?«

»Keine Ahnung. Ich schätze sie auf irgendwas zwischen achtzehn und zwanzig. Sie hatte einen gefälschten Führerschein, aber wie siebzehn wirkte sie auch nicht.«

Ihr Mund formt einen unzufriedenen Strich, während sie angestrengt nachdenkt. Schließlich sagt sie: »Halt dich raus.«

»Er hat ihr sein Zeug ins Getränk gemischt, Nora, das kann ich nicht machen. Wenn ich jetzt nicht …«

»Seit wann interessiert dich das?«, fragt sie.

»Hm?«

»Seit wann interessiert dich irgendein kleines High-Society-Girly? Du hasst diese Gören.«

Ich hätte ihr an den Kopf geworfen, dass meine Schwester so ein High-Society-Girly ist. Aber *meine Schwester* wäre nicht so verdammt naiv, in einen Underground-Club zu spazieren und sich dort unter Drogen setzen zu lassen, um willenlos passive Teilnehmerin perverser Sexspielchen eines Psychopathen zu sein.

Wobei … theoretisch war Jayna einmal so dumm, sich von ihm vergiften zu lassen. Aber Rome ist ihr verdammter Bruder – schätze, sie hat nicht wirklich annehmen können, dass er sie umbringen will. Ich hab das ja nicht mal selbst glauben wollen.

Auf meine Nichtantwort hin schnalzt Nora mit der Zunge. »Sieht sie gut aus?«

»Was soll die Frage?«

»Ash, du wirst die Mission nicht gefährden. Ich habe mir nicht ein halbes Jahr lang in dieser Hölle den Arsch aufgerissen, damit du alles zerstörst, weil du das erste Mal in deinem Leben ein Mädchen heiß findest.«

»Beruhig dich«, grummle ich. »Es wird niemandem auffallen. Ich bring sie genauso leicht raus wie diesen Idioten dort.« Ich nicke in Richtung Ladefläche. Das Teil ist glücklicherweise groß genug, dass ich mir sicher sein kann, dass der Kerl nichts mitbekommt. Selbst wenn er nicht ausgeknockt wäre.

»Meinetwegen. Hol sie raus. Schätze, es bringt uns auch nichts, wenn uns Addington erneut an den Fersen klebt. Wer weiß, was ihm dieses Mal Kreatives einfällt … Aber ich werde diesen Namen nie wieder hören, hast du verstanden?

Ich habe grünes Licht für einen großen Zugriff, sobald wir die Russen das nächste Mal am Tisch haben. Und ich schwöre bei Gott, wenn du mir das kaputt machst, bring ich dich doch noch hinter Gitter!«

»Du hast grünes …«

»Sch!«, zischt sie und schüttelt den Kopf. »Verschwinde, bevor noch jemand merkt, dass Romes Bulldogge verschwunden ist.«

Ich zeige ihr den Stinkefinger. Aber Nora lässt grinsend den Motor aufheulen und zischt ab.

Ich blicke den Rücklichtern nach. Haben wir tatsächlich endlich genug Beweise gegen Rome gesammelt, dass die Staatsanwaltschaft eine Klage vorbereitet?

Darauf warten wir seit … sehr langer Zeit. Beziehungsweise: Nora wartet darauf. Ich … will einfach nur, dass das alles hier endlich vorbei ist.

Im Gegensatz zu Nora helfe ich dem FBI nicht dabei, den Drogenring meines Bruders dingfest zu machen, weil ich ein braver Bürger bin – sondern weil Rome ein psychopathisches Arschloch ist, das auf einen elektrischen Stuhl gehört.

7. KAPITEL
EVERLY

Ich habe immer noch das Gefühl, seinen Blick auf mir zu spüren. Nicht den von Rome – *seinen*. Mongrels. Der Hound. Das Monster. Das Ungetüm, das die wütenden Randalierer herumgeworfen hat wie kleine LEGO-Männchen.

Nervös drehe ich mich um. Suche die Menge nach dem Mann ab, der mir aufgrund seiner schieren Größe und seiner breiten Schultern sofort auffallen würde. Aber er ist nicht mehr hier. Es ist nur mein Kopf, der mir immer noch suggeriert, er würde mich ansehen. Jede meiner Bewegungen mustern, missbilligen, verurteilen. Mir mit einem einzigen Blick stumm brüllend mitteilen, dass ich hier nicht hergehöre. Dass ich verschwinden soll, in mein weiches Himmelbett mit dem Bezug aus schneeweißem Leinen.

Ich taste nach dem Cocktail, den Rome mir bestellt hat. Unter Mongrels Blick habe ich es vor Schreck einfach losgelassen. Aber jetzt sehne ich mich nach nichts mehr als dem lockenden Rausch des Alkohols. Er brennt sich seinen Weg meine Kehle hinab bis in meinen Bauch, doch ich koste das Gefühl aus. Noch ein paar Schlucke davon, und mein Kopf wird aufhören, über eine Schlucht zwischen Horrorszenarien und Leere zu balancieren. Ich könnte anfangen, zu genießen. Ich würde mich trauen, meine Füße im Takt der Musik zu bewegen, ohne darüber nachzudenken, ob es albern aussieht. Ich könnte mich Romes Berührungen hingeben, ohne mich ständig zu fragen, was das seltsame Gleißen in seinen Iriden bedeutet. Ich könnte das Geräusch meines eigenen Lachens ertragen, ohne mich sofort dafür schuldig zu fühlen, noch lachen zu können, während Mom doch nichts mehr kann.

Ich wäre eine normale Zwanzigjährige. Wie jede andere auch.

»Du denkst zu viel nach, mein Täubchen«, summt Romes Stimme in mein Ohr. Er hat den Kopf zu mir herabgesenkt und lässt seine Wange gegen meine streichen. Sie ist absolut glatt rasiert. Als wäre es seine letzte Tat gewesen, bevor er in sein Auto gestiegen und hierhergefahren ist, um direkt vor meinen wackligen Beinen zu halten: jedes Barthaar einzeln an der Wurzel zu schneiden. Er duftet in diesem Raum voller schwitzender Leiber noch immer nach frischem Aftershave und ein bisschen nach dem Alkohol seines Drinks. Ich schließe die Augen, gebe mich ganz seiner Nähe hin, dem leisen Flüstern in meinem Ohr, seinen Lippen auf meinem Hals, seinen Fingerspitzen unter meinem Crop-Top. Er erreicht den unteren Rand meines BHs, fährt träge daran entlang. Ich bekomme eine Gänsehaut, mir schwindelt, und kurz blinzle ich, um mich zu vergewissern, dass die Welt noch immer aufrecht steht. Dass es nur meiner Überreizung zu verdanken ist, dass ich annehmen muss, ich könnte jeden Moment den Boden unter meinen Füßen verlieren. Nach Halt suchend strecke ich die Hände nach Romes Hemd aus, vergrabe meine Finger in dem weichen Textil und in der Wärme, die er ausstrahlt. Ich lehne meine Wange an seine, hole tief Atem und lausche auf das Geräusch. Mein Herzschlag rauscht durch meine Ohren, hastig und laut, während Rome am Stoff meines BHs vorbei die nackte Haut meiner Brüste streift. Er gibt ein zufriedenes Seufzen von sich, gerade so, als hätte er nie in seinem Leben etwas Wundervolleres berührt.

»Verrat mir, mein Täubchen, hat dich je ein Mann dort angefasst, hm? Hat jemals ein anderer getan, was ich jetzt tue?«

Ich schüttle den Kopf. Die Geste lässt erneuten Schwindel in mir aufsteigen, und unwillkürlich dränge ich mich stärker in Romes festen Halt. Seine Nähe kommt mir auf einmal so … tröstlich vor. Er wird mich festhalten. Ich kann nicht fallen, solang er nur bei mir steht. Und er hört nicht auf, all diese schmeichelhaften Dinge zu sagen. Meinen Körper zu berühren und mir das Gefühl zu geben, von all den Umstehenden die einzige Frau zu sein, die er je begehrt hat.

»Keine Sorge, mein Täubchen, ich werde ganz sanft zu dir sein. Du wirst … nichts spüren.«

»Aber ich will etwas spüren«, murmle ich träge. Meine Zunge kommt mir schwer vor. Und mein Kopf so langsam. »Bitte, Rome, lass mich dich spüren. Alles, was ich will, ist, mich daran zu erinnern, wie schön das Leben ist. Ich habe es vergessen, weißt du? Und ich brauche es zurück. Gib mir das Gefühl zurück, dass das Leben voller Sonne ist und voller Glück und voller Liebe. Gib mir Liebe, Rome.«

Er lacht kaum vernehmlich. Ich weiß nicht, was es bedeutet. Aber es interessiert mich auch nicht mehr, als seine Finger meine Brustwarzen erreichen, sie umspielen, necken und kneifen.

Ich stöhne leise und dränge mich gegen ihn. »Genau das habe ich gemeint«, will ich ihm mitteilen. Aber keines der Worte kommt mir mehr über die Lippen. Es ist zu schwer, sie zu formen. Und das Kribbeln und Prickeln auf meiner

Haut zu wundervoll, um mich noch darum zu kümmern, was ich sage. Ohnehin verschließt Rome meinen Mund mit seiner Zunge, seiner Hingabe, seinem geschickten Spiel. Während ich nicht weiß, wie mir geschieht, hält er alle Fäden so sicher in der Hand. Zupft hier und da an den Strängen, macht mich zu seinem Klangkörper, bis ich zu vibrieren beginne vor Lust.

»So ist es gut, mein Engel, schließ die Augen, gib dich mir hin, bis du voll und ganz mir gehörst.«

Das tue ich. Falle willentlich in seine Arme und bin nur noch erleichtert, dass er mich so mühelos auffängt. Ich kann ohnehin nichts mehr tun, als mich von ihm davontragen zu lassen.

Irgendwas passiert mit mir. Und vielleicht sollte es mich beunruhigen. Aber wie könnte ich mich unsicher fühlen, wenn er mich so sicher in seinen Armen trägt?

8. KAPITEL
ASHER

Als ich das Carrow wieder betrete, ist es noch voller als vorher. Die Meute grölt unter einem der Mädchen, das sich im Cage die Seele aus dem Leib tanzt – es ist nicht mehr Roxy, irgendwer muss also ihren horrenden Preis bezahlt haben. Ich will nicht wissen, wer es ist und was er dafür mit ihr anstellen will.

Die Musik dröhnt laut über die Köpfe hinweg, es stinkt nach Schweiß, und vor dem Darkroom bildet sich eine Schlange. Es ist nur eine Frage der Zeit, bis die ersten Hemmungslosen es einfach direkt vor aller Augen treiben werden. Vermutlich sollte ich sie davon abhalten – aber ich habe Dringenderes zu tun, als die Clubgänger vor ihrer eigenen Schamlosigkeit zu bewahren. Nicht mein Problem, wenn morgen irgendeines der Kids erpresst wird, weil doch jemand es geschafft hat, sein Smartphone rauszuholen und ein Foto zu machen – obwohl das so ziemlich das Einzige ist, was hier drinnen streng verboten ist.

Es ist brechend voll, und trotzdem weiß ich mit absoluter Sicherheit, dass Everly Addington nicht mehr hier ist. Sie hat den Cocktail getrunken. Und Rome hat sie mitgenommen.

Naives, kleines Miststück.

Ich unterdrücke ein Seufzen und bahne mir einen Weg durch die Masse. Auf halber Strecke läuft mir Hattie vor die Füße. Die winzige Brünette mit der Stupsnase ist eines unserer besten Mädchen – redet wenig, stöhnt viel, schluckt und bescheißt nicht, sofern man auf sie aufpasst. Und ich passe verdammt gut auf. Trotzdem ignoriere ich sie. Ich hab gerade keine Zeit für Nuttentratsch.

Aber die Kleine ist verflucht hartnäckig. Als sie sich mir praktisch vor die Füße wirft, habe ich keine Wahl mehr, als anzuhalten.

»Was ist?«, grummle ich und sehe nervös in Richtung Bürotür. Es sind nur noch wenige Schritte. Und die auffälligen Blicke der Umstehenden davor verraten mir, dass irgendetwas da drin abgeht, das man sogar im Carrow für beachtenswert hält.

Shit.

»R-roxy!«, stottert Hattie.

Das ist übrigens der Grund, warum sie wenig redet. Ihr vorheriger Zuhälter dachte, das ständige Haspeln sei schlecht fürs Geschäft – ich glaube ehrlich gesagt, das Gegenteil ist der Fall. Wenn sie – wie heute – eine Schuluniform trägt und mit roten Wangen nervös stotternd vor einem der alten, perversen Säcke steht, kriegen die schon einen Ständer, bevor sie überhaupt nur ihre Hand in deren Hose geschoben hat.

»War im Cage. Ich weiß«, knurre ich und will an ihr vorbei.

Aber sie schüttelt den Kopf, schiebt sich erneut vor mich und riskiert dabei, dass ich ihre mickrigen neunzig Pfund über den Haufen stolpere. Bevor sie mit der Stupsnase voran auf den schmutzigen Boden knallen kann, packe ich ihre Schulter und stelle sie wieder aufrecht. »Was zur Hölle ist denn so verdammt wichtig!?«, fahre ich sie an.

Mit großen Augen starrt sie zu mir hoch, reibt sich ihre Schulter und deutet in Richtung Büro. »M-m-messer!«

Fuck.

Ich schiebe sie beiseite und steuere die Bürotür an. Mir scheißegal, welches Lügenmärchen ich Rome auftischen muss, damit er sein nigelnagelneues Spielzeug nicht faschiert …

Ich reiße die verdammte Bürotür auf und knalle sie hinter mir wieder zu. Irgendwer hat die Akkulampen eingeschaltet. Es ist viel heller hier drinnen als im Rest des Clubs. Meine Augen brennen von dem grellen Licht. Ich blinzle dagegen an, sehe als Erstes die Blutspritzer auf dem Boden, dann das Messer in der Hand des Kerls. Und Roxys rot verschmierte Oberschenkel auf Romes provisorischem Schreibtisch.

Nicht der Haufen Scheiße, nach dem ich gesucht habe. Aber definitiv scheiße genug.

Ich gehe drei Schritte auf den Kerl zu, packe seinen Arm, bevor er sich daran erinnern kann, dass *er* der Typ mit der Waffe ist und nicht ich – und verdrehe sein Handgelenk, bis ihm die Frage ins Hirn schießen muss, ob ich ihm womöglich gleich die Knochen breche.

Das werde ich ganz sicher, wenn er jetzt nicht das Richtige antwortet.

»Hast du sie gefragt?«, will ich wissen.

»Au! Lass die Scheiße, Mann! Ich hab sie gekauft! Für verdammt viel Geld!«

Ich ziehe ihm mit der freien Hand einen Scheitel und buchstabiere ihm durch: »Hast du – sie – gefragt – ob das Messer – für sie – okay ist?«

Roxy greift indes mit stoischer Miene nach der Küchenrolle, die Rome immer auf seinem Schreibtisch stehen hat.

Ich glaube, er hat hier drauf mehr Nutten gevögelt als Seiten Papier beschrieben.

Während Roxy sich das Blut von der Haut wischt, versucht der Kerl sich an einem weiteren jämmerlichen Erklärungsversuch: »S-sie ist doch nur eine Hure! Reg dich nicht so …«

Ich knalle seine Fresse gegen die Tischkante, in der Hoffnung, dass er danach physisch nicht mehr imstande ist, meinen Gehörgang mit weiterer Scheiße zu malträtieren.

»Alles okay?«, frage ich und nicke zu Roxy rüber. Sie wird mich sowieso anlügen. Weil sie nicht die Art Frau ist, die es sich freiwillig anmerken lässt, wenn sie am Boden ist. Aber sie muss ohnehin nicht antworten. Die Blässe in ihrem Gesicht sagt alles.

»Er hätte nur fragen brauchen«, bringt sie heiser hervor. »Für das Geld hätte ich eine für ihn gefunden, die es freiwillig mitgemacht hätte.«

Der Typ windet sich zu meinen Füßen. Er betastet heulend seinen Kiefer, und ich stelle befriedigt fest, dass das Teil tatsächlich zu zertrümmert zu sein scheint, als dass er noch vernünftig sprechen könnte.

»Ich bring dich raus«, sage ich an Roxy gewandt und mache mit dem Kopf eine Bewegung in Richtung Tür. So erquicklich die Unterbrechung dieser kleinen Party war – ich muss weiter nach Rome suchen. Und vor allen Dingen nach seinem Spielzeug.

»Was ist mit dem da?«, fragt Roxy und deutet auf das winselnde Häufchen Elend.

Ich zucke mit den Schultern. »Lass ihn liegen.« Sie nickt hastig, rückt ihre Kleidung zurecht und huscht vor mir her zur Tür. Doch bevor sie geht, erinnere ich sie noch an etwas: »Ich hab was gut bei dir, klar?«

Sie funkelt mich wütend an, stimmt aber zu. Sie weiß, wie der Hase läuft – hier wäscht eine Hand die andere. Und wenn irgendwer in diesem Club darauf vertrauen kann, dass ich Rome *nicht* jeden Wunsch von den Lippen ablese, dann sind es die Mädchen.

»Ich suche die Kleine von vorhin. Irgendeine Ahnung, wo sie sein könnte?«

»Bei den Hundehütten«, antwortet Roxy knapp, will gehen, aber ich halte sie zurück.

»Fabrizier eine Story. Irgendwas, das Rome einigermaßen interessant findet.«

Sie presst die Lippen aufeinander, nickt aber. Dann öffnet sie die Tür nach draußen und verschwindet. Nur die blutgetränkten Papiertücher lässt sie zurück.

Ich kicke die Dinger mit dem Fuß beiseite und folge ihr in die Menge. Es dauert gefühlte Ewigkeiten, bis ich mich durch die berauschten Wogen der Tanzenden hindurchgekämpft habe. Wir haben den Höhepunkt der Nacht erreicht – die Zeit, in der jede Droge kickt und noch keine in ihrer Wirkung abgeflaut ist. Normalerweise würde ich den Teufel tun und jetzt verschwinden. Aber mich lässt der Gedanke an die verfluchte Kleine einfach nicht los.

Warum musste sie auch unbedingt diesen Mist trinken?

War sämtliche Hirnmasse bereits an ihren Bruder verschenkt worden, bevor sie geboren wurde?

Als ich die Spieltische erreiche, lichtet sich das Chaos. Ich nicke George zu, der zur Verstärkung rübergekommen ist, und mache ihm stumm klar, dass er hier die Stellung halten soll, während ich zurück in die Dunkelheit stiefle.

Die »Hundehütten« sind Schlafplätze für alle, die kein Zuhause abseits des Carrows haben: Bouncer, Techniker, Barkeeper – fast jeder hat mal in einem der Schlafsäcke gepennt, die wir lose in den ungenutzten Räumen der Locations auslegen. Hier in dem alten Fabrikgebäude liegen sie im Labyrinth dunkler Ecken zwischen Underground-Carrow und Mainfloor aus.

Ich hole meine Smartphone-Taschenlampe heraus und leuchte einen Raum nach dem anderen ab.

»Rome!«, brülle ich.

Keine Reaktion.

Natürlich.

Warum auch.

Das Püppchen bei ihm wird auch keinen Mucks mehr von sich geben.

»Es gibt drüben Stress mit den Mädchen. Roxy hat gedroht, abzuhauen, wenn du nicht nachsiehst«, lüge ich weiter. Irgendwie muss ich ihn schließlich aus der Reserve locken.

Und tatsächlich höre ich ihn stöhnen. Kein Sexstöhnen. Ein Pissed-off-Stöhnen.

Der Lichtkegel meines Smartphones fällt auf das Gesicht der kleinen Addington. Es sieht aus, als würde sie schlafen. So völlig entspannt. Ihre blonden Haare umrahmen ihren Kopf wie ein Heiligenschein. Die Lederjacke liegt ausgezogen hinter ihr und dichtet dem schlanken Oberkörper ein Paar schwarzer Engelsflügel an. Sie ist splitterfasernackt. Nur die gefalteten und mit einem schneeweißen Spitzenslip aneinandergebundenen Hände bedecken ihre Vulva.

Rome erschafft gerne Szenarien. Er vergewaltigt nicht einfach nur – das wäre ihm zu simpel. In seinem Hirn spielt sich eine ganze verdammte Backstory ab, die seine Opfer von Anfang bis Ende mitzuspielen haben. Deswegen ist es ihm auch egal, dass sie nicht bei Bewusstsein sind. Seine Fantasie lässt seine Marionetten für ihn tanzen.

Wäre ich nur wenige Minuten später hier eingetroffen, hätte er eine weitere dieser Fantasien in Realität umgewandelt.

Ich habe grünes Licht für einen Zugriff, sobald wir die Russen das nächste Mal am Tisch haben.

Noras Satz fühlt sich an wie ein Gleitschirm in meinem freien Fall dieses Anblicks. Ich stehe so kurz davor, zu Rome rüberzuhasten und einfach meine Faust in seiner Fresse zu versenken, bis er nie wieder aufsteht.

Ich hätte ihn längst umbringen sollen.

Damals.

Als ich schon einmal so kurz davorstand.

Aber ich hab es nicht gekonnt.

Und er hat das begriffen. Hat begonnen zu lachen. Blutüberströmt, mit dem geschwollenen Auge und der aufgeplatzten Lippe stand er vor mir und hat gelacht. Weil ich es nicht über mich gebracht habe, meinen eigenen Bruder zu töten. Ich kann ihn verletzen, ja – aber ich kann ihn nicht vorsätzlich töten.

»Na los. Schlag noch mal zu«, sagte er. »Das ist doch eh alles, was du hinbekommst, hm? Du ehrloser Wichser. Das Einzige, wozu du gut bist, ist Gewalt. Mehr kannst du nicht. Du schaffst es ja nicht mal, ein Mädchen anzusprechen. Weil du keine Eier hast. Und kein verdammtes Hirn.« Er malte Kreise vor seiner Schläfe. Dann schnaubte er und meinte: »Du und ich, wir könnten die Welt regieren, weißt du das? Wenn du nur aufhören würdest, gegen mich aufzubegehren. Ich bin dein älterer Bruder. *Ich* bin dein Hirn. Es ist deine verfluchte Bestimmung, dass du machst, was ich sage. Deswegen kannst du mich auch nicht umbringen. Es ist nicht nur, dass du den Arsch nicht in der Hose hast, du Pisser. Du solltest es nicht können. Weil du mir gehörst, verstanden? Du gehörst mir. Hier ist dein Platz.« Er deutete an seine Seite und fuhr fort: »Du hast ja keine Ahnung, was ich aus dir machen könnte. Denk *ein einziges Mal* nach, Asher. Versuch es wenigstens. Wir beide, wir könnten die ganze Ostküste beherrschen. Ich mein's ernst. Du kannst Mom neue Klamotten kaufen. Ein neues Haus. Du kannst die hübschesten Mädchen vögeln. Jeden Tag eine andere. Sie werden dich nie wieder auslachen, weil du zu schüchtern bist, sie anzusprechen, oder weil du nicht weißt, wo du deine tollpatschigen Wurstfinger hintun sollst – solang du *bei mir* bist, werden sie dich anhimmeln. Wir würden leben wie Könige, Ash. Wenn du einfach nur tust, was ich dir sage.«

Ich hab ihm geglaubt.

Als der hirnverbrannte, verklemmte Sechzehnjährige ohne Selbstbewusstsein, der ich war – habe ich ihm geglaubt.

Bis … ich begriffen habe, dass er nichts ist als ein begnadeter Intrigant. Und die einzige effektive Antwort darauf ist, *noch* manipulativer zu handeln als er. Egal, wie sehr es meinem Wesen widerspricht. Wie unbegabt ich darin bin. Oder wie sehr ich es hasse.

»Du solltest nachsehen, was drüben los ist«, sage ich und blicke scheinbar gelangweilt zwischen ihm und seinem Spielzeug hin und her. »Die Nutten kann ich nicht zusammenschlagen, damit sie spuren.«

Das Mädchen auf dem kalten Boden wimmert leise, dreht mühsam den Kopf, versucht, seine Hände zu bewegen, und scheitert an den Fesseln aus der eigenen Unterwäsche.

Rome leckt sich über die Lippen. Seine Miene bietet eine befremdliche Mischung aus Verklärung und Fokussierung – als hätte ihr offensichtliches Leid ihn in die Parallelwelt seiner kranken Tagträume zurückkatapultiert. Er streckt eine

Hand nach ihrer Wange aus und streicht darüber. Sie lehnt sich in die Berührung. Und während ich mir ziemlich sicher bin, dass sie nichts sucht als die Wärme seiner Haut, ist Rome vollkommen verzückt von der Regung. Er beugt sich zu ihr hinab, drückt ihr seinen Mund aufs Gesicht, schiebt eine Hand die Innenseite ihrer Schenkel hinauf.

»Red halt mit Roxy. Die Kleine läuft dir doch nicht weg«, murre ich.

Das Mädchen hingegen lechzt nach seiner Berührung wie eine Ertrinkende nach einem Strohhalm. Rome hebt widerwillig den Kopf. Wütend funkelt er mich an, und für den Bruchteil einer Sekunde fürchte ich, dass ich es zu weit getrieben habe – dass er meinen Plan durchschaut, mit der Kleinen zu verschwinden, bevor er tun kann, was sein falsch verkabeltes Hirn ihm vorschlägt.

Doch dann rollt sie sich von ihm weg, murmelt etwas Unverständliches zwischen trägen Lippen hervor. Und er steht widerwillig auf. »Jeden Scheiß muss man alleine machen … Weil ihr Idioten einfach mit nichts klarkommt!«, zischt er und stakst breitbeinig auf mich zu. Als wäre die Erektion zwischen seinen Beinen zu groß, als dass er noch normale Schritte tun könnte.

Ich mustere ihn abwartend und rühre mich nicht von der Stelle, bis er mich längst passiert hat. Ich will schon aufatmen, als er doch noch einmal innehält und sich zu mir umdreht. Er grinst mir zu, holt sein Smartphone heraus, macht ein Foto. Von seiner kleinen Trophäe.

Dann stolziert er endlich davon.

9. KAPITEL
EVERLY

Es ist stockdunkel. Rüttelt. Die Geräusche um mich herum sind eigenartig. Ein träges, lautes Hintergrundrauschen. Unter meinen Fingerspitzen kräuselt sich raue Kunstfaser. Es riecht nach Chemie.

Meine Hände kribbeln. Ich fühle mich erschöpft und müde.

Plötzlich rumpelt es, ich werde in die Dunkelheit geschleudert, kreische, pralle gegen etwas Hartes.

Was war das?

Wo bin ich?

Von Panik getrieben taste ich um mich. Hartes Plastik, kaltes Metall, noch mehr raue Kunstfaser.

Auto.

Ich bin in einem Auto.

Einem Kofferraum!

Wie bin ich hier hineingekommen?

Was ist passiert?

Wo war ich?

Wie spät ist es?

Welcher Wochentag?

Warum kann ich mich an nichts erinnern, außer dass ich in meinem Bett lag und fieberhaft überlegt habe, was ich tun kann, um irgendetwas anderes zu fühlen als diese unerbittlich tiefe Verzweiflung in mir. Dass ich mich vor dem Gedanken gefürchtet habe, einzuschlafen. Weil in all der Einsamkeit und Leere meines Alltags doch nichts noch schlimmer ist als der Schlaf.

In meinen Träumen sehe ich Mom wieder. Ich sehe zu, wie sie stirbt. Immer und immer wieder.

Weil ich nicht da war, als sie tatsächlich gestorben ist – quält meine Vorstellung mich jetzt mit jedem erdenklichen Szenario ihrer letzten Stunden. Ihrem Schmerz. Ihrer Verzweiflung. Ihrer Einsamkeit.

Weil ich auf Xavier gehört habe und nach Hause gegangen bin, statt weiter ihre Hand zu halten. Bei ihr zu bleiben. Für sie da zu sein. Während sie in diesen weißen Krankenhauslaken lag und gegen ihren Tod angekämpft hat.

Ich habe friedlich geschlafen – und sie ist auf einem kalten OP-Tisch gestorben.

Seither habe ich keine einzige Nacht mehr erlebt, ohne schweißgebadet aus den Albträumen ihrer letzten Stunden aufzuwachen. Und zu bereuen.

Mir treten heiße Tränen in die Augen, und ich blinzle sie hastig beiseite. Selbst wenn niemand hier ist, der sie sehen kann – schäme ich mich für meine eigene Schwäche.

Wo auch immer ich bin.

Wer auch immer dieses Auto fährt.

Was auch immer er mit mir vorhat.

Nichts kann *noch* schlimmer sein als die Qualen meiner eigenen Schuld.

Womöglich sollte ich froh sein, wenn es endlich endet.

Ich würde alles, alles, alles tun, eine einzige Nacht lang nicht mehr zusehen zu müssen, wie Mom stirbt.

Nur eine Nacht Flucht.

Ich gäbe alles dafür.

Es dauert nicht lang, dann kommt der Wagen plötzlich zum Stehen. Leiser Regen ploppt gegen das Metall. Ich höre Schritte.

Mein Herz verfehlt einen Schlag und verfällt gleich darauf in einen viel zu schnellen Rhythmus. Ich verkrieche mich in die hinterste Ecke des Kofferraums, selbst wenn mir bewusst ist, dass es keinen Unterschied machen wird. Wer auch immer gleich öffnet – ich bin ihm hilflos ausgeliefert.

Dumpf höre ich eine Stimme von draußen zu mir dringen.

»Everly, Everly, Everly. Meine süße, kleine Everly.« Mir scheint das Blut in den Adern zu gefrieren. Denn ich kenne diese Stimme. Ich verbinde einen Namen mit ihr und verschwommene Erinnerungen.

Rome.

Das Carrow.

Der Dance-Cage.

Die Schlägerei.

Der Drink.

Die Übelkeit.

Seine Berührungen.

Seine Küsse.

Die Kälte.

Seine Hände auf meiner Haut.

Mein Gedächtnis lässt mich im Stich. Ich habe Mühe, die Erinnerungen zu greifen. Und dennoch verbinde ich nur eine einzige Emotion mit ihnen: Angst.

»Warum läufst du vor mir davon?«, fragt die Stimme.

Es klackt leise.

Die Kofferraumtür öffnet sich einen Spalt. Und Romes kantiges Gesicht schält sich aus den Schatten der Dunkelheit. Er lächelt zu mir herab. Und ich kann nicht einmal mehr atmen. Über ihm graut der Morgen, und er streckt be-

handschuhte Finger nach mir aus. »Warum versteckst du dich vor mir, kleine Everly? Wir haben noch so viel zusammen vor …«

Ich reiße die Lider auf und schreie.

Aber zu hören ist lediglich ein jämmerliches Wimmern. Denn ich kann meine Lippen überhaupt nicht öffnen. Es ist noch immer stockdunkel. Aber totenstill. Ich kann meine Hände kaum bewegen, weil sie gefesselt sind, aber der Stoff unter meinen Fingerspitzen ist aus dicht gewebter Baumwolle. Ich kann nicht schreien, weil irgendjemand meinen Mund verklebt hat. Ich wage es nicht, mich vom Fleck zu rühren, weil gleich neben mir ein Abgrund klafft und ich nicht weiß, wie tief er ist. Und ich kann nichts sehen, weil mir die Augen verbunden wurden.

Ich bin aus einem Albtraum aufgewacht – und in einem neuen gelandet. Die Panik meines Albtraums verwandelt sich in die Panik meiner Realität. Sie flutet jede meiner Zellen. Ich versuche erneut, zu schreien, taste blind mit meinen Füßen nach festem Grund.

»Beruhige dich.«

Erschrocken wende ich den Kopf in die Richtung, aus der die fremde Stimme kam. Sie war ungewöhnlich tief, geradezu samtig weich und warm.

Es sind weniger die Worte als vielmehr dieser angenehme Klang, der mich innehalten lässt. Wie das Schnurren einer Katze auf unerklärliche Weise eine beruhigende Wirkung auf den Körper hat, lässt diese Stimme mich zögern. Trotzdem schlägt mir das Herz bis zum Hals. Mir steigen Tränen in die Augen und befeuchten den Stoff über meinem Gesicht. Meine Atemzüge werden flacher, und ich habe Mühe, noch genug Luft zu bekommen.

»Ich kann dir das Klebeband abnehmen. Wenn du mir

versicherst, nicht zu schreien. Sonst …« Er lässt den Satz unbeendet zwischen uns hängen.

Ich will dem sanften Klang seiner Stimme vertrauen. Aber die unausgesprochene Drohung ängstigt mich. Trotzdem nicke ich zaghaft. Und keine Sekunde später reißt er mir das Klebeband vom Mund

Erleichtert hole ich Luft, aber der Fremde spricht schon weiter: »Du bist hier in Sicherheit. Ich werde dir nichts antun, sofern du einfach nur das machst, was ich dir sage.«

Warme, raue Finger schieben sich zwischen meine Hände. Sie verharren dort, geduldig und ohne jede Hast. Und ich halte mich daran fest, als wären sie mein Rettungsring inmitten eines unnachgiebigen Sturms. Mehr noch, ich beginne, mich an ihnen entlangzutasten, bis ich einen ruhigen, kräftigen Puls spüren kann. Und kurz darauf weiche, gesunde Muskelstränge, die so definiert nebeneinander verlaufen, dass ich sie mit den Fingern nachziehen könnte.

Ich habe keine Ahnung, was es über mich aussagt, dass ausgerechnet dieses Gefühl mir so etwas wie … Sicherheit suggeriert. Wen auch immer ich berühre – er hätte es nicht nötig, mich zu täuschen. Oder zu betäuben. Zu manipulieren. Was auch immer er von mir haben wollte, er hätte es sich nehmen können. Und hat es nicht getan.

Doch dann reißt er seine Hände fort. Und zurück bleibt nur kalte Leere.

»Wie heißt du?«, fragt er.

»Everly«, flüstere ich. Meine Stimme hört sich im Gegensatz zu seiner winzig an. Und viel zu hoch.

»Everly, tu mir einen Gefallen und verrate nie wieder einem Fremden, der dich womöglich gefesselt und geknebelt hat, deinen wahren Namen.«

»Woher willst du wissen, dass es mein wahrer Name ist?«,

kontere ich und bin verwundert, dass mir die Entgegnung überhaupt nur eingefallen ist. Normalerweise kommen mir solche Erwiderungen immer erst Stunden später in den Sinn. Wenn ich irgendwo dasitze, ins Leere starre und mich frage: »Was wäre, wenn?« Was wäre, wenn ich mutiger, selbstbewusster, klüger gewesen wäre.

Der Fremde lacht leise. Fast klingt es wie ein Kichern. Ein viel, viel, viel zu tiefes Kichern, das meinen Rücken hinunterstreift wie eine rettende Wolldecke mitten im Tiefschnee. Sie ertränkt mich in ihrer Wärme. Am liebsten hätte ich die Finger danach ausgestreckt. Das Geräusch festgehalten, damit es nicht verklingen kann. Damit ich noch einmal höre, wie sanft es sich in meinen Ohren wiegt. Noch einmal spüre, wie mein ganzer Körper darin versinkt.

»Ein netter Versuch«, gesteht er mir zu. »Aber ich kenne deinen Namen ohnehin, Everly. Ich wollte nur wissen, ob du mich anlügen würdest.«

»Warum?«, frage ich. Und spüre meinen Puls noch in derselben Sekunde rasant zunehmen. Warum kennt er meinen Namen? Hat er mich verfolgt? Wurde er beauftragt? Ist er mir etwa schon einmal begegnet – und ich habe nur nicht geahnt, was er mit mir vorhat? Was hat er mit mir vor?

»Es ist nicht wichtig. Aber ich verspreche dir, dass ich dir nicht wehtun werde. Es ist nur schon hell, und ich kann dich nicht nach Hause bringen, ohne gesehen zu werden.«

Ich runzle die Stirn. Instinktiv suchen meine Augen nach seinem Gesicht – nach irgendeiner Miene, die mir verraten kann, was seine Worte mir verschweigen. Aber ich kann nichts sehen.

»Nimm mir die Augenbinde ab«, bitte ich.

»Das geht nicht.«

»Warum nicht?«

»Ich kann nicht riskieren, dass du mich irgendwann einmal wiedererkennst. Oder durch einen Blick nach draußen erahnst, wo du bist. Oder im Raum irgendeinen Hinweis darauf findest. Das hier ist mein Zuhause. So gut wie niemand kennt diesen Ort.«

»Warum hast du mich dann überhaupt hierhin mitgenommen?«

»Weil du nicht dortbleiben konntest, wo du warst. Und ich kein nacktes, bewusstloses Mädchen in ein Hotel schleppen konnte, ohne dass jemand Fragen stellt.«

Nackt. Bin ich …? Hastig taste ich an mir hinab, soweit es mir trotz der Handschellen gelingt.

»Du trägst eines meiner T-Shirts«, sagt er.

»Du solltest es mal mit einem Weichspüler versuchen.«

Er schnaubt leise. »Danke, werde ich machen.«

»Hast du deswegen meine Hände gefesselt? Damit ich mir nicht die Augenbinde abnehme?«

»Unter anderem«, murmelt er.

»Wenn ich dir verspreche, dass ich die Augenbinde nicht abnehme – wirst du dann die Handschellen lösen?«

»Warum?« Jetzt klingt seine Stimme lauernd. Und obwohl sie ihre Tiefe nicht aufgegeben hat, ist doch aller Samt daraus verschwunden. Stattdessen wirkt sie rau. Beinahe gewaltvoll.

»Weil es mir dabei helfen würde, dir zu glauben. Ich weiß nicht, wer du bist. Oder was du mit mir vorhast …« Meine Stimme versagt auf halbem Weg und geht über in ein jämmerliches Krächzen. Noch mehr Tränen versickern in dem dunklen Stoff der Augenbinde.

Wahrscheinlich hat er recht. Ich hätte ihm nie meinen Namen sagen sollen. Und ich sollte mich garantiert wehren! Ihn hinters Licht führen. Meine offensichtliche Schwäche nutzen, um ihn in Sicherheit zu wiegen. Um dann aus dem Hinterhalt anzugreifen – oder wenigstens wegzulaufen.

Aber die Wahrheit ist: Ich kann es nicht. Ich … bin nicht stark genug dafür.

Obwohl ich es so, so gern wäre.

»Everly?«

»Ja?«

»Du hast keine Chance gegen mich.« Er drückt meine Hand bei den Worten. So fest, dass ich ihm unumwunden Glauben schenken muss. Und gerade umsichtig genug, dass ich nicht Angst bekomme, er würde mir doch noch die Knochen brechen. »Ich verspreche dir, dass ich dich nach Hause bringen werde. Aber bis dahin wirst du dich nicht von hier wegbewegen.«

Ich ziehe die Schultern hoch und zwinge mich zu einem Nicken. »Ich werde nicht weglaufen.«

»Das wirst du nicht. Und sobald du auch nur eine Fingerkuppe auf diese Augenbinde legst, schwöre ich, dass du dein hübsches Zimmer niemals wieder zu Gesicht bekommen wirst.«

Ich zucke bei den Worten zurück. Es ist ein Reflex, gegen den ich mich nicht wehren kann.

»Okay«, erwidere ich zittrig. Und frage mich unwillkürlich, ob ich nicht einfach damit hätte zufrieden sein sollen, dass er mich nicht umbringen will. Anstatt ihm noch weitere Zugeständnisse abzuverlangen.

Zu meiner Überraschung spüre ich kurz darauf erneut die raue Haut seiner Finger auf meinen Handgelenken. Es klickt leise. Und ich kann die Hände frei bewegen. »Eine falsche Regung, Everly, und du wirst dir wünschen, die Fesseln nie losgeworden zu sein«, flüstert er. »Du bist mir maßlos unterlegen. Das weißt du.«

Ich nicke, knie mich hin und taste blind in der Dunkelheit nach seinen Händen. Stattdessen streife ich nur kurz einen Arm. Und fühle eine merkwürdige Enttäuschung, als er sofort wieder verschwindet.

Ich muss verrückt sein, ihn auch noch berühren zu wollen. Nach allem, was ich weiß, könnte er ein Monster sein. Eine Bestie. Ein Mörder. Und ich will mich an ihm festhalten.

10. KAPITEL

ASHER

Ich sehe auf die schlanke Frau hinab, die dort auf der Kante meines Bettes kniet und ins Nichts blickt. Sie sieht verloren aus in meinem T-Shirt, mit ihren schmalen Schultern und den zierlichen Händen. Ich glaube, ich habe selten etwas Weicheres unter den Fingern gehabt als ihre Haut. Habe früher nie verstanden, was der ganze Hype um weiche Haut soll – weil Falten und Schwielen nun mal von Lebenserfahrung und Arbeit zeugen. Absolut *nichts* daran ist schlecht. Gleichzeitig bin ich von Everly fasziniert wie ein verdammter Perverser.

Keine Ahnung, welcher Teufel mich geritten hat, sie hierherzuholen. In mein eigenes Apartment. Es war riskant. Und es war dumm.

Trotzdem konnte ich nicht anders.

Es war genauso riskant und genauso dumm, ihre Handschellen zu lösen. Eine einzige Sekunde, in der ich nicht hinsehe, und sie könnte ihre Augenbinde abnehmen und mich wiedererkennen. Sie würde plappern wie ein Wasserfall – und egal, ob nun Rome oder den Bullen oder ihrem tollen großen Bruder gegenüber, am Arsch wäre ich so oder so.

Ihr Magen knurrt. Und sie zuckt unter dem Geräusch zusammen, als hätte ich ihr einen Kinnhaken verpasst.

»Hast du Hunger?«, frage ich seufzend. Wenn ich sie schon mit in meine Wohnung bringe, dann kann ich ihr auch etwas zu essen machen …

Sie nickt.

Und ich wende mich in Richtung Küchenzeile.

Entgegen allem, was Rome mir versprochen hat, lebe ich bescheiden. Es ist ein großer Raum und ein kleines Bad. Und das ist alles.

Ich durchwühle meinen Kühlschrank nach etwas, das jemand essen würde, der nicht auf einer 24/7-Proteindiät ist. Irgendwas, das ich gekauft habe, für den Fall, dass ich Mom einmal hierher einladen würde.

Aber sie kam nie her.

Und jetzt ist sie tot.

Hat nie erfahren, dass ich nicht etwa irgendwo in der Gosse gepennt habe, wenn ich tagelang verschwunden war – sondern hier.

Ich drehe mich zu der Kleinen um. Aber sie hockt immer noch auf meinem Bett. Hat sich kein Stück von der Stelle gerührt.

»Warum warst du überhaupt dort?«, frage ich. Weil es mir nicht ins Hirn geht. Ihre Familie ist steinreich – was immer sie will, sie kann es sich kaufen. Also, warum um alles in der Welt stand sie gestern Nacht ausgerechnet vorm Carrow?

»Wo?«

»Erinnerst du dich nicht an letzte Nacht?«

Sie verzieht das Gesicht.

Die ganze Zeit über schon frage ich mich, ob das da – die Show der süßen Unschuld, die keiner Fliege etwas zuleide täte – nicht einfach nur gespielt ist. Wer weiß, warum sie tatsächlich im Carrow war. Vielleicht hat ihr Bruder sie zu irgendetwas angestiftet. Und sie wartet lediglich auf den Moment, in dem sie unbemerkt nach einem Messer greifen und es mir ins Herz rammen kann.

Aber die Art, wie ihre schlanken Finger nervös an der Bettwäsche zupfen; wie jedes leise Geräusch sie aufschreckt; wie ihre Hände sich um meine Arme geschlungen haben, als wären sie ihr Rettungsanker statt ihr Untergang – das kann man nicht spielen.

»Ich … ich war in einem Nachtclub«, antwortet sie schließlich.

»Warum sollte jemand wie du in einem Nachtclub sein, hm?«

Sie zieht ertappt die Schultern hoch. Ihre Wangen färben sich rosa, und sie sucht und verfehlt meine Gestalt, wendet nur blind den Kopf auf der Suche nach mir. »Ich, ähm … Ich wollte …«

Ich laufe lautlos hinüber zum Bett, bis ich in der exakt entgegengesetzten Richtung bin als der, in welcher sie mich vermutet, und frage: »Was wolltest du?«

Sie zieht erschrocken die Luft ein, lehnt sich von mir weg, verliert das Gleichgewicht und wäre fast von der Bettkante gefallen.

Ich strecke einen Arm nach ihr aus und schiebe sie zurück in eine aufrechte Position. Sie tastet nach meiner Hand, sucht und findet sie und hält sie fest.

Nein, dieses Mädchen spielt überhaupt nichts. Sie ist ein kleiner Schmetterling, der sich inmitten tiefster Dunkelheit verflogen hat.

»Geh nicht schon wieder weg«, flüstert sie.

Ihre zarten Finger schlingen sich um meinen Unterarm. Sie geben mir das Gefühl, hässlich zu sein. Grobschlächtig.

»Hast du überhaupt keine Angst vor mir?«, frage ich. Weil

es mich so sehr irritiert. Vor wenigen Stunden noch hat sie es kaum gewagt, mir auch nur in die Augen zu sehen, so sehr habe ich sie abgeschreckt. Und jetzt versinken ihre Fingerkuppen auf der Suche nach Halt in meiner Haut. Eine nach der anderen gräbt sich tief in meine Muskulatur. Bis es wehtut. Aber ich lass es geschehen.

»Ich habe größere Angst davor, allein zu sein«, sagt sie.

»Es ist nur ein einziger Raum.«

»Du wärst nicht der Erste, der mich anlügt«, erwidert sie. »Ich kann dich nicht sehen. Wenn ich deine Stimme nicht höre oder deine Hände nicht spüre – wie soll ich dann wissen, dass du wirklich hier bist?«

»Du wirst mir vertrauen müssen.«

»Ich hoffe, dir ist bewusst, dass das unter diesen Umständen nicht besonders leicht ist.«

Sie hebt den Kopf bis zu meinem Gesicht. Es ist nicht schwer, immerhin bin ich ihr so nah, dass sie mich kaum verfehlen kann. Trotzdem fühlt es sich merkwürdig an. Als könnte sie mich sehen. Wenn nicht auf die physische Art – dann auf eine andere. Und dort, auf der linken Seite ihres Gesichts, im Winkel der hübschen, vollen Lippen, versteckt sich die leiseste Andeutung eines Lächelns. Als wäre es doch nicht nur mehr Angst, die ihr Inneres beherrscht.

»Versuch es trotzdem«, sage ich.

»Dein Puls ist so langsam«, flüstert sie. »Nur wenige Menschen könnten mit so ruhigem Pulsschlag lügen.«

»Deiner ist nur zu schnell.«

Sie nickt und beißt sich ertappt auf die Unterlippe, macht aber keinerlei Anstalten, ihre Finger von meinem Arm zu lösen. Stattdessen zieht sie ihn mit sich. Wie ein lieb gewonnenes Besitzstück, das sie nicht mehr herzugeben bereit ist.

»Du solltest mich loslassen«, warne ich sie.

Vielleicht ist es die Ungeduld in meiner Stimme, die sie zusammenzucken lässt. Oder vielleicht sinkt auch endlich ein Tropfen gesunden Lebenserhaltungstriebs in ihre Eingeweide. So oder so – lässt sie ihn fallen. Mehr noch, sie tastet sich rückwärts bis an das Kopfende meines Bettes, bis sie am weitesten von mir entfernt ist.

Ich verziehe mich wieder zur Kücheninsel. Das »kleine Mädchen« dort drüben droht mir mit ihrer merkwürdigen Art unter die Haut zu gehen. Und ich habe keine Ahnung, was ich davon halten soll.

Während ich mich also weiter auf die Suche nach Essbarem mache, schweigt sie. Minutenlang. Sie ist so still, dass ich ihre Anwesenheit zwischen Käse, Fertigblätterteig, Dosenfrüchten und zwei verstaubten Dosen Limo beinahe verdrängt hätte. Bis sie plötzlich fragt: »Du schläfst hier?«

Ich murre ein zustimmendes Geräusch. Und sie schweigt weiter.

Stille ist mir vertraut. Ich *mag* Stille. Aber es gibt Menschen, die Stille verändern können. In deren Gegenwart Schweigen entweder so wohltuend ist wie eine warme Dusche nach einem arschkalten Tag im Winter. Oder so brennend heiß und unerträglich wie ein Saunagang bei einer Hitzewelle.

Und die Kleine da drüben hat das Thermometer gerade beträchtlich in Richtung *unerträglich* geschoben.

Weswegen ich nach der erstbesten Frage greife, die mir in den Sinn kommt: »Warum hast du so große Angst davor, verlassen zu werden?«

»Ich habe in sehr kurzer Zeit sehr viele Menschen verloren, die mir etwas bedeutet haben.«

»Wen?«

»Meine Mom.«

Ich drehe mich kurz zu ihr um, sehe zu, wie sie dort auf dem Bett hockt und einen nach dem anderen die Knöchel ihrer Finger massiert.

Sie weiß es nicht, aber dieser Fakt ist eine Gemeinsamkeit. Wir beide haben unsere Mütter an denselben eiskalten Bastard verloren.

»Verstehe«, murmle ich.

Aber sie schüttelt den Kopf. »Nein, das tust du nicht.«

»Ach ja? Weil du das einzige Mädchen auf der ganzen Welt bist, das seine Eltern verloren hat, oder wie?«

»Nein«, flüstert sie. »Weil ich ihren Mörder ebenfalls vermisse.«

Vielleicht wäre es eine normale Reaktion gewesen, sie jetzt anzuschreien. Sie zu fragen, was zur Hölle so verdammt kaputt mit ihr ist, so zu empfinden.

Aber Rumschreien ist irgendwie nicht mein Ding. Hab auch noch nie beobachtet, dass das einer Konversation geholfen hätte. Also hake ich nur nach: »Warum?«

Sie zieht eines der Kissen auf ihren Schoß, verschränkt die Arme darum und sagt: »Er war noch am Leben. Ich hatte noch einen Dad. Einen sehr, sehr miesen Dad. Aber … einen lebendigen. Bis Xavier«, sie hält inne, räuspert sich und fährt dann fort: »ihn im Gefängnis besucht hat.«

Ich runzle die Stirn. Hat sie gerade angedeutet, dass ihr eigener Bruder etwas mit dem Selbstmord ihres Vaters zu tun hat …? »Wie meinst du das?«, bohre ich nach. Weil es mich irgendwie interessiert. Und weil »mein Bruder hat meinen Vater zum Selbstmord überredet, nachdem mein Vater faktisch meine Mutter ermordet hat« schon irgendwie ein valides Argument für ein paar Monate mieser Laune wäre. Das bin sogar ich bereit zuzugeben.

»Mein Dad hat sich mit Cyanid vergiftet. Er ist kein Geheimagent in irgendeinem Spionage-Thriller, der so eine Pille in seinem Kugelschreiber versteckt hält … Mein Bruder hingegen ist Pharmakologe, hat Zugang zu einem medizinischen Labor und hat ihn wenige Stunden vor dem Suizid noch in U-Haft besucht, obwohl er ihn abgrundtief gehasst hat.«

Hm. Schon merkwürdig, wie sie einerseits so himmelschreiend naiv sein kann, allein ins Carrow zu gehen und dort ausgerechnet Rome in die Arme zu fallen. Und andererseits so völlig schonungslos den Selbstmord ihres Vaters analysiert.

»Warum sollte er das tun?«, frage ich.

»Weil mein Bruder unsere Familienfirma erben wollte. Ich bin mir ziemlich sicher, dass er schon vor dem Tod von Mom den Plan hatte, Dad eines Tages das Unternehmen abzunehmen. Aber danach … hat ihn nichts mehr aufgehalten.«

Oft wird ja behauptet, dass intelligente Menschen kalt seien. Ich denke das nicht. Empathie und Intelligenz schließen einander nicht aus. Sie führen nur zu einer verdammt hohen Selbstmordrate. Weil man auf den ganzen Scheiß, den man Tag für Tag sieht, irgendwann einfach keinen Bock mehr hat.

Also, vielleicht war es nicht nur Naivität, die sie ins Carrow geführt hat. Sondern ein viel dunklerer Grund als das.

»Klingt, als wäre dein Bruder ein ausgewachsenes Arschloch«, sage ich.

Doch sie schüttelt vehement den Kopf. »Nein. Nein, das ist er nicht. Ich bin ihm auch nicht böse, weißt du?«

Natürlich bist du das nicht.

Verdammte kleine Unschuld auf zwei nackten Beinen.

Aber ich bin nicht in der Position, sie zu verurteilen. Ich hasse meinen Bruder auch nicht. Ich verabscheue ihn. Und ich missbillige, was er tut. Aber ich kann ihn nicht … *hassen*. Nicht wirklich.

»Das ist ja das Schlimme«, fährt Everly flüsternd fort. »Ich kann nicht einmal wütend sein. Nur traurig. Und nichts sonst. Dabei würde ich tatsächlich gern Wut empfinden. Aber ich kann es einfach nicht.«

In meinem Brustkorb dehnt sich ein unerträglicher Schmerz aus. Dieses Gefühl, das man bekommt, wenn man ganz, ganz dringend etwas tun *muss*. Und es nicht darf.

Ich *darf* sie nicht anfassen. Ihr sagen, dass es besser wird. Oder ihr gar versprechen, dass ich dafür sorgen werde. Denn, *damn*, ich werde überhaupt nichts tun. Nichts, als ihr etwas zu essen zu machen und sie nach Hause zu bringen. Wo sie hingehört. Und mich niemals wiedersehen wird. Weil ich ihr Leben nur noch mehr abfucken würde.

»Tu mir einen Gefallen und komm nie wieder auf die Scheißidee, in einen Nachtclub zu gehen«, sage ich.

»Warum nicht?«, fragt sie.

Ich drehe den Kopf und mustere ihr Gesicht. »Weil ich es sage.«

Aus dieser Perspektive fällt es mir nicht schwer, nachzuvollziehen, warum Romes krankhafte Fantasie einen Engel aus ihr gemacht hat. Ich bin mir zwar nicht sicher, was das über meinen Gesundheitszustand aussagt – aber selbst mich erinnert sie daran. Es ist nicht nur ihr Aussehen. Sondern auch die Art, wie sie sich bewegt. Was sie ausstrahlt. Als wäre sie einfach vollkommen lost auf dieser Erde ausgesetzt worden und würde nur nach dem Weg zurück in ihre Heimat suchen. Irgendeinen Planeten, der nicht so verfickt beschissen ist wie dieser hier.

Und alles, was man will, ist ein kleines Stück ihrer Welt, bevor sie geht. Nur ein bisschen dieses unschuldigen Friedens. Einmal kosten, wie sie schmeckt. Wie es sich anfühlt, wenn sie einen berührt. Herausfinden, was ihr gefällt.

Fuck, ich höre mich schon genauso krank an wie Rome.

»Was …«, haucht sie, in einem Tonfall, der mir verrät, dass das, was auch immer jetzt folgt, mir nicht gefallen wird. »Was würdest du tun, wenn ich doch …«

»Willst du es etwa rausfinden?«, knurre ich.

»Vielleicht …« Sie beißt sich auf die Unterlippe, bis das Blut darin sie dunkelrot färbt.

Meine Muskeln durchzuckt ein schier unwiderstehlicher Impuls, zu ihr hinüberzuhechten. Sie in die Matratze zu drücken und diese Lippen zu küssen. Noch einmal ihre weiche Haut unter meinen Fingern zu haben. Die blonden Strähnen um meine Hand zu wickeln und ihren Kopf bis in den Nacken zu ziehen. Mit meiner Zunge bis hinab zu ihren Brüsten zu fahren.

»Dir ist bewusst, dass du das nicht tun solltest, oder?«, frage ich. Meine Stimme ist eine Oktave in die Tiefe gerutscht. Genauso, wie mein Blut sich in Bahnen verirrt hat, in die es gerade nicht gehört.

Ich gehe einige Schritte auf sie zu und stelle sicher, dass sie mich dieses Mal auch kommen hört. Ich will, dass sie zurückzuckt. Sich zu einem Knäuel zusammenrollt. Dass ihr kleines Herz schneller schlägt und ihre Hände kalt und feucht werden vor Angst. Weil das verdammt noch mal die einzig normale Reaktion wäre.

Sie schluckt schwer. Und nickt. »Ja, ich weiß. Aber ich habe … Ich fühle etwas, wenn ich bei dir bin. Mehr als nur Trauer.«

»Du fühlst *Angst,* Everly. Das ist nichts Gutes.«

»Es ist nicht *nur* Angst«, gesteht sie. »Es ist mehr als das. Und ich …«

11. KAPITEL
EVERLY

Und *was,* Everly?«, fragt er. Seine Stimme ist mir so nah. Ich weiß, dass er hier ist, unmittelbar vor mir. Einerseits will ich ihn ertasten. Und andererseits habe ich Angst davor, wie er darauf reagiert. Ich habe Angst vor seiner Grobheit. Und noch größere Angst habe ich vor seiner Ablehnung.

»Ich mag das Gefühl«, flüstere ich trotzdem. »Auch wenn das möglicherweise bedeutet, dass etwas mit mir nicht stimmt.«

Noch in derselben Sekunde spüre ich seine Hände auf meinen Schultern. Sie drücken mich hinab in die Decken. Ich versinke tief in dem Stoff, japse aus lauter Schock nach Luft und höre mein Blut ungestüm durch meine Ohren rauschen.

Er ist wütend. Meine Antwort hat ihm nicht gefallen.

Aber ich nehme sie nicht zurück.

»Du *magst* das hier«, sagt er. Sein Tonfall ist ungläubig und gleichzeitig erwartungsvoll.

Er senkt sein Gewicht auf meinen Körper. Begräbt mich unter sich, bis seine Erregung unmissverständlich gegen meinen Bauch pocht. Das Gefühl ist berauschend. Und zugleich schnürt es mir die Kehle zu.

»Ja«, bringe ich hervor.

Er beugt sich zu mir herab. Ich spüre seinen Atem auf meinem Gesicht, meinem Hals, dem Ansatz meines Dekolletés, überall dort, wo er bis unter den Saum des weiten T-Shirts zieht. Ich hebe die Hände, um ihn von mir zu drücken. Und im selben Moment füllt ein ziehendes Verlangen meine Brüste. Ich verirre mich immer tiefer in diesem Labyrinth aus Angst und Erregung. Meine Vernunft schreit, dass meine Gefühle falsch sind und naiv und lebensmüde. Und mein Körper quält mich mit dem Lechzen nach mehr davon. Ich verlaufe mich heillos in mir selbst.

Bis er sich aufsetzt und seine rauen Finger eine meiner Hände auffangen. Nicht gewaltsam und grob, sondern so sanft, wie sie es gar nicht können sollten, fahren sie an mir entlang. Eine hauchzarte Berührung, die sich bis in jede meiner Nervenbahnen frisst und sie in Flammen setzt.

»Dein Vater hätte behaupten sollen, deine Hände könnten den Krebs deiner Mutter heilen. Damit wäre er wesentlich überzeugender gewesen als mit jedem Medikament«, murmelt er.

Ich halte den Atem an.

Er weiß, wer ich bin. Nicht nur meinen Namen – er weiß, dass ich die Tochter von Richard Addington bin und dass mein Vater behauptet hat, seine Medikamente könnten Krebs heilen. Und er weiß, woran meine Mutter gestorben ist.

»Woher …«, setze ich an.

Erneut beugt er sich zu mir herab. Tiefer dieses Mal. Seine Lippen streifen den unbedeckten Teil meiner Ohrmuschel, als er flüstert: »Ich wusste es vom ersten Moment an, in dem ich dich gesehen habe.«

Ich bekomme eine Gänsehaut. Wie in Zeitlupe überzieht

sie meinen ganzen Körper, von meinem Haaransatz bis hinab zu meinen Knien.

»Was hast du mit mir vor?« Plötzlich erinnere ich mich an die vielen Andeutungen, die Dad mir gegenüber immer gemacht hat: *Denk dran, meine Kleine, du bist nicht irgendjemandes Tochter.*

»Das habe ich dir schon gesagt: Ich werde dich nach Hause bringen.« Er hält inne. Für den Bruchteil einer Sekunde glaube ich, seinen Mund auf meiner Handinnenfläche zu spüren, und mir drängt ein leises Seufzen über die Lippen, bevor er fortfährt: »Aber erst, wenn es dunkel ist.«

Es klingt wie eine Drohung. Und gleichzeitig wie ein Versprechen.

»Wie lange ist es noch – bis zur Dämmerung?«

»Ein paar Stunden.« Seine Finger fahren meinen Arm hinab, und seine Worte zerschellen an meiner Pulsschlagader.

Immer neue Schauer durchziehen heiß und kalt meinen Körper. Ich ertrage es kaum, nicht zu sehen, was er mit mir tut, und gleichzeitig ist genau das so furchtbar reizvoll.

Er könnte alles sein. Entstellt und hässlich, wunderschön oder kaum bemerkenswert – es ist mir vollkommen gleich. Weil das, was für mich eine Rolle spielt, allein die Art ist, wie er mich berührt. Was er in mir auslöst. Wie er mich jede Zelle meines Körpers so tief empfinden lässt wie noch nie zuvor in meinem Leben.

Es ist magisch.

Und ich will nicht, dass es aufhört.

Ich möchte, dass er mir alles so intensiv zeigt, wie er es jetzt gerade tut, und fürchte den Augenblick, in dem er mich einfach loslassen könnte.

Aber noch weiß ich seine Finger auf meiner Haut, seinen warmen Atem, seine Lippen, seine Zähne. Ich werde umhüllt von seinem Geruch, spüre, wie er an meiner Haut saugt, so begehrend wie ein Ertrinkender, bis ein stechender Schmerz sich unter die tausend anderen Empfindungen mischt. Es ist kein Platz mehr für irgendetwas anderes als seine Anwesenheit und das, was er mit mir tut.

Er erreicht den Saum des T-Shirts, seine Fingerspitzen dringen darunter. Nur noch ein klein wenig, und er könnte das Lechzen in meiner Brust stillen. Er könnte sie umfassen und wiegen, kneten und …

Aber er hört auf. Lässt mich los. Schwingt sich von mir runter.

»Nein!«, sage ich, springe auf, folge blind der Schwärze, dorthin, wo ich seinen Körper vermute, strecke meine Arme ins Nichts aus, während tiefe Enttäuschung über mich hinwegspült wie eiskaltes Gletscherwasser.

Wie kann er mir das antun?

Wie kann er mich *jetzt – so –* zurücklassen?

Doch dann ertaste ich den rauen Stoff seiner Jeans, packe danach, halte ihn fest.

Und er rührt sich nicht. Sagt kein Wort, aber bewegt sich auch nicht von der Stelle.

Ich atme auf, fahre blind seinen Körper hinauf. Selbst durch den dicken Stoff der Jeans kann ich erahnen, wie trainiert seine Beine sind. Mir gefällt das Gefühl der Muskulatur seines Hinterns unter meiner Hand. Er ist fest, und ich kann nicht widerstehen, meine Finger darin zu vergraben. Im selben Augenblick streicht meine Linke seinen Oberschenkel hinauf, erreicht seinen Schritt und die pulsierende Beule darunter. Ein tiefes Stöhnen grollt über mich hinweg. Es klingt wütend, und unwillkürlich dränge ich mich enger an ihn, verschränke meine Beine mit seinen, damit er ja nicht auf die Idee kommen kann, mich wegzustoßen.

Doch noch immer – rührt er sich nicht vom Fleck.

Und ich taste mit meinen Händen weiter aufwärts. Am Rücken ist sein Shirt nicht in den Bund der Jeans gesteckt, und meine Finger gleiten mühelos unter den Saum, bis ich auf warme Haut treffe. Ich kann seine einzelnen Wirbel ertasten, wie sie zwischen den starken Muskelsträngen beinahe untergehen.

Und je weiter ich komme, desto mehr erfahre ich über diesen Mann. Und das, was dieser Körper in der Vergangenheit erlitten haben muss. Dünne Narben durchziehen dichtes Gewebe, kerzengerade Linien kreuzen gebogene. Es ist zu viel. Und gewiss mehr, als ich je an einem einzigen Menschen erahnt hätte.

Meine Hände fahren bis hinauf zu seinen Schultern. Wo bei mir jeder Knochen unter der Haut hervorragt, liegt bei ihm über allem ein Geflecht aus Muskeln. Strang für Strang schützt es jedes Glied. Vielleicht ist das der Grund, dass all die Brutalität zwar ihre Spuren hinterlassen hat, aber keinen ernsthaften Schaden anrichten konnte: Seine Muskulatur umhüllt ihn wie ein natürlich geflochtener Panzer.

Trotzdem lässt das Bild der Narben, das meine Finger beschreiben, mir den Atem stocken. Und ich wünschte, seine Worte wären wahr, dass meine Hände heilen könnten.

In all mein andächtiges Erkunden fragt er plötzlich: »Rächst du dich jetzt?«

»Wofür?«, frage ich, hebe den Kopf, als könnte ich ihn ansehen, und verfluche einmal mehr diese Augenbinde. Ich will in sein Gesicht sehen. Ich will wissen, welche Farbe seine Iriden ziert, und ich will, dass er *mich* ansieht.

»Dafür, dass ich dich auf dem Bett habe liegen lassen. Ist das hier deine Rache?« Seine Stimme klingt roh. Ablehnend. Er schiebt mich ein Stück vor sich her, bis ich die harte Bettkante wieder an den Unterschenkeln spüre.

Und ich stottere ihm ein irritiertes »N-nein« entgegen.

»Dann mach gefälligst weiter«, knurrt er. »Auch wenn es verdammte Folter ist. Nur dass du das weißt, Mädchen.«

»Ich will dich nicht quälen«, sage ich, schüttle heftig den Kopf und wäre zurückgewichen, wenn ich den Raum gehabt hätte. Aber ich habe keinen. Und als er sich vorbeugt, habe ich die Wahl, hinterrücks aufs Bett zu fallen oder mich an ihm festzuhalten, und ich entscheide mich für Letzteres.

»Genau das ist ja das Problem«, sagt er. »Du gehörst hier nicht her. Du bist zu schwach für diese Welt, Kleines. Ich würde dir wehtun, selbst wenn ich es nicht wollte.«

»Wenigstens lügst du mich nicht an, nur damit ich …« Ich beiße mir auf die Lippe. Ich will den Satz nicht beenden.

Seine Fingerspitzen fahren meine Unterlippe entlang, halten sie fest, ziehen mich daran hoch, bis sein Gesicht meinem so nah ist, dass seine Bartstoppeln meine Wange reizen. Er nimmt einen langen Atemzug und murmelt: »Damit du mich liebst. Wie alle anderen wollen, dass du sie liebst.«

»Ja«, gebe ich erstickt zu. Denn ich glaube, dass genau das Grund ist – für die jahrelangen Lügen meines Dads. Und jetzt Xaviers. Oder Romes Versprechungen. Sie alle wollten nur, dass ich sie liebe. Wertschätze. Achte. Respektiere. Die Dunkelheit nicht sehe, in die sie verschwinden, wann immer ich den Blick abwende.

Dabei weiß ich, dass sie dort ist. Wie ein Schatten kriecht sie hinter ihnen her, wohin sie auch gehen.

»Keine Sorge, Everly. Ich würde nie wollen, dass du mich liebst. Also habe ich auch keinen Grund, dich anzulügen.« Mit diesen Worten legt er seinen Mund auf meinen, küsst mich, beißt mich, schlingt die Arme um mich und hält mich fest.

Und obgleich ich ihm gerade gesagt habe, dass ich seine unbarmherzige Wahrheit an ihm schätze – kriecht mir ein kalter Schauer der Enttäuschung den Rücken hinab und untergräbt die brennende Hitze, die sein Kuss in mir auslöst. Denn selbst wenn er mich nicht anlügt, so wünsche ich mir doch, dass ich ihm nicht egal bin.

Eine seiner Hände umschließt mein Gesicht, fest und rau hält sie mich in ihrem Griff, während sein Kuss immer intensiver wird. Er drängt seinen Unterkörper gegen meinen, im selben Rhythmus, in dem seine Zunge in meinen Mund stößt.

Und mit jedem Mal durchzuckt mich quälenderes Verlangen. Meine Brüste fühlen sich schwer an, zwischen meinen Beinen sammelt sich Feuchtigkeit, und am liebsten hätte ich mir eine Hand unter mein Shirt geschoben, um nur ein wenig Erleichterung zu bekommen. Aber wenn ich ihn jetzt loslasse, dann falle ich. Und wer weiß schon, ob er mir folgen wird – oder mich wieder allein lässt. Also dränge ich mich enger an ihn, schlinge mein Bein um seines und reibe mich an dem rauen Stoff seiner Jeans.

Bis er mich plötzlich von sich stößt. Ich stolpere, falle und lande mit dem Rücken in denselben Decken, aus denen ich kurz zuvor noch geflüchtet bin. Versinke darin, immer tiefer, sobald sein Gewicht mich in die Matratze drückt.

»Ich bin kein manipulativer Freak, Everly. Aber das macht mich noch lange nicht zu einem fucking Engel«, sagt er.

»Einen Engel fände ich auch nicht sonderlich bemerkenswert«, flüstere ich. Im selben Moment fasst er nach dem Saum und reißt das T-Shirt entzwei. Kalte Luft strömt ungehemmt auf meine Haut. Und mir steigt die hitzige Gewissheit in den Kopf, dass ich nun vollkommen nackt unter ihm liege. Ich kann seinen Atem spüren, wie er in schneller Abfolge heiß über meinen Bauch spült.

Gefällt ihm, was er sieht?

Warum berührt er mich nicht?

Sollte er mich nicht anfassen wollen – jetzt mehr denn je?

Ich strecke die Hand nach meiner Augenbinde aus. Wenn ich schon splitterfasernackt unter ihm liege, dann brauche ich auch keinen albernen Stoff über meinem Gesicht.

Aber er packt mich und hält sie fest. »*Nicht.*«

»Warum …?«, setze ich an, doch er führt meine Hand an seinen Körper, unter den Stoff seines Oberteils, bis meine Finger die perfekt parallel angeordneten Linien eines Sixpacks nachziehen können.

»Das ist alles, was du wissen musst. Es reicht, wenn du spürst, was ich bin. Du musst mich nicht sehen.«

Ich nicke stumm. Selbst wenn ich ihm nicht zustimme. Aber das Gefühl seines Bauches unter meinen Händen hat mir den Atem geraubt. Ich fühle mich wie eine kleine Maus, die gerade in eine Kornkammer eingebrochen ist. Obwohl sie weiß, dass sie jeden Moment von einer Katze erwischt und gefressen werden könnte, wähnt sie sich im siebten Himmel.

Vielleicht werde *ich* gleich mit Haut und Haaren gefressen. Aber wenigstens habe ich zuvor in dem Gefühl baden dürfen, diesen Körper zu berühren. Ich versenke meine Finger in den weichen Muskeln, fahre jedes Tal und jede Erhebung nach, schiebe den störenden Stoff beiseite und hebe meinen Mund auf den warmen Brustkorb. Er duftet so anziehend. Dezent nach Shampoo, ein bisschen nach kaltem Rauch und Kardamom.

Ich koste seine Haut mit meiner Zunge, lasse mich von den Schauern kitzeln, die daraufhin unter meinen Berührungen hinwegziehen. Fühle mich wie im Rausch und klammere mich an diesen Körper, kneife, lecke, beiße zu, weil ich wissen will, wie er reagiert.

Er packt mich. Umschlingt meine Handgelenke mit einem Klammergriff, aus dem ich mich niemals würde befreien können. Aus tiefster Kehle murmelt er: »Du hast mich bereits genug gefoltert.«

Damit hebt er meine Arme über meinen Kopf, pinnt mich in die Matratze, und ich schnappe unwillkürlich nach Luft. Ist er jetzt doch wütend auf mich?

Wenn er es ist, dann hoffe ich, dass es anhält. Denn er senkt seinen Mund auf meinen. Saugt an meiner Unterlippe. Seine Zunge zieht hinab bis zu meinem Kinn und meinem Hals. Die rauen Bartstoppeln reizen meine Haut, und seine warmen Lippen liebkosen mich. Es ist ein Überfluss an Eindrücken, und ich kann mich weder bewegen, noch kann ich ihn sehen. Mir bleibt nichts, als jeden einzelnen der tausend Impulse auf mich einfließen zu lassen.

Und ganz allmählich beginne ich zu verstehen, was er damit meint, dass ich ihn foltern würde.

Denn er tut genau das mit mir. Quält mich damit, jede einzelne Nervenzelle zu reizen, bis ich mir einbilden muss, dass sie bersten wird unter der Flut. Sein Mund streift neckend über meine Brust hinweg, aber nie nahe genug, um meine aufgerichteten Nippel zu erreichen. Und jedes Mal, wenn ich versuche, ihn in die richtige Richtung zu drängen, mich ihm anbiete, hält er mich fester als zuvor. Ich habe keine Chance.

»Bitte«, murmle ich schließlich, als ich begreife, dass ich keine Wahl habe, als zu betteln.

»Bitte *was?*«, murmelt er gegen meine Rippen. Er leckt über sie hinweg, gräbt die Zähne in die sensible Haut.

Aber als ich nicht sofort reagiere, löst er sich davon. Ich erahne sein Gesicht über meinem, spüre seinen Atem auf meinen Wangen.

»Was ist?«, fragt er. Es klingt neutral. Beinahe gelangweilt. Wenn nicht ein leiser, belustigter Unterton darin liegen würde.

»Berühr mich«, sage ich, will meine Hüften heben, auch wenn ich mir sicher bin, unter seinem Gewicht nicht einmal einen halben Inch vom Fleck zu kommen.

»Ich berühre dich die ganze Zeit, Everly.« Ich kann an seinem Tonfall erkennen, dass er mich nur aufzieht. Er weiß genau, was ich will. Und er ahnt, dass ich es nicht laut auszusprechen wage.

»An meinen …«

»Hm-mh?« Sein fragendes Murmeln streift über mich hinweg. Ich kann seinen Atem spüren. Genau dort, wo ich ihn haben will.

»Brüsten«, flüstere ich.

Er gibt ein zufriedenes Geräusch von sich, und im nächsten Moment umschließen seine Lippen meine Nippel. Ich seufze erleichtert auf, während er saugt und leckt, mich mit einem eiskalten Lufthauch auf der feuchten Haut in den Wahnsinn treibt.

Ich hatte auf Erleichterung gehofft. Darauf, dass mein Körper nun endlich bekommt, was er will, und Ruhe gibt.

Stattdessen wird es nur schlimmer. Das begehrliche Ziehen in meinem Unterleib wird geradezu schmerzhaft, und wider Willen höre ich mich wimmern: »Mach, dass es aufhört. Nimm mich. *Bitte.*«

12. KAPITEL
ASHER

Ich habe ein Problem.
Nein, eigentlich habe ich vier:

1. Sie will, dass ich sie ficke.
2. Ich will sie ficken.
3. Wenn Rome hiervon erfährt, wird er mich umbringen. Sofern nicht Nummer vier zuerst eintritt.
4. Wenn Xavier hiervon erfährt, wird er mich umbringen.

Das Vernünftigste wäre, jetzt aufzuhören. Nein, das Vernünftigste wäre gewesen, das alles hier niemals angefangen zu haben. Sie hätte nie erahnen können, wer ich bin. Sie hätte mich nie angebettelt, sie zu berühren. Und ich nie das Gefühl gehabt, dass mir jeden Moment die Eier explodieren.

Jetzt aufzuhören, während sie vor Erregung zitternd und bebend unter mir liegt, den Kopf hilflos hin- und herwirft, mir ihre nackten Brüste entgegenreckt und mich geradezu anfleht, sie endlich zu vögeln … Sagen wir: Es fiele mir leichter, eine verdammte Saalschlacht auseinanderzunehmen.

Ich schiebe ihre winzigen Hände unter den Griff meiner

Linken, damit ich meine Rechte um ihren Hals schließen kann, senke meinen Mund an ihr Ohr und flüstere: »Was auch immer passiert – du wirst *niemals* jemandem hiervon erzählen.«

Sie hört auf, sich zu rühren. Verfällt in die Schockstarre eines Rehs im Scheinwerferlicht.

»O-okay.«

»Und wenn jemand fragt, dann wirst du sagen, dass du dich an nichts erinnern kannst. Du bist mit verbundenen Augen in einem Kofferraum aufgewacht. Mehr weißt du nicht.«

Sie nickt.

Ich lasse sie ruckartig los und befehle: »Umdrehen.«

Und sie dreht sich herum, präsentiert mir ihren nackten, straffen Hintern. Ich kann nicht anders, als ihn anzufassen, darüberzustreichen, von ihrem Rücken bis hinab zu ihren Beinen. Zwischen ihren Schenkeln ist sie feucht und glatt. Doch ihr Körper ist angespannt und verkrampft.

»Everly?«

Langsam wendet sie mir ihr Gesicht zu. Die blonden Strähnen kräuseln sich rund um den Rand des Schals hinweg zu allen Seiten.

»Hast du Angst vor mir?«

Sie antwortet nicht. Beißt sich nur zögerlich auf die Unterlippe. Bis sie sich schließlich doch zu einem »Nein« durchringt.

»Ich hasse Lügen.«

Doch sie schüttelt heftig den Kopf. »Ich lüge nicht. Es ist nur … Ich habe noch nie …«

Oh.

Shit.

»Willst du es tun?«, frage ich. »Jetzt. Hier. Mit mir.«

Sie nickt. Aber es ist mir zu zaghaft. Und ich bin bedauerlicherweise nicht Arschloch genug, um das hier noch durchzuziehen.

Aber kaum, dass ich sie losgelassen habe, dreht sie sich um, streckt ihre Hände blind nach mir aus, fährt an meinem Oberschenkel hinauf, bis sie spüren muss, dass ich mindestens genauso *horny* bin wie sie.

»Ich will es. Jetzt. Mit dir«, beteuert sie.

Ich fange ihre geschickten Finger wieder ein, dränge sie zurück auf den Bauch und drücke sie in die Laken, bis mein enttäuschter Schwanz gegen ihren Schenkel pocht. Dann beuge ich mich zu ihr hinab, senke meinen Mund ganz nah an ihr Ohr, damit sie die folgenden Worte auch ja verinnerlicht: »Du solltest es aber nicht wollen. Du solltest dir irgendeinen langweiligen BWL-Studenten suchen, der weiße Tennissocken trägt, einen Golfschläger mit eingravierten Initialen besitzt und Blümchensex mit dir hat. Er wird zwar zu schnell kommen, aber wenn du ihn mit zitternder Unterlippe um eine zweite Runde bittest, kriegst du selbst mit ihm einen Orgasmus. Und dann kannst du ihn und seinen 08/15-Harvard-Lebenslauf am nächsten Tag deinem Bruder vorstellen, und alles wäre gut.«

»Ich will aber keinen Blümchensex mit einem BWL-Studenten«, beharrt sie.

Der kleine Engel liegt mit verbundenen Augen unter mir, unfähig, Arme und Beine zu bewegen, und schwört mir, dass sie ihren ersten Sex lieber mit einem Monster hat als mit einem anständigen Kerl.

Ich verdrehe die Augen. Über mich selbst. Weil ich sie natürlich trotzdem nicht ficken werde. Nicht *richtig*. Nicht so, wie ich es gern hätte. Nicht so, wie mein krepierender Schwanz es gern hätte.

Stattdessen streiche ich ihren Rücken hinab, bewundere die Gänsehaut, die mir folgt, und ihren süßen Hintern. Und dann versenke ich einen Finger in ihr.

Sie schnappt nach Luft. Ihr Körper erzittert unter mir. Sie stöhnt und drängt ihre Hüften gegen meine Hand, bis mein Finger weiter hineinrutscht in ihre warme Feuchtigkeit. Und ich tue ihr den Gefallen, dringe tiefer und immer tiefer in sie vor, ernte ihr leises Fluchen. Ein wirklich süßes Geräusch, das mich grinsen lässt – und meinen Rhythmus beschleunigt. Bebend und stöhnend drängt sie sich mir entgegen, versucht, ihre Hände aus meinem Griff zu befreien, aber ich lasse sie nicht. Nicht, solange sie mir nicht sagt, dass ich aufhören soll.

Und das tut sie nicht.

Im Gegenteil, über ihre Lippen fällt ein heiseres: »Mach weiter.«

Dabei habe ich noch nicht einmal richtig angefangen.

Ich ziehe sie auf meinen Schoß, schiebe zwei Finger zwischen ihre Schamlippen, bewege mich in ihr rhythmisch vor und zurück. Erst schnell, dann langsam und wieder schneller. Sie presst die Zähne fest aufeinander, und doch dringt aus ihrem Mund ein unterdrückter Lustschrei. Ihre Bewegungen werden unkontrolliert. Sie zittert vor Erregung, krümmt sich um meine Finger. Mit roten Wangen und geöffneten Lippen kommt sie auf meinem Schoß.

Ich lasse sie los, schiebe sie von mir, weil ich nicht riskieren will, dass meine Eier kurzfristig entscheiden, dass dies doch ein passender Moment wäre, meine Jeans mit Sperma einzusauen. Denn das ist er nicht. Das Zeug gehört in ein fucking Gummi und nirgendwo sonst hin.

Aber Everly, diese vermeintliche Unschuld, krabbelt geradewegs zurück auf meinen Schoß. Sie schlingt ihre Arme um mich, so gut es ihr nur gelingt, weil ich ein verdammtes Monstrum bin im Gegensatz zu ihr. Sie senkt ihre feuerroten Lippen auf meine Haut, leckt das Salz davon ab, küsst mich, krallt ihre Finger in meine Muskeln.

Bei jeder anderen Frau hätte mich das angewidert. Aber bei ihr kann ich nicht anders, als meine Arme um sie zu legen. Zuzuhören, wie sie zufrieden seufzt und ihr hastiger Atem sich allmählich beruhigt.

»Du willst unbedingt Sex mit einem Fremden, der dich in seine Wohnung entführt – aber ja nicht ohne Kuscheln hinterher, oder was?«, frage ich rau.

Weil es mich irgendwie ankotzt, wie sehr ich das hier genieße. Das ist nämlich nicht normal. Ich bin in diesem Szenario hier das Arschloch – nicht der Kerl, der hinterher noch die rosa Teddy-Fleecedecke ausbreitet. Ich muss es ein bisschen kaputt machen.

Aber Everly lässt sich davon nicht beeindrucken. Wie sie sich eigentlich schon die ganze Zeit wenig beeindrucken lässt. Keine Ahnung, vielleicht ist in ihrer Amygdala irgendwas falsch verkabelt.

»Lass mich nur nicht los«, murmelt sie.

Und ich Idiot tue das auch nicht.

Bis sie eingeschlafen ist, ihren Kopf auf meinen Oberarm gebettet, als wäre es ein fucking Kuschelkissen.

Ich brauche eine Dusche.

Und ich korrigiere meine Aussage von vorhin: Sperma darf auch in einen Abfluss.

Sonst krieg ich blaue Eier. Und darauf hab ich echt keinen Bock.

Damn, ich hätte sie einfach nageln sollen. Sie hat sich mir praktisch angeboten. Und ich werde sie sowieso nie wiedersehen.

Aber, hey, vielleicht macht ihr Bruder meinen Tod nun kurz und schmerzlos, statt langwierig und qualvoll. Immerhin hab ich meinen Schwanz nicht bis zum Anschlag in der süßen, engen Pussy seiner kleinen Schwester versenkt. Nur meine Finger. Das ist doch echt ein Fortschritt.

13. KAPITEL

EVERLY

Wirst du mich wieder in den Kofferraum stecken?«, frage ich leise, während ich einen großen Schluck Tee nehme. Er ist immer noch zu heiß, aber ich ignoriere das Gefühl.

Mein »Gastgeber« hat mich mit dem Duft von geschmolzenem Käse und frisch aufgebrühtem Tee geweckt. Mir war nicht bewusst, wie ausgehungert ich war, bis der Geruch nach Essen mich praktisch aus dem Schlaf gerissen hat. Auf dem Fußboden hockend habe ich kleine Blätterteigtaschen von einem Teller gefischt und so lange gegessen, bis in meinem Magen kein Platz mehr für einen einzigen Bissen war.

»Wohin sonst?«, fragt er. »Auf den Beifahrersitz, damit du einen schönen Ausblick hast?«

Er ist wieder genauso ablehnend wie zuvor. Nein, das stimmt nicht ganz. Denn ganz zu Anfang war er nicht *ablehnend*. Er war … jedenfalls nicht feindselig.

Ich zupfe am Saum des T-Shirts, das er mir gegeben hat. Es ist *noch* länger als jenes zuvor und reicht mir selbst im Sitzen bis auf die Knie. »Du könntest mich wenigstens auf den Rücksitz legen.«

»Und wenn eine Polizeikontrolle kommt, sage ich *was*,

Everly? Dass ich mein kleines Kidnapping-Opfer nur ein bisschen spazieren fahre?«

Ich schlucke. »So empfinde ich das nicht.«

Er erwidert nichts.

Oder jedenfalls habe ich das geglaubt, bis seine Stimme plötzlich dicht neben meinem linken Ohr flüstert: »So solltest du aber empfinden.«

Mir läuft ein Schauer über den Rücken. Es gruselt mich, wenn er das tut. So einfach aus dem Nichts auftaucht, nur, um mir zu demonstrieren, dass ich ihn nicht einmal sehen kann. Dass er noch immer alle Kontrolle in seinen rauen Händen hält. Und ich ihn gefälligst zu hassen hätte dafür.

»Ich bin kein Kidnapping-Opfer«, antworte ich. Auch wenn das womöglich nicht stimmt. Trotzdem verweigere ich mich diesem Begriff. Er klingt zu sehr nach Xaviers kleiner Schwester Everly. Nicht nach … der Everly, die ich gern wäre.

»Ach, nein?«

Ich schüttle bestimmt den Kopf. »Wenn ich die Wahl gehabt hätte, hier zu sein oder an jedem anderen Ort, dann hätte ich immer noch hier gewählt.«

Jetzt sagt er tatsächlich nichts.

Ist stumm über Minuten hinweg. Und lässt mich allein mit meinen lauten Gedanken.

Mein Unterleib fühlt sich sonderbar an. Einerseits wund und andererseits erfüllt. Es ergibt keinen Sinn für mich. Und gleichzeitig weiß ich, dass ich das, was vor wenigen Stunden passiert ist, unbedingt noch einmal empfinden will.

»Warum verrätst du mir nicht, wie du heißt?«, flüstere ich.

»Weil ich nicht dein Freund bin, Everly. Ich bin ein Monster, das dich festhält. Warum begreifst du das nicht?« Seine sonst so angenehme, tiefe Stimme klingt wütend und kalt, wie ich sie noch nie zuvor gehört habe. Ich zucke unwillkürlich davor zurück, hebe schützend meine Hände vor mein Gesicht und kauere mich zusammen. Nur für den Fall, dass eine Stimme womöglich doch Wände zum Einsturz bringen könnte. Denn wenn irgendeine es kann – dann diese.

»*Das*, Everly, *das* solltest du fühlen, wenn du mit mir sprichst. Panik. Angst.«

»Ich weiß«, antworte ich. Höre meine Stimme zittern und beben wie meinen eigenen Herzschlag. »Aber ich fühle lieber *Angst* als Trauer oder Verzweiflung. Sie gibt mir das Gefühl, dass mein Leben einen Wert hat. Dass ich es nicht wegwerfen darf. Wer Angst vor dem Tod hat, hat noch etwas zu verlieren. Ich will etwas zu verlieren haben.«

Seine Finger treffen auf meine Haut. Nicht hart, aber dennoch zu bestimmt, um es liebevoll zu nennen.

Ich weiß nicht, ob ich vor der Berührung zurückweichen soll oder mich ihr hingeben. Also harre ich stocksteif aus, während seine Hand über meine Wange streicht. Mein Kinn und meine Lippen. »Du verhältst dich aber nicht, als hättest du etwas zu verlieren«, sagt er.

»Dann gib mir etwas, das ich verlieren kann. Gib mir deinen Namen.«

»Ash«, sagt er rau. »Nenn mich einfach Ash.«

»*Ash*. Das passt zu dir.« Ich habe keine Ahnung, ob das sein wahrer Name ist. Oder nur irgendein Wort, das er mir hinwirft. Ich nehme es trotzdem. Weil es sein Zugeständnis ist. Und weil meine Gedanken dann endlich einen Namen für ihn haben, wenn sie schon ständig um ihn kreisen.

Ich hebe meine Finger an seine, ziehe sie nach, taste nach dem kräftigen Puls an seinem Handgelenk, fahre die hervortretenden Adern entlang bis hinauf zu seinem Oberarm. Dort verschwinden sie zwischen den zahllosen Muskelsträngen. Ich bräuchte beide Hände, um einen einzigen Arm zu umgreifen – und vermutlich würde es mir selbst dann nicht gelingen.

So sehr, wie all diese Übermacht mich einschüchtert – so sehr gibt sie mir ein Gefühl von Sicherheit. Es ist irrwitzig, und bestimmt ist es nicht rational. Aber es gefällt mir. Mehr noch: Ich *liebe* es. Und ich lasse mich nicht davon aufhalten, ob es nun »falsch« ist oder nicht, und fahre mit meiner Hand bis unter den Ärmel seines T-Shirts, dränge immer weiter vor. Auf Knien rutsche ich näher zu ihm, taste mich über seine Brust. Es fühlt sich so gut an, das zu tun. Und mich befällt seltsame Befriedigung, als ich bemerke, dass selbst ihn meine Erkundungen nicht kaltlassen. Er bekommt eine Gänsehaut. Sein Brustkorb hebt und senkt sich unter meinen Fingern. Ich strecke meine zweite Hand nach ihm aus, raffe den Stoff hoch, den ich ertaste, bis ich auch dort weiche Haut spüre.

»Hör auf«, sagt er. Aber sein ganzer Körper brüllt stumm das Gegenteil. Seine Nippel werden steif, und ich beuge mich automatisch vor, um hineinzubeißen. Er stöhnt leise, und ich reiße an dem blöden T-Shirt, damit er es endlich vollständig auszieht.

Ich rechne damit, dass er mir den Gefallen nicht tut. Dass er mich endgültig und mit spielerischer Leichtigkeit von sich schiebt.

Aber das Gegenteil tritt ein. Er nimmt mir das Textil aus den Händen und zieht es aus, legt einen Arm um meine Taille und setzt mich auf seinen Schoß, sodass ich seine Erektion gegen meine Schenkel pochen spüre. Ich dränge mich an ihn, verschränke meine Beine um ihn und wiege meine

Hüften auf seinen. Ich weiß nicht einmal genau, *warum* ich das tue. Folge nur wortwörtlich blind einem inneren Verlangen. Und das leise Fluchen, das ich gleich darauf von ihm ernte, befeuert meine Kühnheit. Ich versenke meine Fingernägel in seinem ausgeprägten Trapezmuskel, streife mit meinen Zähnen über die sensible Haut an seinem Hals.

»Everly.« Mein Name rauscht über mich hinweg wie eine leise Drohung. Als bereite ich ihm Schmerzen und würde ich nicht sofort damit aufhören, würde er mich dafür bestrafen.

Aber ich werde ihn nicht loslassen.

Ganz bestimmt nicht.

Vielmehr fahre ich mit meinen Fingernägeln seinen Rücken hinab. Versenke meine Zähne tiefer in der weichen Haut. Dränge meine Hüften noch enger gegen das gierige Pochen unter mir.

»Ich werde dich nicht ficken, Mädchen. Egal, was du mit mir anstellst.«

Sein Tonfall ist bestimmt. Und ich glaube ihm jedes Wort. Aber das wird an meinen Taten nichts ändern. Schon allein, weil es sich *so gut* anfühlt, wie sein Körper sich meinen Händen hingibt.

Ich brauche keine Gewalt. Ich kann immer noch die kleine, zarte Everly sein – und trotzdem gewährt er mir, alles zu tun, was ich möchte. Ich kann ihm Schmerz bereiten, ihn kratzen und beißen und kneifen. Ich kann sanft sein und vorsichtig und unsicher, ihn lecken und küssen. Und er lässt es zu.

Schließlich erreichen meine Fingerspitzen den Bund seiner Hose. Ich taste darunter. Seine Nervenenden zucken vor mir zurück. Als wäre er an dieser Stelle noch genauso sensibel und unberührt wie ich.

Ich wage mich weiter, tiefer, bis ich seinen Schaft erahne. Er flucht. Und ich halte den Atem an. Ich weiß nicht, was ich erwartet habe. Nur … nicht das. Er ist so hart, so steif, und gleichzeitig ist die Haut darüber samtig weich und warm. Vorsichtig taste ich mich die gesamte Länge hinab. Als ich schließlich auf die feuchte Spitze treffe und mit einem Zeigefinger immer wieder über sie streife, ernte ich ein tiefes Knurren.

Hastig lasse ich ihn los und murmle: »Entschuldige, ich hab das noch nie gemacht und …«

»Ja, das merkt man«, murrt er.

»Es tut mir leid.«

»Muss es nicht.«

»Du klingst aber wütend.«

»Ja. Weil das hier sexy ist und es nicht sein sollte. Ich bin keine zwölf mehr, Eevee.«

»Ich auch nicht!«, zische ich. »Aber ich bin nun mal nicht als Sexgöttin auf die Welt gekommen.«

»Ich habe nie behauptet, dass es mir nicht gefällt. Ich habe gesagt, dass es mir nicht gefallen *sollte.*« Er hält inne, packt mein Gesicht mit beiden Händen und hebt es in seine Richtung. Ich spüre seinen Blick auf mir, selbst wenn ich ihn nicht sehen kann. Er scheint den Stoff über meinen Augen förmlich zu verbrennen. »Wie alt bist du?«

»Zwanzig.«

»Du lügst mich nicht an.«

Ich beiße die Zähne aufeinander. »Nein.«

Er lässt mich los, schiebt sich unter mir hervor und lässt mich zurück. Nein, halt, er zupft an meinem T-Shirt und sagt: »Zieh es aus. Ich will dich ansehen.«

Ich will ihm sagen, dass es nicht fair ist. Dass er *alles* sehen kann und ich … nichts.

Aber die Wahrheit ist: Ich fürchte, es würde mich überfordern. Jetzt sein Gesicht zu betrachten, seine Gefühle nicht nur aus seiner Stimme herauszuhören, sondern auch in seiner Mimik gespiegelt zu sehen. Mir vollkommen sicher sein zu müssen, wie viel größer und kräftiger er ist als ich … Das wäre zu viel.

Ich habe begonnen, mich wohl damit zu fühlen, all das nicht zu wissen. In wenigen Stunden felsenfest behaupten zu können: Ich habe keine Ahnung, wer er war. Oder wie er heißt. Was passiert ist, ist passiert – und es wird sich niemals wiederholen.

Ich kann mich vor ihm nicht blamieren, weil ich ihm egal bin. Und er wird mich nicht verletzen, weil ich keine Gefahr für ihn darstelle.

So ist es gut.

Also streife ich das T-Shirt über meinen Kopf. Ich strecke blind die Hände nach seinem Körper aus und atme auf, als ich ihn unumwunden vor mir kniend finde. Doch als ich an ihm hinabtaste, fehlt der Bund seiner Hose. Es ist nichts mehr dort. Kein störender Stoff, nur noch nackte Haut. Und sein begierig zuckendes Glied zwischen meinen Fingern.

Ash streicht indes meinen Hals hinab. Und während ich in unsicheren Bewegungen seinen Schaft auf und ab fahre, widmet er sich meinen Brüsten. Kneift mich, reizt meine Nippel, bis sie sich ihm steif entgegenrecken. Also greife ich fester zu, bis er leise stöhnt.

Seine Hand wandert weiter hinab, über meinen Bauch und meine Taille, zwischen meine Schenkel. Ich mache ihm Platz, öffne meine Beine für ihn.

»Lecken«, sagt er rau.

Verwirrt halte ich inne. »Was?« Seine Berührungen haben mich völlig in ihren Bann gezogen. Voller Erwartung und mit breit geöffneten Beinen knie ich vor ihm und will einfach nur, dass er mich anfasst.

»Wenn du möchtest, dass ich weitermache, dann wirst du jetzt deinen Kopf senken und mich lecken.«

»I-ich habe das noch nie …«

»Oh, ich bin mir sicher, du wirst das ganz prima hinbekommen, glaub mir.«

Trotzdem zögere ich. Eine Sekunde, zwei, drei vergehen, ohne dass etwas passiert. Dann bewegt seine Hand sich an mir hinab. Einer seiner Finger gleitet zwischen meine Schamlippen. Ich seufze erstickt, als er meine Klit streift. Und ich senke meinen Kopf, öffne meinen Mund und schiebe seine Eichel zwischen meine Lippen. Noch im selben Moment dringt sein Finger in mich, und ich stöhne gegen sein Glied.

»Ich sagte doch, du wirst das hinbekommen.« Seine Stimme ist gequält und trotzdem voller Erregung. Sie bestärkt mich ebenso darin, weiterzumachen, wie seine Berührungen es tun.

Ungeduldig dränge ich meine Hüften gegen ihn, gleite mit meiner Zunge die Länge seines Schaftes hinab und wieder hinauf.

»Saugen«, keucht er. Und ich tue, was er sagt. Sauge, fahre mit meiner Hand an ihm entlang, während seine immer tiefer in mich stößt. Er krümmt seinen Finger, trifft irgendeinen Punkt in mir drinnen, der mich vor lauter Lust zusammenzucken lässt. Kurz verliere ich die Kontrolle über meine Bewegungen, bevor ich unwillkürlich fester an ihm sauge, in der Hoffnung, dass er was-auch-immer noch einmal tut. Ich habe Glück. Er trifft ihn wieder. Und wieder. Als er einen zweiten Finger hinzufügt, zieht mein Inneres sich vor Erregung zusammen, ich beginne, von Neuem zu stöhnen, und winde meine Hände fester um seinen Schaft. Er gibt ein tiefes, lusterfülltes Geräusch von sich. Sein Glied schwillt in meinem Mund an, bis ich das Gefühl habe, ihn kaum noch fassen zu können.

Aber das muss ich auch nicht. Denn im nächsten Lidschlag reißt er mein Kinn hoch, und ich spüre warme Flüssigkeit über meinen nackten Bauch rinnen, während mich mein Orgasmus durchspült.

Sekundenlang harren wir aus. Mein Kopf lehnt gegen seine Brust, die sich mit jedem schnellen Atemzug hebt und senkt, und seine Arme liegen schwer und warm um meine Taille.

Dann schiebt er mich plötzlich von sich, steht auf, und ein raues Handtuch landet auf meinem Schoß.

»Das nächste Mal bist du dran«, sagt er.

Aber ich erfahre nie, was er damit meint. Denn gleich darauf höre ich eine Tür in ihren Rahmen fallen. Und dann das Rauschen von Wasser.

Ich bin allein.

14. KAPITEL
EVERLY

»Was zur Hölle hast du dir dabei gedacht, mitten in der Nacht abzuhauen, Everly? Dir hätte sonst was passieren können! Mal ganz davon abgesehen, dass wir uns Sorgen um dich gemacht haben!«

Ich sitze mit fest angezogenen Knien auf dem riesigen Ledersofa im Wohnzimmer und starre vor mich hin, während Xavier in einem fort vor sich hin brüllt. Seine Stimme nimmt einen drohenden Ton an, wenn er das tut. Nicht so wie Dads. Dad wurde immer kalt, wenn er geschrien hat. Bei Xavier ist es … Es ist schlimmer. Weil es ihm nicht gleichgültig ist, sondern seine Wut ihn – zumindest in diesem Augenblick – wirklich hassen lässt. Und das tut mir mehr weh als alles andere.

»Hast du mal darüber nachgedacht, dass es nicht deine Entscheidung ist, wohin ich gehe?«, flüstere ich in einen seltenen Moment der Stille hinein.

Das war offenbar ein Fehler.

Mit großen, langen Schritten kommt er auf mich zu, stützt seine Arme auf dem tiefen Couchtisch ab und sieht mich an. Xaviers Augen haben die Gabe, seine Gefühle völlig ungetrübt abzubilden. Und jetzt liegen sie mit all ihrem Zorn auf mir. »Vielleicht, wenn du eine vernünftige, normale Zwanzigjährige wärst, Everly. Dann würde ich nicht danach fragen, was du tust. Aber ganz offensichtlich bist du das nicht! Ich dachte erst, du bräuchtest womöglich einfach Zeit. Deine Ruhe. Tabletten und ein paar Therapiestunden – und dann würde es dir schon besser gehen. Dass es kein Problem wäre, dich mal ein einziges Wochenende allein zu lassen, weil du ohnehin zu feige bist, um das Haus zu verlassen. Aber offenbar lag ich falsch. Du verlässt durchaus das Haus. Nur, um dich bei erstbester Gelegenheit von irgendeinem Irren entführen zu lassen!«

Ich will ihm sagen, dass Ash kein Irrer ist. Dass alles viel, viel schlimmer hätte kommen können, wenn er nicht da gewesen wäre.

Aber ich fürchte, dann wird Xaviers Wut noch viel herber ausfallen.

»Was willst du jetzt tun?«, frage ich schließlich.

Mein Bruder rauft sich die Haare, tigert weiter durch den Raum und wirft von der gegenüberliegenden Seite einen zweifelnden Blick in meine Richtung. »Was soll ich schon tun, hm? Glaub mir, wenn ich könnte, würde ich dich hier einsperren. Aber das ist leider nicht legal.«

Von der Treppe her hallt das Klick-klack-Geräusch hoher Absätze. Jayna.

Anfangs mochte ich sie. Sie hat eine beruhigende Wirkung auf Xavier. Er hasst es, in ihrer Gegenwart die Fassung zu verlieren. Und sie lässt sich nichts von ihm bieten. Rein gar nichts.

Aber sie ist … Sie ist wie er. Sie versteht nicht, was ich empfinde. Dazu ist ihr Herz zu hart. Und meines zu weich.

»Everly, alles in Ordnung?«, fragt sie.

Nicht, dass mein Bruder das nicht bereits mit einer ganzen Entourage aus Ärzten, Psychologen und Sicherheitsleuten professionell hat feststellen lassen: Nachdem einer seiner Mitarbeiter mich wie ein fest verpacktes Schnürpaket in fremden Klamotten und mit ausgeschaltetem Handy am Rande unseres Gartens aufgelesen hat, hat Xavier ein ganzes Aufgebot ins Haus kommen und darüber hinaus das halbe Stadtviertel durchkämmen lassen.

Er hat Ash nie gefunden.

Und ich bin offiziell in tadellosem Zustand. Ein bisschen niedriger Blutdruck und ein bisschen im Schock und ein bisschen Erinnerungsverlust – aber, hey, passiert, das geht schon wieder weg.

Ich nicke schwach. »Es geht mir gut.«

Jayna bedenkt mich mit einem Blick, der mir zweifelsohne klarmacht, dass sie mir kein Wort glaubt.

Aber sie ist nicht in der Position, irgendetwas dazu zu sagen. Und das weiß sie. Der Einzige, der nach wie vor meint, alle Fäden in seiner Hand zu halten, ist mein Bruder.

»Du wirst nie wieder das Haus verlassen, ohne mir Bescheid zu geben. Du bekommst einen eigenen Bodyguard. Und deine Therapeutin soll jede Erinnerung aus deinem Hirn kratzen, die dir noch einfallen könnte. – Temporäre Amnesie … Ich fass es nicht.« Xaviers Faust knallt gegen den Türrahmen. Dann stürmt er aus dem Raum.

Ich blicke ihm nach.

»Du hast wirklich keinerlei Erinnerung?« Jayna zieht eine der Schallplatten aus Dads alter Sammlung. Es ist eine handsignierte Single von den Beatles. »Lucy in the Sky with Diamonds« auf der A-Seite. Dad hat sie so oft gehört, dass er den Pappeinband irgendwann hat laminieren lassen, weil dieser so spröde geworden ist.

»Nein«, lüge ich.

Jayna erwidert nichts darauf, mustert mich nur, als wäre

ich ein Rätsel, das sie nicht lösen kann. Anschließend geht sie hinüber zum Schallplattenspieler.

»Nicht.« Ich schüttle den Kopf.

Irritiert sieht sie zu mir herüber, dann zurück auf die Schallplatte in ihren Händen. Sie hebt eine Augenbraue und fragt: »Warum nicht?«

»Weil …«, setze ich an – und verstumme. Selbst über dessen Tod hinaus hasst Jayna meinen Vater. Sie hasst alles, was mit ihm zu tun hat. Ich verstehe das. Aber ich kann es nicht teilen. Ich kann nicht *hassen* – obwohl ich es so gern könnte.

»Deine Mutter wäre vermutlich noch am Leben, wenn er sie mit einem wirksamen Medikament behandelt hätte. Stattdessen hat er lieber dabei zugesehen, wie sie qualvoll stirbt.« Jaynas Tonfall klingt beinahe verspielt, während sie mit den Fingerspitzen über das poröse Laminat streift. »Und das alles nur für Geld.«

»Ich weiß«, krächze ich.

Jayna schiebt die Schallplatte zurück ins Regal. Exakt an die Stelle, wo sie sie herausgenommen hat: zwischen »Maxwell's Silver Hammer« und dem Rolling-Stones-Album mit dem echten Reißverschluss dran.

Dann kommt sie zu mir herüber und sagt: »Ich bin normalerweise keine Spielverderberin, Everly. Aber es gibt bessere Wege, die Vergangenheit zu vergessen, als in einen Nachtclub zu gehen und darauf zu hoffen, dass irgendwer einem ein paar Pillen vertickt. – Es existieren Monster dort draußen, denen du nicht über den Weg laufen willst.«

Bei ihren letzten Worten ist ihr Blick so eindringlich geworden, dass mir eine Gänsehaut über den Nacken kriecht. Ich zupfe die Enden meiner zartrosa Lieblingsstrickjacke, in die ich mich eingewickelt habe, enger um meine Schultern. »Okay.«

Jaynas Blick wird weicher, mitleidiger. Sie seufzt und fragt: »Warum gehst du nicht mit Freundinnen aus, hm?«

Die bittere Antwort darauf ist: Ich habe keine.

Keine, mit denen ich mir vorstellen kann, abends in einen Nachtclub zu gehen.

Aber auch keine, die verstehen, was es für mich bedeutet, meine Mutter verloren zu haben.

Zu wissen, dass mein Vater mindestens eine Teilschuld daran trägt – ihn dafür hassen zu wollen und es nicht zu können.

Meinen Bruder hassen zu wollen und es nicht zu können.

Und wie um alles in der Welt kann ich das auch verlangen? Wie kann ich verlangen, dass jemand versteht, was ich fühle?

Ich bin nicht einmal sicher, ob ich möchte, dass irgendjemand das versteht. Denn was muss man erlebt haben, um das wahrhaftig zu begreifen?

15. KAPITEL

ASHER

Wo zum Teufel hast du gestern gesteckt?!«, fährt Nora mich an, noch ehe ich den Motor ihres Wagens abgestellt und die Fenster hochgefahren habe. Der Plan war, dass wir hier Autos und Schlüssel zurücktauschen. Aber ich schätze, Nora hat noch eine ganze Menge mehr loszuwerden …

Der Staub des runtergekommenen Tagebaus wirbelt um die schwarzen, ledernen Leggings, die sie trägt. Mit verschränkten Armen steht sie im Scheinwerferlicht und starrt mir entgegen.

Wie jeder illegale Underground-Club wechselt das Carrow seinen Ort stetig. Aber hauptsächlich kreiseln wir um drei bis vier Locations. Das hier ist die abgelegenste. In die verwaiste Mine seltener Erden mitten in der kalifornischen Wüste verirren sich um diese Zeit allenfalls giftige Schlangen, Echsen oder Skorpione.

Ich hasse diesen Ort.

Dabei ist er für uns von der Security ein Traum. Die Ankunft der Bullen könnten wir fünfzig Meilen gegen den Wind erahnen. Die reichen Kids aus der Stadt, die auf der Suche nach Spaß sind, kommen nicht hierher – zu weit weg.

Was bleibt, sind notorische Spieler, die in Vegas Casinoverbot haben, notgeile Kerle, deren kranke Fantasien einzig und allein vom Stand ihrer Bankkonten überholt werden, und die Schattengewächse des Broadways – unsere Stammkundschaft.

Ich stelle die Scheinwerfer aus und springe aus dem Wagen, um mich Noras Schimpftirade zu ergeben.

»Dein Bruder sucht dich die ganze Zeit. Wo hast du dich herumgetrieben?«

»Schrei noch lauter«, murre ich.

Ich habe miese Laune. Zu wenig geschlafen und zu viel Sex, der keiner war, aber meinetwegen gern welcher hätte sein dürfen. Und über Letzteres habe ich eindeutig zu oft nachgedacht.

Kurzum: Ich bin abgefuckt.

Offenbar noch mehr, als ich zunächst vermutet hatte, denn meine beste Freundin stellt sich auf ihre Zehenspitzen und packt mit ihren Elfenfingerchen nach dem Kragen meines T-Shirts. »Hast du sie mitgenommen, Ash? Warst du so vollkommen hirnverbrannt, die kleine Addington mitzunehmen?«

Ihre dunklen Augen funkeln mich an. Hier draußen erhellt nichts als das Mondlicht den Himmel, und trotzdem kann ich die orangebraunen Nuancen darin erahnen, so wütend ist sie. Es sieht dann jedes Mal aus, als hätte sie ein wortwörtliches Feuer in ihren Iriden entfacht, das hinter gebräuntem Glas vor sich hin flackert.

Ich schließe meine Hand um ihre Faust und zupfe ihre Finger von meinem Shirt. »Er hätte sie umgebracht, Nora. Oder Schlimmeres.«

»*Oder Schlimmeres* wird dir passieren, wenn er davon erfährt!«

»Dann wird er davon auch nicht erfahren.«

»Nein, wird er nicht. Weil ich ihm gesagt habe, *ich* hätte sie draußen gefunden und weggefahren.«

Überrascht hebe ich die Brauen, mustere Noras Gestalt, wie sie schlank und zierlich vor mir steht. Die Arme vor der Brust verschränkt will sie den Eindruck erwecken, sie hätte alles unter Kontrolle. Meistens hat sie das auch.

Aber ich kenne sie zu gut. Sie macht sich Sorgen. Um mich. Dass ich es vergeige. Dass ich ihren Plan kaputt mache – und mich dabei zu allem Überfluss noch selbst in Gefahr bringe.

»Wieso solltest du das tun?«, frage ich.

»Aus demselben Grund, aus dem ich dir immer schon den Arsch gerettet habe, Ash: Du hast es verdammt nötig!«

Ich nicke knapp. »Ist gut. Ich geh es reparieren. Und du solltest besser verschwinden.« Nervös mustere ich die Umgebung. Die Kulisse der stillgelegten Mine ist so verlassen wie eh und je. Niemand hier. Das Einzige, was sich regt, sind die vertrockneten Grashalme im Wind und der quietschende Schaufelradbagger. Fehlt nur noch, dass irgendein Steppenläufer vorbeirollt.

Trotzdem kriecht mir ein mieses Gefühl den Nacken hinauf.

Mit einem entnervten Seufzen wende ich mich ab und trotte in Richtung der Traileransammlung. Unter den riesigen, halb verrosteten Grabungsmaschinen wirken sie winzig. Wir haben drei Stück: Einer der Trailer ist so was wie Romes zweites Zuhause, in einem anderen schlafen die Mädchen, und im letzten wird gearbeitet. Mein einziger Job besteht darin, die Ein- und Ausgänge jedes einzelnen zu bewachen. Auf der Freifläche dazwischen können die Leute meinetwegen veranstalten, was sie wollen. Solang niemand stirbt, ist es mir scheißegal.

Widerwillig trotte ich auf den größten der drei Trailer zu, als das Smartphone in meiner Hosentasche vibriert. Meine Finger schließen sich bereits um das harte Metall, als ich mich unwillkürlich frage, was ich tue, wenn sie es ist.

Sie, die meine Nummer gar nicht haben sollte.

Und offiziell auch nicht besitzt.

Sie weiß nicht, dass sie sie hat.

Weswegen es vollkommen unmöglich sein sollte, dass sie mich ausgerechnet jetzt anruft.

Aber als ich das Smartphone endgültig aus der Tasche ziehe und auf den Screen schaue, stellt sich meine aberwitzige Ahnung trotzdem als richtig heraus. Wie auch immer das passieren konnte. »Wo brennt's?«, frage ich und schlage umgehend eine andere Laufrichtung ein, hinaus in die Wüste.

Einen kurzen Moment ist es still in der Leitung. Dann dringt Everlys zarte Stimme durch den Hörer. *»Du?«* Es ist nur ein einziges Wort. Trotzdem reagiere ich sofort darauf. Wie ein abgerichteter Hund, der das Leckerli in der Packung rascheln hört und jetzt hechelnd angerannt kommt. Einfach nur erbärmlich.

»Wo bist du, wie viele sind es, haben sie Waffen?«, konzentriere ich mich auf das Wesentliche.

Denn ich bin vielleicht ein Vollidiot – aber nicht hirnverbrannt. Ich habe ihr meine Nummer nicht mit der Notiz »der Kerl, der dich entführt und dann beinahe gevögelt hätte« hinterlassen. Sondern als Notfallkontakt. Diesen fetten, roten Button, den man drückt, wenn man am Arsch ist. Everly hat ihn auf ihrem Homescreen. Also, nein, ich musste nicht ewig schnüffeln, um ihn zu finden.

»W-was meinst du?«

»Du hast deine Notrufnummer gewählt. Also wo brennt es?«

»Es … Ich dachte, es wäre Xaviers Nummer. Die meines Bruders. Er hat mir diese Notfall-App heruntergeladen, sich selbst als Kontakt abgespeichert, und weil ich das alles albern finde, benutze ich sie eben als Schnellwahltaste.«

»Du benutzt deinen Notrufbutton als Schnellwahltaste«, wiederhole ich. Und habe keine Ahnung, ob ich erleichtert sein soll oder verwirrt. Denn, hey, was Große-Brüder-Beziehungen angeht, sollte mir eigentlich bekannt sein, dass die ziemlich wild ausfallen können. Trotzdem …

»Sein Verhalten ist nicht okay«, flüstert sie.

»Er war sauer. Dass du verschwunden bist. Und hat seinen Frust an dir ausgelassen«, rate ich.

»Ja.«

Ich balle die freie Hand zur Faust. Und lasse es wieder sein. Das hier geht mich verdammt noch mal nichts an. Das Mädchen geht mich nichts an. Ihr Schnösel von einem Bruder geht mich nichts an.

Das alles – geht mich nichts an.

»Du hast den Button also nicht gedrückt, weil du in Gefahr bist?«, frage ich.

»Nein.«

Ich lege auf.

Schiebe das Smartphone zurück in meine Hosentasche, wo es hingehört und … werde ignorieren, dass es sofort wieder vibriert.

Ich werde definitiv nicht rangehen.

»Warum hast du deine Nummer in meinem Handy gespeichert?«

Okay, ich bin doch rangegangen.

Shit.

»Ich bin effektiver als die Bullen. Oder dein Bruder.«

»Warum hilfst du mir?«

Weil ich ein Trottel mit der Hirnkapazität einer Amöbe bin, verdammte Scheiße.

Ich reibe mir die Schläfe, werfe einen Blick dorthin zurück, wo die schwache Beleuchtung der Trailer die Nacht erhellt.

»Stell dir vor, du sitzt im Vorzimmer Gottes und nimmst Gebetsanrufe von allen möglichen Leuten entgegen. Jedes Mal, wenn jemand dringend Hilfe braucht, kannst du einen fetten, roten Button drücken, und dann kommt die Kavallerie angerückt und holt denjenigen raus. Würdest du das tun, selbst wenn du die Person überhaupt nicht kennst?«

»J-ja! Natürlich!«

Ich hatte es befürchtet …

»Herzlichen Glückwunsch, du hast deinen ganz persönlichen Escape-Button. Und jetzt tu mir einen Gefallen und benutz ihn nur im *Notfall*. Wenn *du* in Gefahr bist. Das hier – ist kein Notfall.«

»Du bist also mein Schutzengel?«

Ich lasse mich in das Geröll der Wüste fallen. Es ist noch warm von der Sonne und riecht nach Trockenheit. Irgendwo zirpt eine Grille verloren vor sich hin. Der riesenhafte Schatten eines alten Tagebaubaggers schiebt sich wie ein eisernes Monstrum vor die Abertausende Sterne. In L. A. sieht man sie nicht. Aber hier, in der Wüste, kann man sie die ganze Nacht lang zählen und wird doch nie damit fertig.

»Wenn man davon absieht, dass ich für die Konkurrenz arbeite.«

»Für … Inwiefern?«

»Ich sitze im Vorzimmer der *Hölle* und nehme Anrufe entgegen, wer eine direkte Eskorte ins Fegefeuer bekommt, Everly.«

»Verstehe.«

Ich kicke einen Stein beiseite. »Tust du das?«

»Ja, ich denke schon. Ich glaube nur, dass Himmel und Hölle ein und dasselbe sind.«

»Wie kommst du denn auf diese gequirlte Scheiße?«

»An beiden Orten bekommen Menschen, was sie verdienen. Also warum sollten es unterschiedliche Dinge sein?«

»Fuck, Everly. Du musst wirklich aufhören damit.«

»Womit?«

Mit deinem verdammten Engelsdasein. Wenn sie so weiterredet, glaube ich tatsächlich noch, anstelle einer Geburt wäre sie einfach von ihrer rosaroten Wattewolke runtergeplumpst und hätte sich beim Sturz die Flügel gebrochen … Und aus unerfindlichen Gründen ist sie der Auffassung, dass ausgerechnet ich ihr Ticket zurück nach Hause bin.

»Vergiss es. Ich leg jetzt auf. Und du rufst nicht wieder an, es sei denn, du brauchst ein Himmelfahrtskommando, verstanden?«

Ich will ihre Antwort nicht abwarten. Will ich wirklich nicht. Aber sie ist zu schnell. Ich kann ihr leises »Ich vermisse dich« noch hören, bevor ich den roten Button erwischt habe. Jetzt echot dieser Satz durch meinen Kopf, und ich stelle mir die irre Frage, was wäre, wenn sie hier wäre. Ohne die Trailer. Ohne Rome. Ohne … den ganzen Scheiß in meinem Rücken. Nur Everly, der trockene Staub der Wüste und die zahllosen Sterne da oben.

Shit.

Ich sollte darüber nicht nachdenken.

Ich sollte es nicht wissen wollen.

Ich sollte … zurück zu Rome gehen und hoffen, dass er niemals erfährt, was gerade passiert ist. Oder letzte Nacht. Ich habe keine Ahnung, was er tun würde. Aber ich will es ganz sicher auch nicht herausfinden.

Doch als ich wenige Minuten später vor ihm stehe, habe ich das Gefühl, es ist mir ins Gesicht geschrieben. Neonfarbene Leuchtbuchstaben, die ihm in Fettdruck verkünden, dass ich es war, der ihm seinen Engel geklaut hat. Dass sie sich mir hingegeben hat. Freiwillig. Und ich es angenommen habe. Mit beiden Händen gegriffen habe, was ich kriegen konnte.

Mein Bruder mustert mich. Lange. Während ich nur dastehe, mit den Armen hinter dem Rücken verschränkt darauf warte, was er tun oder sagen wird. Seine Ruhe ist es, die mich nervös macht. Wenn Rome still ist, kann man davon ausgehen, dass irgendwann irgendwo irgendwas in die Luft gehen wird.

Aber ich habe Glück.

Denn schon in der nächsten Sekunde wird er wütend. Er donnert seine Fäuste auf den mickrigen Tisch inmitten des Trailers und brüllt: »Was sollte die Scheiße gestern Nacht?«

»Roxy hat …«

»Es interessiert mich einen feuchten Dreck, was Roxy will! Sie ist eine verdammte Hure. Geht dir das nicht ins Hirn? Eine Hure. Weißt du, was das ist, Ash? Eine Hure? Das sind zwei Beine mit einem Loch in der Mitte, aus dem sie Geld scheißt. Und das ist alles. Aber das schnallst du einfach nicht. Weil du ein dummer, kleiner Köter bist. Du glaubst, du siehst ein Mädchen, und schon verlierst du deinen Verstand. Aber Roxy ist kein *Mädchen,* Ash. Sie interessiert sich nicht für dich. Also hör auf, ständig ihre High Heels zu lecken, das ist erbärmlich. – Wenn du so notgeil bist, dann besteig irgendeines der anderen Mädchen, sofern es deine hässliche Visage ertragen kann.«

Ein Klopfen bewahrt mich davor, irgendetwas darauf erwidern zu müssen.

Auf Romes gebrülltes »Herein!« steckt ein junges Mädchen den Kopf durch den Türspalt. Sie ist winzig, zierlich, hat Sommersprossen und blonde Haare.

Keine Ahnung, was sie hier sucht.

»Siehst du das?«, fragt Rome und nickt zu ihr rüber, als wäre sie ein Gegenstand. »Ein Geschenk der Russen. Spricht angeblich kein Wort Englisch.« Er legt den Kopf schief und mustert sie grinsend. Sie reagiert nicht auf seine Worte, blickt nur irritiert zwischen uns hin und her. Bis Rome sie zu sich winkt und sie augenblicklich die Tür hinter sich schließt und seiner Geste folgt.

»Weißt du, was ich glaube?« Rome packt ihr Handgelenk und zerrt sie vor seinen Stuhl. Sie ist so klein, dass sie ihn kaum überragt, obwohl er sitzt. »Ich glaube, sie versteht jedes Wort und ist nur hier, um uns zu bespitzeln«, erklärt er lachend, stupst ihre Nase, aber sie zuckt nicht zurück. Entweder liegt er falsch – oder sie ist eine geborene Schauspielerin. Beides würde ich den Zharkovs zutrauen.

Das mexikanische Kartell hier in Kalifornien ist blutrünstig und einflussreich – aber ihre Hintermänner nicht unbedingt von Intelligenz geschlagen. Bei den Russen war das lange Zeit genauso. Dann kamen die Zharkovs.

Nichts ist gefährlicher, als eine Mafiafamilie, die weiß, was sie tut.

Ich verschränke die Arme vor der Brust. »Was sollen wir mit ihr anstellen, wenn sie kein Wort Englisch spricht?«, frage ich. Für den unwahrscheinlichen Fall, dass Rome sie einfach wieder gehen lässt. Wortwörtlich in die Wüste schickt. Dann könnte ich Nora eine Nachricht schicken. Sie würde mit Sicherheit herausfinden, welche Sprache das Mädchen spricht und warum es hier ist …

Aber Rome macht meine müde Hoffnung schon mit der

nächsten Geste zunichte. Er deutet auf den Boden. Dann öffnet er Knopf und Reißverschluss seiner Jeans und lässt sie herunter. Mit zufriedenem Lächeln lehnt er sich in seinem Stuhl zurück.

Als das Mädchen nicht sofort reagiert, tritt er mit dem Fuß nach ihr aus und zeigt auf seinen Schwanz. »Mach schon.«

Sie streckt die Hände aus, aber er schüttelt mit dem Kopf und deutet auf ihre Lippen. »Lutschen.«

Ich mache auf dem Absatz kehrt. Diese Scheiße muss ich mir wirklich nicht ansehen.

Doch Romes schrilles Pfeifen hält mich zurück. »Bruderherz, wo willst du hin?«

Und ich bleibe stehen.

Du willst Rache, Ash? Dann spiel mit. Sei sein Straßenköter. Bring ihm das Stöckchen. Schleus mich rein. Und ich verspreche dir, ich sammle so viele Informationen, dass er sein Leben lang hinter Gittern wandert. Er und alle anderen.

Verdammt, Eleonora.

Ich hätte einfach Nein sagen sollen. Als sie damals nach meiner Überdosis an meinem Krankenhausbett saß und mich davon abgehalten hat, mich einfach weiter in die Scheiße zu reiten. Sie musste mich ja unbedingt retten. Mich – und am besten noch die ganze Welt.

Er kommt dort nie wieder raus, versprochen. Er wird dir nie wieder wehtun – und auch niemandem sonst.

Du musst nur mitspielen.

Nur. Mitspielen.

Ich drehe mich um. Rome grinst. Er weiß, wie sehr ich das hier hasse. Und er genießt es, dass er es einfach tun kann. Kein Wunder, dass ich damals jede Droge in mich reingepumpt habe, die mir zur Verfügung stand. Wenn ich ihn so sehe, bin ich versucht, genau das wieder zu tun. Um zu verdrängen, was hier geschieht. Und dass ich ein Teil davon bin. Ein Zahnrad in seinem Gewinde aus Widerwärtigkeit.

Nur zwei, drei Pillen, und ich würde das alles hier vergessen. Ich wäre genauso ein entmenschlichter Roboter wie alle anderen. Es würde mich nicht mehr stören, was abgeht. Ich würde mich nicht mehr fragen, wie ich es stoppen könnte – ich würde nur noch wissen wollen, wo ich das Geld für die nächste Pille, den nächsten Schuss, das nächste High herbekäme. Wie viele Mädchen ich dafür ausnehmen müsste. Oder welche Gefallen ich Rome schuldig bin, damit er mir das Zeug kostenlos gibt.

»Wir haben uns gerade unterhalten, oder nicht?«, fragt Rome.

»Mein Fehler. Ich dachte, das Gespräch wäre beendet.«

Mein Bruder schnalzt mit der Zunge. »Mitnichten, Asher.« Er streckt eine Hand nach dem Schopf des Mädchens aus und tätschelt ihre blonden Haare.

Vielleicht sollte ich sogar glücklich darüber sein, dass ich einfach nur sein Köter bin. Und nicht mehr als das. Oder weniger. Die Existenz meiner Eier bewahrt mich davor, zu einem Sexspielzeug degradiert zu werden.

»Was ist mit der Kleinen von gestern passiert, hm? Die, von der du mich unbedingt weghaben wolltest?«

»Keine Ahnung.«

Er schnaubt. »Ach, nein? Nora hat dir nicht gesagt, dass sie sie weggebracht hat? *Ohne* mein Einverständnis?«

»Ach, die meinst du.« Ich zucke nachlässig mit einer Schulter. »Ich hab Nora drum gebeten, sich zu kümmern. Ich dachte, du seist mit ihr fertig.«

»Ich war *nicht* mit ihr fertig, Ash!«, donnert er. Es erschüttert seinen ganzen Körper. Das Mädchen zu seinen Füßen beginnt zu würgen. Was bei mir Übelkeit hervorruft, scheint Romes Wut zu besänftigen. Er lehnt sich im Stuhl zurück und schließt genießerisch die Augen.

»Sie macht das wirklich gut, weißt du? Ich dachte immer, wenn ich deine Hackfresse sehen müsste, könnte ich nie einen hochkriegen.«

»Ich kann gehen.«

Er hebt die Lider. »Das hättest du wohl gern. Nein, Ash. Du bleibst hier. Damit du dich erinnerst, für wen du arbeitest. Für *mich,* verstehst du? Glaub nicht, ich wüsste nicht, was hier läuft. Zwischen dir und deiner kleinen Nora.« Er lacht. Und mir geht der Arsch auf Grundeis. Aber es ist ein Bluff. Es muss ein Bluff sein. Er hat keine Ahnung, was Nora und ich vorhaben.

Trotzdem ist mir klar, dass das hier eine Warnung ist.

Ein Ausrutscher, ein einziger Hinweis darauf, dass Nora Infos ans FBI gibt – und wir sind erledigt.

»Ist das der Grund, warum du keine Hure brauchst, hm? Weil du Nora fickst? Sag, wie fühlt sich das an, so ein Mannweib unter sich zu haben? Oder«, er lacht, »besteigt sie etwa dich?«

Ich betrachte die Spinnweben in der Ecke des Trailers. Er weiß, dass ich ihm auf Fragen wie diese nicht antworten werde. Habe ich nie getan.

Er schnaubt. »Du schweigst. Immer schweigst du, du räudiger Köter. Und ich lasse es dir durchgehen. Aber sag deiner kleinen Nora, dass sie sich in Acht nehmen soll, verstanden? Sonst ist sie die Erste, die in den Cage kriecht, wenn wir wieder in L. A. sind. Und *du*«, er hält inne, mustert mich, während er den Schopf der Blondine heftiger an sich presst, »du solltest besser aufpassen, hm? Wir wissen beide, dass

Jayna nicht die Einzige in der Familie ist, die ein bisschen allergisch auf Opioide reagiert.«

Ich schüttle den Kopf. »Warum erinnerst du mich daran? Du weißt doch, dass ich immer das mache, was du willst.«

Er nickt. »Ja. Du tust immer, was ich will, Mongrel. – In sechs Tagen ist ein Treffen mit den Russen. Ich will, dass du alles organisierst. Für einen sauberen Ablauf ohne Zwischenfälle. Wir wollen doch nicht, dass die Bullen zwischendrin auftauchen, hm?«

Ich nicke knapp.

Das Mädchen hebt eine Hand an die Eier meines Bruders. Seine Augen verklären sich, und er legt den Kopf in den Nacken. »Fuck, du bist gut, Süße.«

Ich drehe mich um und gehe.

Das hier war genug.

16. KAPITEL

EVERLY

Ich mustere die Schatten an den Wänden meines Zimmers, die das Flutlicht im Garten durch die Äste der Bäume wirft. Es ist mitten in der Nacht. Xavier und Jayna schlafen längst, weil sie morgen früh beide in die Firma fahren werden. Wie immer.

Nur ich liege noch hier, und gleichzeitig sehne und fürchte ich mich davor, die Augen zu schließen.

Die Nacht im Carrow hat meinen Albträumen neue Kulissen und Figuren geschenkt. Neue Ängste. Ich sehe nicht mehr nur Mom leichenblass zwischen den steril weißen Krankenhauslaken. Ich sehe nicht mehr nur Dad mit Schaum vor dem Mund in einer gefliesten Gefängniszelle.

Ich sehe mich.

Mich in einem Kofferraum.

Mich gefesselt in einem eiskalten Kellergewölbe.

Mich splitterfasernackt und hilflos in den Armen eines Mannes ohne Gesicht. Und ohne Stimme.

Mein Kopf pocht in einem fort. Vor lauter Müdigkeit kann ich mich kaum auf einen Film, geschweige denn ein Buch konzentrieren. Dabei würde ich alles tun, um nur nicht schlafen zu müssen. Ich habe Mühe, die Augen offen zu halten. Und gleichzeitig habe ich solche Angst davor, einzuschlafen.

Mit trägen Fingern taste ich nach meinem Smartphone. Zu Beginn habe ich mich Abend für Abend damit betäubt, durch TikToks zu scrollen, bis mir die Lider zugefallen sind und ich zu irgendeiner viralen Melodie einfach weggedriftet bin.

Nach dem ersten, zweiten, dritten Albtraum bin ich hinüber in Xaviers Zimmer geflüchtet, in der Hoffnung, dass er noch wach ist und mich neben sich schlafen lässt.

Beides funktioniert nicht mehr. Meine Angst vor dem Schlaf ist ins Unermessliche gewachsen. Und das kleine Herz meines Bruders ist mit Jayna vollkommen ausgefüllt. Es bleibt kein Platz mehr für mich und meine tausend raumeinnehmenden Träume.

Am Ende kann ich nicht mehr sagen, warum ich tue, was ich tue. Vielleicht raubt mir die Müdigkeit den Verstand.

Everly
Hallo Ash.

Ich erwarte nicht, dass er mir antwortet. Aber er tut es.

Asher
Wo bist du? Wie viele sind es?
Haben sie Waffen?

Ich bin zu Hause und am schlimmsten Ort der Welt.
Es sind viele, und eigentlich ist es nur eine Einzige.
Sie hat keine Waffen, aber sie ängstigt mich zu Tode.

Ich richte mich selbst zugrunde. Mit meinen Erinnerungen und meinen Albträumen und meinen Ängsten.

Ich habe seit Wochen keine einzige Nacht mehr durchgeschlafen.

Jetzt hüllt er sich doch in Schweigen.

Ich hätte das wissen sollen. Und trotzdem spüre ich einen leisen Stich der Enttäuschung.

Warum zählt das nicht als Notfall?

Tut es.

Ich kann dir nur nicht helfen.

Xavier versteht nicht, wie stark meine Albträume mich einschränken, wie viel sie mir rauben, wie sehr sie mich bis in den Tag hinein verfolgen. Er glaubt, wenn ich nur ein paarmal zu einem »Seelenklempner« gehe, wird alles gut.

Aber Psychologen machen die Vergangenheit nicht ungeschehen. Sie sagen nur laufend Dinge, die ich selbst längst weiß, und verdienen damit Unmengen an Geld.

Ich würde ihnen Tausende Dollars dafür zahlen, dass sie ein einziges Mal sagen: »Ja, es ist ein Notfall. Aber ich kann dir nicht helfen.«

Ich glaube, du bist der Erste, der das einfach so zugibt.

Das macht mich nicht zu einem Heiligen.

Eher alle anderen zu Pissern.

Ich suche keinen Heiligen, Asher.

Was suchst du dann?

Dich.

Wieder schweigt er. Und wieder bin ich mir sicher, dass ihm das, was ich geschrieben habe, nicht gefallen hat.

Normalerweise würde mich das nervös machen. Ich enttäusche nicht gern. Im Gegenteil, eigentlich habe ich es mir zur Aufgabe gemacht, ja keine Enttäuschung zu sein. Nur hat mich diese Strategie geradewegs zu der wohl größten Enttäuschung überhaupt werden lassen. Zu einem Niemand.

Also vielleicht … ist es an der Zeit, etwas Neues auszuprobieren. Enttäuschung zu wagen. Und aus unerfindlichen Gründen traue ich mich bei Asher, zu enttäuschen. Er gibt mir nicht das Gefühl, als erwarte er Perfektion von mir. Oder als erwarte er überhaupt irgendetwas.

Nur mein Wohlbefinden, das scheint ihn, warum auch immer, zu interessieren.

Du solltest mich nicht suchen, Everly. Ich könnte jetzt gerade vor deinem Haus stehen. Zusehen, wie die Vorhänge sich in dem schwachen Wind wiegen, der durch das Fenster weht, das du aus purem Leichtsinn offen stehen gelassen hast.

Ich setze mich abrupt auf. Sehe hinüber – zu dem dünnen Organza, der das Fenster bedeckt.

Er ist hier.

Auf nackten Sohlen tappe ich zu der bodenlangen Fensterwand, lege zwei Finger um das Textil, schiebe es einen Spaltbreit zurück und blicke hinab in den Garten.

Von der Straße aus kann man mein Zimmer nicht einsehen. Und die Anlage ist zu jeder Zeit hell erleuchtet – eine Vorsichtsmaßnahme, mit der Xavier die Villa nach meiner »Entführung« zusätzlich hat sichern lassen. Aber ich kann nichts ausmachen als die langen Schatten der Büsche und Bäume.

Hast du nicht gelesen? Du solltest mich nicht suchen, Everly.

Warum nicht?

Weil nur Bastarde nachts Frauen nachstellen.

Es ist krank.

Ich glaube nicht, dass du krank bist, Ash.

An meiner Stelle könnte irgendjemand anderes sein, der es ist. Ein Psychopath. Jemand, der dir Betäubungsmittel in deinen Drink mischt und dich benutzt wie eine Puppe, weil du dich nicht wehren kannst.

Ich schlucke schwer.

Ich wusste nicht, dass du selbst meine Träume kennst.

Das tue ich nicht. Ich kenne nur deine Ängste. Aber nicht deine Träume.

Was sind deine Träume, Everly?

Ich halte inne. Sehe hinaus in den Garten, wo das Laub der Bäume sich unter den Einflüssen des Herbstes allmählich orange und rot färbt.

Was sind meine Träume?

Ich habe zu viele Träume, die niemand erfüllen kann. Niemand kann Tote zum Leben erwecken. Niemand kann die Zeit zurückdrehen. Niemand kann Unrecht ungeschehen machen.

Dann gib mir etwas, das in Erfüllung gehen kann.

Ist es zu banal, wenn ich sage, dass ich einfach nur eine Nacht lang schlafen möchte?

Ist es nicht.

Bei dir habe ich schlafen können.

Er reagiert nicht.

Ich schiebe den Vorhang vollständig beiseite, trete so nah an das Fensterglas, dass mein warmer Atem an der kalten Scheibe kondensiert.

Warum tust du das, Everly? Bemerkst du nicht, dass es mich quält? Ich will das Richtige tun, und jedes Mal, wenn ich mein inneres Arschloch dazu überredet habe, endlich zu gehen – tust du irgendetwas, das mich zurückruft.

Ich suche zwischen den Bäumen und Sträuchern nach irgendeinem Hinweis auf ihn. Meiner Erinnerung nach ist er so viel größer als ich – wie kann es sein, dass ich ihn jetzt einfach nicht entdecken kann? Wie kann er so mit den Schatten der Nacht verschmelzen, dass ich nicht einmal erahnen kann, wo er ist?

Ich will nicht, dass du gehst. Ich will, dass du bei mir bleibst.

Und was tust du, wenn ich der Antagonist in deiner Geschichte bin? Der durchtriebene, sadistische Charakter, der vor nichts zurückschreckt?

Es ist mir egal, wie oft du es mir sagst. Ich glaube dir immer noch nicht.

Ich könnte jetzt gerade auf dem Weg zu deinem Zimmer sein. Die Stromverbindung zu deinem Haus kappen, im Schutz der Dunkelheit die Hintertreppe hinaufsteigen, während alle schlafen – außer dir. Du hast mir sogar gezeigt, in welchem Zimmer du bist. Ich müsste nicht einmal nach dir suchen.

Was ist, wenn ich gefunden werden möchte?

Du willst von einem Monster gefunden werden?

Ich möchte von *dir* gefunden werden.

Stell dir vor, es wäre einer meiner Träume. Verrätst du mir, was du tun würdest? Was würdest du mit mir anstellen, wenn ich mitten in der Nacht so hilflos vor dir stünde?

Sind stille Wasser so verdammt tief,
wie ich mir das gerade vorstelle?

Tiefer.

Ich beiße mir auf die Unterlippe und sehe hinab in den Garten. Was wird er tun? Wird er mir antworten? Mein Spiel mitspielen? Oder … habe ich ihn damit vergrault?

Verurteilst du mich jetzt, Ash? Bin ich
vielleicht diejenige, die krank ist? Und nicht du?

Weil du mich zum Protagonisten deiner
gewaltvollen Träume machen willst, um
die Angst vor ihnen zu verlieren?

Nein. Ich finde es heiß. Benutz mich, Everly.
So viel und so lange, wie du es willst.

Du würdest es also tun? Du würdest in meine
Träume und in mein Haus und in mein Zimmer
einbrechen, wenn ich dich darum bitten würde?

Ich würde dich finden, ich würde dich
überwältigen, ich würde dich daran
hindern, dass du schreist. Wenn es
das ist, was du willst.

Du würdest mir deine Hand
auf meinen Mund pressen?

Ich wäre besser vorbereitet als das.
Und ich mag es ein bisschen altmodisch.
Also wie wäre es stattdessen mit einem Knebel?

Also gut, du würdest mich knebeln. Sollte ich mich wehren? Oder wäre ich so in Schockstarre, dass ich überhaupt gar nichts täte?

Es ist egal, was du versuchst, Everly. Du hättest keine Chance. Ich bin größer als du. Ich bin kräftiger als du. Ich bin erfahrener als du. Ich bin vorbereitet. Du wärst mir hoffnungslos ausgeliefert.

Du könntest mit mir tun und lassen, was du möchtest.

Ich würde dich auf dein Bett zwingen und ich würde dieses lächerliche Nichts von einem Nachthemd zerreißen, bis du splitterfasernackt unter mir liegst.

Würdest du mir wieder die Augen verbinden? Wie beim letzten Mal?

Nein. Ich möchte, dass du mich anschaust, während es passiert. Du sollst wissen, wie ich aussehe. Ich will, dass du dich an mich erinnerst.

Gibt es Kameras in deinem Garten, die auf das Haus gerichtet sind, Everly?

Du hättest den Strom doch abgestellt.

Jetzt gerade, Eevee. Zeichnet dich jemand auf?
Oder bin ich der Einzige, der dich sieht?

Du bist der Einzige.

Zieh dein Nachthemd aus.

Mein Herz setzt einen Schlag aus. Und dann stolpert es unbeholfen weiter, getrieben und verwirrt durch die Dunkelheit.

Du möchtest, dass ich es ausziehe?

Ich will dich so sehen, wie ich dich
in deinen Träumen sehen würde.
Aber du musst es nicht tun.

Ich lese seine letzte Nachricht erst, als ich mir den Stoff schon über den Kopf gezogen habe. Jetzt stehe ich vollkommen nackt vor dem kalten Fenster und halte lediglich mein Handy in der Hand.

Was möchtest du noch?

Dass du dich hinkniest. Dass du dein
Smartphone vor dich auf den Boden
legst, deine Unterarme gegen die
Fensterscheibe lehnst und den Kopf
senkst, damit du nur noch lesen kannst,
was ich dir schreibe.

Immerhin bist du geknebelt, nicht wahr? Was auch immer du mir sagen möchtest, es käme nicht aus deinem Mund. Und ich würde deine Arme über deinen Kopf ziehen und sie dort festhalten, damit du dich nicht mehr rühren kannst.

Ich tue, was er mir sagt. Die Kälte kriecht mir die nackten Schenkel hinauf, und ich bekomme eine Gänsehaut. Aber mein Inneres ist von Ashers Worten so erhitzt, dass es keine Rolle spielt.

Ich würde deine Beine spreizen. Weit. Aber zuerst würde ich deine Brüste berühren. Ich erinnere mich noch genau, wie sie sich anfühlen. So zart und weich und dabei trotzdem noch straff und voll. Deine Knospen waren sofort hart unter meinen Händen. Als hättest du nur darauf gewartet, dass ich dich anfasse. Absolute Perfektion.

Worauf wartest du, Everly? Fass deine Brüste an. Knete sie für mich. Aber sei nicht sanft. Ich möchte dich fühlen.

Fuck, du machst das wirklich gut. Ich würde ungeduldig werden. Letztes Mal habe ich Rücksicht auf dich genommen. Aber in einem Traum würde ich das nicht tun. Ich könnte mir alles von dir nehmen, was ich haben will. Und du hast keine Wahl, als es mir zu geben. Ich würde deine Schenkel spreizen und meinen Finger in dir versenken. Erst einen und dann noch einen.

Komm schon, Everly, tu es für mich. Niemand sieht dir zu außer mir.

Ich wage es nicht mehr, den Blick in die Dunkelheit zu heben. Stattdessen ruhen meine Augen starr auf dem leuchtenden Display zwischen meinen Knien. Mit zitternden Fingern taste ich an mir hinab. Es fühlt sich anders an als normalerweise, wenn ich allein in meinem Bett liege und mich selbst befriedige. Die Gewissheit, dass Asher irgendwo dort draußen ist und mir zusieht, dass er mir sagt, was ich tun soll, als wären es seine Hände, seine Bewegungen, seine Berührungen – es versetzt mich in einen Rausch. Als wäre er tatsächlich hier. Und spätestens, als ich den sensiblen Punkt zwischen meinen Schenkeln streife, kommt mir der erste lustvolle Laut über die Lippen. Ich seufze, sobald meine Fingerkuppe in mich dringt, und warmer Beschlag zieht über das Glas.

Stöhnst du etwa schon für mich?

Ruf mich an.

Ich werde weiterhin nur schreiben. Aber ich will wissen, dass du es genießt. Ich will zusehen, wie du dich vor Verlangen windest, und ich will hören, wie du stöhnst.

Kaum dass ich die Nachricht gelesen habe, leuchtet das Display mit seinem Anruf auf. Ich nehme ab und halte mir den Hörer ans Ohr. Aber dort ist nichts. Nur Stille. Und die Vibration der nächsten Nachricht.

Ich sagte, ich rede nicht.

»Warum nicht? Du hast es doch zuvor auch schon getan. *Sprich mit mir,* Ash.«

Nein.

Verzweifelt schüttle ich den Kopf. »Sag mir, was du von mir sehen willst. Wenn ich es aus deinem Mund höre, ist es getan.«

Doch mein Handy bleibt stumm. Auf dem harten Boden kniend, gegen die kalte Scheibe gelehnt warte ich darauf, dass er mir antwortet.

Und als er sich noch immer in diese schreckliche Stille hüllt, flüstere ich: »Ich liebe deine Stimme, Ash. *Bitte,* lass mich deine Stimme hören.«

»Du liebst also meine Stimme, Eevee?«

Der tiefe, raue Klang flutet meine Sinne. Sekundenlang fühle ich mich wie betäubt davon. Berauscht und berührt. Als stünde er direkt hinter mir, würde mir ins Ohr säuseln und mit seinen Lippen meine sensible Haut berühren.

»Ja«, raune ich nickend.

»Ich möchte, dass du ein paar Dinge für mich tust.«

»Was immer du willst«, antworte ich, noch ehe mein Gehirn mich warnen kann, wie furchtbar leichtsinnig das ist.

»Du hast doch bestimmt ein Paar Bluetooth-Kopfhörer, nicht wahr? Und irgendwo in den Tiefen deiner Schränke versteckst sogar du etwas, das sich ein bisschen mehr anfühlt wie mein Schwanz als deine schlanken Finger.«

Mir steigt Hitze in die Wangen, und ich stehe auf, um die Dinge zusammenzusuchen, die er mir nennt. Schnell, bevor ich es mir noch anders überlegen kann. Meine Airpods, einen Schal und Scarletts letztes Geburtstagsgeschenk an mich …

Er lacht leise, als er mich wiederkommen sieht. Durch die Kopfhörer klingt es noch viel schöner als nur durch den Lautsprecher des Smartphones. »Ich wusste, du besitzt einen.«

Ertappt blinzle ich hinab auf den Vibrator in meinen Händen. »Es war das Geschenk einer Freundin«, verteidige ich mich schwach.

»Keine Scham, Everly. Das nächste Mal suchst du dir selbst einen aus. – Und jetzt musst du ohnehin still sein. Ich will, dass du dir den Schal über den Mund bindest. Verknote ihn, so fest du kannst. Ich will kein Wort mehr hören. Und du wirst die Taschenlampe deines Smartphones einschalten und unter dich legen, damit ich deinen schönen Körper besser sehen kann, während du vor dem Fenster kniest.«

Ich aktiviere das Licht meines Handys, lege es auf dem Boden ab und binde mir den Stoff fest um den Nacken. Das Gewebe fühlt sich pelzig und rau an auf meiner Zunge. Der textile Geschmack, die Kälte der Fensterscheibe und der harte Boden unter meinen Knien versetzen mich zurück in die Schrecken meines Traums.

»Du erinnerst dich, wo wir sind? In deinem Zimmer, es ist stockdunkel, du liegst hilflos auf dem Rücken in deinem Bett. Und ich knie über dir. Fühlst du es, Everly?«

Ich nicke stumm.

Er ist irgendwo dort draußen und kann es sehen. Sieht mich nackt bis auf den Schal in meinem Mund, während der Strahl meiner Taschenlampe meinen Körper von unten herauf ausleuchtet.

»Sehr gut. Du könntest dich nicht rühren, Everly. Du wärst gefangen unter meinem Gewicht. Ich bräuchte nur eine Hand, um deine Arme über deinem Kopf zu fixieren, und mit der anderen könnte ich tun und lassen, was ich wollte. Ich würde meinen Gürtel öffnen und den Reißverschluss meiner Jeans. Und du müsstest mir hilflos dabei zusehen. Du würdest genau wissen, was jetzt folgt, und könntest nichts dagegen tun. Macht dir das Angst? Sei ehrlich zu mir.«

Ich nicke. Auch wenn es eine andere Form von Angst ist als die, die ich normalerweise verspüre. Ich bin nicht verzweifelt. Ich habe nicht das Gefühl, an meiner eigenen Panik zu ersticken. Unter meiner Haut prickelt ein sonderbares Empfinden von Neugier. Und Lust. Ich habe nicht mehr *nur* Angst davor, was als Nächstes passiert. Ich sehne es auch herbei.

»Wärst du trotzdem feucht für mich?«

Wieder nicke ich. Presse die Lider aufeinander, weil ich mich frage, was um alles in der Welt falsch mit mir ist.

»Beweis es mir. Zeig mir, wie feucht du bist. Schieb zwei Finger in dich hinein und halt sie ins Licht. Glänzen sie, weil du dich so nach mir sehnst?«

Ich atme zitternd ein, während ich seinem Befehl folge, spüre die warme Feuchtigkeit auf meiner Haut. Im selben Moment findet mein diffuses Lustgefühl endlich einen physischen Gegenpol. Ein wenig Erfüllung. Getrieben davon bewege ich meine Hand vor und zurück.

»*Stopp*. Hör auf, Everly.«

Sofort halte ich inne.

»*Ich* bestimme, was passiert, schon vergessen? Du kannst dich nicht einmal rühren. Ich wollte dir nur einen kleinen Gefallen tun. Nicht mehr als das.«

Ertappt ziehe ich meine Finger zurück. Das augenblickliche Leeregefühl frustriert mich.

»Hand wieder an die Scheibe. Erinnere dich daran, wo du bist. Mein Gewicht presst auf deine Beine. Sie würden beginnen, sich taub anzufühlen, und ich würde sie so weit auseinanderspreizen, wie ich es könnte. Bis es dir wehtut. Und meinen Gürtel würde ich dir um die Handgelenke winden, damit ich dich noch leichter kontrollieren könnte.« Er hält inne. Sein kalter, rauer Tonfall wird für einen Moment lang so sanft und weich, dass mir eine Gänsehaut den Nacken hinunterzieht. »Würdest du deine wunderschönen Schenkel für mich öffnen, Eevee?«

Es hält nur diese kurzen Sekunden an. Dann ist es verschwunden. Und seine Stimme ist wieder der Erzähler meines wundervoll kalten Albtraums, dem ich mich nicht entziehen kann.

»Ich würde meine Jeans und Briefs herunterziehen und zusehen, wie deine Augen sich vor Schock weiten, als du siehst, was gleich in dich stoßen wird. Vielleicht würdest du jetzt anfangen zu weinen. Vielleicht würdest du versuchen zu betteln. Dich unter mir winden. Aber in deinem Traum würde es mich nicht interessieren, Everly.«

Ich schlucke schwer. Mein Herzschlag bildet ein dumpfes Echo in meinem gesamten Körper. In diesem Moment kann ich es ganz genau vor mir sehen. Wie der Umriss von Ashers kräftiger Gestalt mich in die Matratze drückt und ich vollkommen nackt unter ihm liege, die Fetzen des zerrissenen Nachthemds noch auf dem Laken. Ich spüre den Schmerz in meinen Beinen und die durchdringende Panik vor dem Kommenden. Ich habe sogar den Impuls, meine Arme aus ihrer Fesselung zu befreien – auch wenn mich niemand tatsächlich festhält.

Zitternd hole ich Luft, und gerade als ich mich frage, ob das hier zu viel ist – ob es eine dumme Idee war und ich das hier nie, niemals hätte anfangen sollen –, sinkt Ashers Stimme erneut sanft in mein Ohr.

»Greif nach deinem Geschenk, Eevee. Nimm es in deine Hand, und dann führ es ganz, ganz langsam in dich hinein. Lass mich zusehen.«

Ich strecke meine Finger nach dem Vibrator aus, zweifle ein letztes Mal – und dann lasse ich meine ewigen Bedenken in die Dunkelheit fahren. Entschlossen schiebe ich mir das Sexspielzeug zwischen die Beine, keuche auf, weil es sich so ganz anders anfühlt als zuvor noch meine Finger. Größer. Fester. *Besser.* Wie von selbst gleitet es immer tiefer in mich hinein. Und mit jedem Fingerbreit wächst und wächst ein stetiges Verlangen in mir an.

»Sehr gut. Ergib dich deiner Lust.« Ashers Stimme sinkt noch eine Oktave tiefer, als sie normalerweise schon klingt. Sie kriecht bis unter meine entflammte Haut und befeuert das prickelnde Gefühl von Begierde, das dort schwelt. Gaukelt mir vor, dass er tatsächlich hier ist, ganz nah bei mir. Dass er es ist, den ich in mir spüre. Der immer und immer tiefer in mich dringt und jede Synapse zum Zerspringen zwingt, weil sie all die freigebrochene Erregung nicht mehr halten kann.

»Mach weiter, Eevee. Ich werde dich nicht aufhalten. In deinem Traum würde ich auch nicht einfach aufhören. Im Gegenteil. Ich wäre besessen davon, wie eng du dich anfühlst, ich müsste immer und immer wieder in dich stoßen, so tief ich kann und so schnell ich kann. – Aber keiner zwingt dich, Eevee. Wenn es dir besser gefällt, dann schalt die Vibration ein. Ich will, dass du genießt. Es ist kein Albtraum mehr. Es ist nur noch deine Lust. Und meine. Weil ich zusehen kann, wie dein süßer, zarter Körper einfach alles von mir in sich aufnimmt. Ich würde meine Hand nach deinen Brüsten ausstrecken. Nein, ich müsste sie kosten. Ich müsste sie lecken und saugen, weil sie sich mir so willig entgegenrecken. Du würdest spüren, wie sehr es mir gefällt. Wie mein Schwanz in dir pulsiert, nach jedem heftigen Stoß ein bisschen mehr.«

Plötzlich bin ich froh um den Knebel. Er hemmt die Laute, die völlig unkontrolliert meine Kehle verlassen. Mein ganzer Körper scheint zu summen vor Erregung. Ich schaffe es nicht mehr, mich aufrecht zu halten. Überwältigt von dem Strudel aus Lust falle ich in mich zusammen, spüre meine Muskeln verkrampfen und gleich darauf meinen Körper so leicht werden, als müsste ich schweben.

»Du bist mein Fluch, Everly«, raunt Asher in die Stille hinein, die mein Orgasmus hinterlassen hat. »Wie soll ich jemals nicht antworten, wenn du mir schreibst? Wie soll ich dir einen Wunsch ausschlagen? Wie soll ich mich *jemals* von dir fernhalten?«

Ich reiße mir mühevoll den Schal von meinem Mund, weil ich ihm sagen muss, dass er das nicht soll. Er darf sich nicht von mir fernhalten. Er muss bei mir bleiben.

Doch er hat schon aufgelegt.

Stattdessen leuchtet mir seine Textnachricht entgegen.

Asher
Versprich mir, dass du so laut schreist, wie du kannst, sollte jemals mitten in der Nacht plötzlich der Strom in deinem Haus ausfallen. Dass du dein Handy greifst und mich anrufst, dass du deinen Bruder aus dem Schlaf reißt und alle anderen, die du finden kannst.

Everly
Warum hast du aufgelegt?

Versprich es mir, Eevee. Ich werde diese Nacht nicht schlafen, wenn du mir nicht versprichst, dass du es mir sagst, wenn du in Gefahr bist.

Versprochen, Ash.

Dann leg dich schlafen. Stell dir vor, ich wäre noch immer bei dir, wenn dir das hilft. Dass ich meinen Arm um deine Taille legen und dich so fest an mich ziehen würde, dass du gerade noch Atem holen kannst.

Du würdest nicht einfach gehen?

Ich würde gehen. Aber ich würde dich mit mir nehmen. Du würdest nie wieder irgendwo sein ohne mich. Du würdest neben mir einschlafen. Du würdest neben mir aufwachen. Du würdest nach mir riechen. Du wärst das Licht, nach dem meine Dunkelheit die ganze Zeit gesucht hat, und ich könnte meine Schatten nicht werfen, ohne dass du bei mir bist.

Also geh schon, Eevee. Versteck deinen unwiderstehlichen Körper unter den unwürdigen Decken und schließ die Augen, bevor ich die Beherrschung verliere und das alles doch noch wahr werden lasse.

Gute Nacht, Ash.

Ich tippe die Worte mit letzter Kraft, bevor ich völlig erschöpft auf meine Matratze falle und die Decke bis unter mein Kinn ziehe.

Ashers Nachricht lese ich erst am späten Vormittag. Nach über zehn Stunden völliger Traumlosigkeit.

Gute Nacht, Eevee.

17. KAPITEL

ASHER

Ich habe für die vergangene Nacht nur eine einzige Erklärung:

Glitch.

Sie ist nicht wirklich passiert. Ich war nicht *wirklich* so dumm, in meiner freien Nacht zu Everlys Haus zu fahren, um »zu sehen, ob alles okay ist«. Und ich habe nicht wirklich auf ihre Nachricht geantwortet. Oder auf irgendeine ihrer folgenden Nachrichten.

Das alles – ist nicht tatsächlich geschehen.

Es war ein Fehler in der Matrix.

Oder um es mit Everlys Worten auszudrücken: ein Traum.

Trotzdem fühle ich mich am Morgen darauf einfach nur scheiße.

Ich muss unbedingt damit aufhören, mich von Everly zu so hirnrissigen Ideen verführen zu lassen, wie mich mitten in der Nacht zwischen den Dornenbüschen im Garten der Villa ihres Bruders zu verstecken, nur um … sie zu sehen. Rome lag falsch. Sie ist gar kein Engel. Sondern eine Sirene. Ein Sukkubus. Die schönste Ausgeburt der Hölle, die nur hier ist, um mich in mein Verderben zu locken.

Und alles, was ich tue, ist »Hier, nimm mich« zu schreien.

Ich greife mir meine Duffle-Bag und jogge die Treppen

hinunter zum Fitnessstudio. Wenn von den tausend Gerüchten über »Romes Mongrel« ein einziges wahr ist, dann die Tatsache, dass ich praktisch in einem Gym wohne. Mein winziges Apartment liegt im siebten Stock eines Hauses, dessen Erdgeschoss und Keller ein Fitnessstudio beherbergt, das keine Wünsche offen lässt.

Nach zwei Stunden Training fühle ich mich einigermaßen wieder wie ich selbst. Bis mein Smartphone klingelt und die Nummer meines Bruders auf dem Display aufleuchtet. Ich speichere mir grundsätzlich keine Namen ab. Ein Tipp von Nora. Ihrer Ansicht nach ist ein Handy die größte Bedrohung, die man mit sich herumschleppt – viel zu viele private Informationen, viel zu wenig gesichert. Keine Ahnung, ob sie recht hat. Fakt ist: Ich werde Rome nicht noch dazu einladen, mir hinterherzuschnüffeln.

»Was ist?«, frage ich.

»Was ist das für eine Begrüßung, Bruderherz? Freust du dich etwa nicht, von mir zu hören?«

Wichser.

»Was willst du, Rome?«

»Ich will ein bisschen Liebe, Asher. Wie wäre es mit einem Abendessen, hm? Mom ist jetzt seit drei Monaten tot. Das wäre doch Anlass für ein hübsches Dinner. Wir sollten Jayna einladen, was meinst du?«

Ich bleibe stehen. Mitten auf der Treppe. Zurück in meinen siebten Stock. Proteinshake noch in der Hand und meine Beine jämmerlich zitternd, denn Leg-Day-Skipper sind erbärmliche Loser.

»Du willst Jayna zum Abendessen einladen. Anlässlich des dreimonatigen Todestages unserer Mutter.«

»Weißt du, Mongrel, du hast diese Angewohnheit, bestimmte Sätze einfach immer zu wiederholen. Als würde das etwas an ihrer Bedeutung ändern. Deiner Erfahrung nach: Hat daraufhin jemals jemand tatsächlich sein Statement geändert?«

»Ich gebe die Hoffnung nie auf.«

»Siehst du, genau das ist dein Problem. *Hoffnung.*«

Ich glaub's auch …

»Aber ich will mich über deine verkümmerte romantische Ader ja gar nicht lustig machen.« *Nein, definitiv nicht.* »Ich meine das ganz ernst.«

Rome hat diesen bestimmten Tonfall drauf. In dieser scheinbar unschuldigen und dabei doch rotzzynischen Stimmlage, etwa drei Oktaven höher als meine. Und weil er sie geradezu bis ins Detail gemeistert hat, steht ihm dafür meiner Meinung nach ein Stern in der Geräusche-Hall-of-Fame zu, irgendwo zwischen Yoko Ono und den Fingernägeln auf einer Kreidetafel.

»Wir sollten sie einladen, weißt du? Und wenn wir schon mal dabei sind, wie wäre es, wenn sie uns gleich ihren neuen Freund vorstellt? Und insbesondere …« Er hält inne. Meine Finger krallen sich um den Proteinshake. Weil ich weiß, was jetzt kommt. Womöglich weiß sogar er, dass ich weiß, was er als Nächstes sagen wird. »… seine Schwester. Erinnerst du dich an das liebreizende Bild in der Zeitschrift, Mongrel? Die herzzerreißende Story über die beiden armen Halbwaisen. Damals wusste noch niemand, dass sie im Begriff waren, Vollwaisen zu werden. Unglaublich tragisch. Wir sollten uns wirklich besser um sie kümmern. Es gibt so viele Dinge, die wir mit der kleinen Everly Addington anstellen könnten.«

Ich schließe die Augen, zähle stumm bis zehn und beschwöre mich, meine Scheißklappe zu halten. Mich nicht von ihm provozieren zu lassen. Mit keiner einzigen Silbe zu erkennen zu geben – dass ich sehr wohl wusste, wer Everly ist. Dass ich es schon wusste, als sie im Club vor uns stand. Dass ich sie ihm weggenommen habe. Und es immer wieder täte.

»Was ist, Mongrel? Hast du dazu überhaupt nichts zu sagen? Keine … Pläne, für die kleine Everly?«

»Welche Pläne sollte ich haben?«

»Ihr Vater hat deine Mutter auf dem Gewissen. Du hast sie doch über alles geliebt. Ich erinnere mich noch, was du für eine Szene gemacht hast, als Jayna dir jede Möglichkeit genommen hat, sich von ihr zu verabschieden. ›Was bildet sie sich ein‹ und ›Nicht mal zur Beerdigung hat sie uns eingeladen‹. Da hättest du dir doch fast gewünscht, ich hätte Jayna tatsächlich umgebracht, hm?«

»Ich glaube nicht, dass es klug war …«

»Klug«, fährt er mir über den Mund. »Du hast einen Haufen Stroh im Hirn, Mongrel. Erklär mir nicht, was *klug* ist. Klug wäre es, wenn du mir die kleine Addington bringst. Sie mir auf dem Silbertablett servierst. Gefesselt und geknebelt und splitterfasernackt. Das wäre *klug*. Hast du verstanden?«

»Wie soll ich das anstellen? Die Villa ihres Bruders ist praktisch ein Hochsicherheitsgefängnis.«

»Ach ja? Ist das so, Mongrel? Woher weißt du das? Warst du zuletzt mal dort?«

Scheiße.

»Seit der Sache mit den Russen habe ich ein Auge auf Xavier Addington. Weil *du* mich darum gebeten hast.« Mir tritt der Schweiß auf die Stirn, und ich überzeuge nicht mal mich selbst mit der schwachen Ausrede, es käme vom Training.

»Vier Tage. Ich gebe dir vier Tage dafür, dass du sie zu mir bringst.«

»Was hast du mit ihr vor?«

»Mongrel, dass du so etwas überhaupt erst fragen musst, zeigt doch nur, dass du keine Visionen hast. Es gibt so, so unglaublich viele Sachen, die ich mit der Kleinen vorhabe. Und das Schöne daran ist: Du wirst bei jeder einzelnen davon zusehen. Vielleicht gebe ich sie dir sogar für ein paar Stunden ab. Ich weiß doch, dass du eine Schwäche für sie hast, hm?«

Ich presse die Kiefer aufeinander. Zwinge mich und mein ganzes Sein zum Schweigen, während mir eintausend ungebetene Bilder durch den Kopf schwirren. Von Everly. In Romes Gewalt.

Doch dieses eine Mal lässt er mir die Stille nicht durchgehen. *»Antworte mir.«*

»Ich mag sie.«

»Du magst sie nicht, Mongrel. Du willst sie nageln. Du willst dich so tief in ihr versenken, dass dein Schwanz ihr wieder aus dem Rachen reicht. Und vermutlich würde das sogar passieren, wenn man bedenkt, was du für ein Monstrum bist im Vergleich zu ihrer zarten, fragilen Statur. Seien wir ehrlich, du würdest sie nur kaputt machen.«

»Und du würdest gut auf sie aufpassen, oder was?«, knurre ich.

Er lacht leise. »Siehst du, genau das meinte ich, Asher. Du hast eine Schwäche für sie. Was fühlst du gerade, hm? Brennende Eifersucht? Oder gar Hass?« Rome schnappt in gespielter Empörung nach Luft. »Du wirst mich doch nicht etwa hassen, Bruderherz? *Nein.* Nein, nein, nein. Du doch nicht. Du bist mir treu ergeben. Du weißt, dass du *nichts* ohne mich bist. Ein drogensüchtiger Straftäter ohne Zukunft, ohne Geld, ohne *irgendetwas*. Ohne mich wärst du im Knast. Aber weil du zu dumm bist, um das soziale Gefüge in so einem Teil zu verstehen, und zu schüchtern, um dich durchzusetzen, wärst du selbst dort der Laufhund für irgendeinen anderen Kerl. Nur dass der nicht mal schöne Frauen fickt, sondern nur noch hässliche Männerärsche, die du vorher für ihn rasieren darfst. Also sei vernünftig, Mongrel, und bring sie mir. Bring sie mir her, und ich lehre sie noch ein, zwei Dinge, bevor du sie haben darfst. Damit sie dir beim Schwanzlutschen nicht in den Schoß kotzt.«

Ich lege auf.

Keine Sekunde später plingt auf meinem Smartphone eine Nachricht von ihm auf.

Du hast vier Tage.

Nein, nicht *ich* habe vier Tage.

Everly hat vier Tage. Sie hat vier Tage Zeit, um aus Kalifornien zu verschwinden und nie wieder zurückzukehren.

Wer weiß, vielleicht ist es auch weniger als das.

Und ich bin definitiv nicht die Nummer, die sie wählen sollte, um ihr zu helfen. Vermutlich wäre es besser gewesen, sie hätte mich niemals getroffen. Weder mich. Noch Rome. Hätte niemals einen Schritt in diesen Club gesetzt.

Ich habe keine Ahnung, was zwischen ihr und ihrem Bruder vorgefallen ist, dass der Kerl derart emotional ertaubt ist, seine Schwester so im Stich zu lassen. Andererseits … habe ich in diesem Aspekt auch nicht gerade geglänzt.

Denn im Gegensatz zu Rome hat Jayna mir nie das Gefühl gegeben, ein Aussätziger zu sein, weil ich nur ihr *Halb*bruder bin. Ab und zu hat sie sogar versucht, mich vor Rome zu schützen. Ihn aufzuhalten, wenn er wieder einmal Spaß daran gefunden hat, seine Zigaretten auf mir auszudrücken, die Schärfe seines frisch gewetzten Messers an meiner Haut zu testen, mit seinen Freunden Tic-Tac-Toe auf dem extra dafür angefertigten Narbennetz auf meinem Rücken zu spielen. Nicht, dass Jaynas Bemühungen je etwas gebracht hätten. Rome kann man nicht aufhalten. Niemand kann das.

Aber ich bin der absolut fucking Letzte, der irgendwen vor Rome schützen kann. Ich habe mich vor Jahren dazu entschieden, lieber sein Laufbursche zu werden, als sein Punchingball zu bleiben. Alles andere als eine ehrenhafte Entscheidung. Trotzdem war es eine, die mich hat überleben lassen.

Widerwillig suche ich Jaynas Nummer heraus. Sie bekommt eine zweite Chance darin, jemanden vor Romes Spielchen zu bewahren. Und sie sieht besser zu, dass sie es dieses Mal auch schafft.

R. hat ein Auge auf Everly geworfen. Bringt sie weg, bevor er sie findet. Spätestens in 4 Tagen will er sie haben.

Daraufhin blockiere ich ihre Nummer, lösche den Chatverlauf und tue dasselbe mit Everly.

18. KAPITEL
EVERLY

Everly
Warum antwortest du mir nicht?

Ich starre auf das Chatfenster mit meiner Notfallnummer. Es ist zum Monolog geworden. Nichts ist dort als das Echo meiner Fragen an die Einsamkeit.

Es klopft sanft an meine Tür. »Miss Everly?« Ich kenne nur eine Person, die auf diese Weise anklopft. Und vermutlich ist sie die Einzige, bei der es mich nicht stört, wenn sie in meine Stille einbricht.

»Komm rein, Nicoletta.«

Der dunkle Haarschopf unseres Hausmädchens schiebt sich durch den Türspalt. Sie lächelt breit, als sie mich sieht. Wann immer sie das tut, werfen ihre Augen zahllose kleine Lachfältchen. Ich glaube, ich sehe selten jemanden so sehr lächeln, wie sie es tut. In einer Welt, wo Falten als Makel gelten und Gefühle als Schwäche, hat nur noch ein Hausmädchen den Luxus, sich ein ehrliches Lächeln leisten zu können.

»Mister Xavier möchte dich im Wohnzimmer sehen.«

»Warum sagt er mir das nicht selbst?«

Sie zuckt mit den Schultern. »Ich weiß nicht«, antwortet

sie und verzieht sich rasch wieder. Ich kann es ihr nicht verdenken. Inzwischen hat jeder, der dieses Haus betritt, mitbekommen, dass Xavier und ich uns fast nur noch streiten.

Ich hätte angenommen, dass sie sich geschlossen auf seine Seite stellen würden. Immerhin ist er … nun ja, er ist Xavier. *Der Hausherr*. Niemand würde es wagen, ein schlechtes Wort über ihn zu verlieren. Sie haben zu viel Angst davor, dass er sie einfach feuert. Dennoch finde ich täglich mein Lieblingskonfekt auf meinem Kopfkissen, gefüllte Blaubeerpfannkuchen zum Frühstück – egal, wie spät ich aufstehe – und in der Vase in meinem Zimmer frische Blumen aus Moms gehegtem Garten.

Aber das alles spielt keine Rolle, wenn Xavier mich durch unser Hausmädchen ins Wohnzimmer zitieren lässt, als wäre ich nicht seine Schwester, sondern eine Dienstbotin.

Müde trotte ich die Stufen hinab. Ich kann ihn bereits hinter dem Milchglas der geflügelten Tür durch das Zimmer tigern sehen. Auf und ab. Irgendetwas ist schon wieder passiert, das ihm nicht gefällt.

»Wo bleibst du? Und wie siehst du überhaupt aus?«, begrüßt er mich, kaum dass ich den Raum betreten habe.

Er hat die Arme vor der Brust verschränkt, eine der dunklen Strähnen fällt ihm in die Stirn, und er mustert mich argwöhnisch.

Träge blinzle ich an mir herab. Ach ja. Ich trage meinen hellblauen Lieblingspyjama, den ich vorhin nur ausschließlich deswegen angezogen habe, um nicht mehr nackt herumzulaufen … Nervös zupfe ich an dem Stoff. »Er ist bequem.«

»Everly, es ist halb sechs. Am Abend. Wenn Mom noch hier wäre, hättest du dich so niemals ins Erdgeschoss getraut.«

»Sie ist aber nicht mehr hier«, flüstere ich.

Xavier presst die Lippen aufeinander. So fügen sie sich nahtlos in sein scharfkantiges Gesicht. Ich glaube, er ist ein gut aussehender Mann. Etliche Frauen mögen seine äußerliche Härte. Aber mich schreckt sie ab. Was merkwürdig ist. Denn die weiten Kurven massiger Muskelstränge sollten mich so viel mehr ängstigen.

Ich vermisse das Gefühl des weichen, sorgsam trainierten Gewebes unter meinen Fingerspitzen. Ich habe es letzte Nacht vermisst. Mir war nicht bewusst, was es für ein Privileg ist, Ash zu berühren. Sonst hätte ich es viel, viel öfter getan, als ich es noch gekonnt habe. Jetzt kann ich nur in den Erinnerungen schwelgen und hoffen, dass er eines Tages aufhören wird, mich zu ignorieren.

»Dafür war jemand anderes hier.« Xaviers Worte ziehen mich zurück in die Gegenwart. Er knallt einen Stapel Fotos auf den Couchtisch und starrt mich vorwurfsvoll an.

Irritiert sehe ich zwischen ihm und den Bildern hin und her. »Was ist das?«

»Abzüge unserer Sicherheitskamera von gestern Nacht. Irgendwer hat aus unerfindlichen Gründen in unserem Garten herumspioniert. Ich will, dass du mir sagst, ob das derselbe Kerl ist, der dich entführt hat.«

Unwillkürlich setzt mein Herz einen Schlag aus. Es geschieht so abrupt, dass sich ein dumpfer Schmerz in meinem Brustkorb ausbreitet, dessen Echo noch nachhallt, während mein Blut schon wieder übereilt durch meine Adern fließt.

Wenn mein Bruder erfährt, was gestern Nacht passiert ist, was ich getan habe … Ich könnte ihm nie mehr in die Augen sehen.

Meine Hand zittert leicht, als ich sie nach den Fotos ausstrecke. Ich habe Ash in der Dunkelheit nicht einmal erahnen können. Und Xavier hat sogar Bilder von ihm?

»Ich weiß nicht, wie er aussieht«, murmle ich.

»Aber du weißt, dass es ein Er war«, ertönt es hinter mir, vom anderen Ende des Raumes.

Erschrocken drehe ich mich um. Jayna steht dort. Wieder vor der Ecke mit Dads alten Schallplatten. Ich habe sie nicht kommen hören. Oder stand sie die ganze Zeit da, und ich habe es nur nicht bemerkt?

»Ja.« Ich nicke, während ich meine Aufmerksamkeit wieder den Fotos zuwende. Ob man ihn darauf klar erkennen kann? Werde ich jetzt erfahren, wie er aussieht?

Aber die Bilder sind unscharf. Nur grobe Umrisse.

»Woher?«, bohrt Jayna nach. »Es könnte auch eine Frau gewesen sein. Oder mehrere.«

»Seine Stimme war männlich.«

»Du erinnerst dich also an seine Stimme.« Xaviers Tonfall ist beißend. »Wie schön, dass du uns das auch mitteilst.«

Ich ziehe die Schultern hoch. »Ich habe m-mich erst vor Kurzem daran erinnert.«

Auch auf den weiteren Bildern ist kaum mehr auszumachen als ein großer Schatten. Dass Ash sehr hochgewachsen sein muss und eine breite Statur hat, wusste ich bereits. Wenigstens kann ich mir jetzt sicher sein, dass meine Wahrnehmung mich nicht getäuscht hat.

Ich lege den Stapel Fotos wieder zurück auf den Couchtisch. »Hierauf kann man nichts erkennen.« Meine Stimme hört sich enttäuscht an. Wenn auch sicher nicht aus dem Grund, den Xavier sich gewünscht hätte.

Er hebt eine Augenbraue. »Ach ja? Wie viele Kerle kennst du, die größer sind als sechseinhalb Feet?«

»So groß?«, fragt Jayna.

Xavier verzieht das Gesicht. »Everly hat bedauerlicherweise recht. Es ist nicht viel mehr zu erkennen, als dass er groß sein muss und kräftig gebaut ist. Kreuz wie ein Grizzly. Trotzdem muss er irgendwie geräuschlos über die Mauer gekommen sein.«

»Ohne tatsächlich ins Haus einzubrechen«, wirft Jayna ein.

»Sonst hätten wir ihn garantiert geschnappt. Aber warum auch immer … lag sein Interesse woanders.« Xaviers Blick wendet sich unweigerlich wieder mir zu. »Du hast also keine Ahnung, wer das sein könnte, Everly?«

»Nein, ich sagte doch: Auf den Bildern ist nichts zu erkennen, und ich kann mich nicht erinnern, was während meiner Entführung passiert ist.«

»Xavier, würdest du uns einen Moment allein lassen?«, fragt Jayna plötzlich.

»Warum?«

Sie hebt auffordernd eine Augenbraue. »Würdest du, *bitte,* Xavier?«

Mein Bruder gibt ein unwilliges Murren von sich. Hätte ihn irgendjemand anderes gebeten – es wäre ihm scheißegal gewesen. Aber weil es Jayna ist, trottet er tatsächlich in Richtung Küche und verkündet: »Ich mach uns Eiskaffee.«

Jayna verdreht die Augen. »Seit er diese neue Kaffeemaschine gekauft hat, ist er besessen von dem Zeug.«

Nein, *besessen* ist Xavier nur von einer einzigen Sache: Sie hat pechschwarze Locken, läuft direkt auf mich zu und mustert mich eindringlich. Jayna hat eine sonderbare, katzenartige Augenfarbe. Bei Dunkelheit unauffällig und bei hellem Licht geradezu hypnotisch. Jetzt gerade fallen die Strahlen der Abendsonne ins Wohnzimmer und dichten ihren Iriden ein seltsames Leuchten an, das mich noch weiter in mich zusammenschrumpfen lässt.

»Weißt du, was merkwürdig ist?«, setzt sie schließlich an, weil ich nichts anderes tue, als mich unter ihrer Aufmerksamkeit zu winden. »Mein Halbbruder hat genau dieselbe Statur wie der große, böse Unbekannte auf diesen Fotos.« Sie tippt mit ihren perfekt manikürten Fingernägeln auf den Stapel. »Und er hat mir heute seit … Jahren das erste Mal wieder eine Nachricht geschrieben. In der es ausgerechnet um *dich* geht.«

Besagte manikürte Fingernägel zeigen auf mich, und ich bin zu langsam darin, eine Entscheidung zu treffen, ob ich überrascht oder unschuldig dreinblicken sollte. Ist es nur ein dummer Zufall – oder weiß Jayna tatsächlich ganz genau, welcher »große, böse Unbekannte« mich erst zu meinem eigenen Besten entführt hat und kurz darauf mitten in der Nacht in unserem Garten aufgetaucht ist?

»Ich kenne deinen Bruder nicht«, bringe ich schließlich nur heraus.

Sie schüttelt den Kopf. »Nein, du kennst Asher nicht.«

Asher.

Wie viele Ashers seiner Größe und Figur mag es geben, die hier in Südkalifornien leben?

Drei? Vier? Weniger?

Aber vor allen Dingen: Warum hat er mir nicht erzählt, dass er mit der Freundin meines Bruders verwandt ist? Bin ich die einzige ahnungslose Nuss, die ständig im Unwissen gelassen wird?

Ich hebe das Kinn und erwidere Jaynas bohrenden Blick. Sie weiß es. Ich bin mir sicher, sie weiß, dass es Asher war. Aber aus irgendeinem Grund hat sie meinem Bruder nichts davon erzählt.

»Er sagte mir, dass wir besser auf dich aufpassen sollten«, fährt Jayna fort.

»Ich weiß nicht, was das bedeutet.«

»Es bedeutet, Everly, dass du dich mit den falschen Leuten eingelassen hast. Meine Brüder sind …« Sie unterbricht sich, holt tief Luft und wendet den Blick ab, als würde sie sich beinahe dafür schämen, die nächsten Worte laut auszusprechen. »Rome und Asher sind keine gute Gesellschaft.«

»Niemand hier ist gute Gesellschaft«, rutscht es mir heraus. Noch ehe ich vollständig realisiert habe, was sie da eigentlich gesagt hat. *Rome* und *Asher* sind Brüder. Und nicht nur das: Sie beide sind Jaynas Geschwister. Und ausgerechnet ihnen bin ich in jener Nacht über den Weg gelaufen?

»Wir alle sind bessere Gesellschaft als diese beiden, glaub mir.«

Ich schüttle den Kopf. Womöglich hätte ich verbittert gelacht, wenn ich gekonnt hätte. »Meine eigene Familie ist ein Hornissennest. Mir wurde nur jahrelang vorgespielt, das Gegenteil sei der Fall. Die Welt dort draußen sei es, die gefährlich ist und niederträchtig. Aber hier drinnen, in diesem Haus, wäre ich sicher. Xavier versucht bis heute, dieses Märchen zwanghaft aufrechtzuerhalten. Dabei wissen wir alle, dass er es war, der Dad das Nervengift gebracht hat. Niemand sonst wäre dazu in der Lage gewesen, so was überhaupt in der richtigen Dosis zu beschaffen. Er hat ihn umgebracht, Jayna. Wie mein Vater meine Mutter hat sterben lassen, hat mein Bruder meinen Vater sterben lassen. Und trotzdem erwartet man von mir, ich würde brav hier sitzen, strahlen, sticken, studieren, als wäre ich dazu in der Lage, mich auf irgendetwas anderes zu konzentrieren – als die Tatsache, dass mein gesamtes Leben eine Lüge war und ich einfach nur Glück hatte, dass ich niemandes Machtgier im Weg stand. Denn sonst wäre ich jetzt genauso tot wie alle anderen!«

Sekundenlang ist es still. Jayna starrt mich an wie eine Erscheinung. Einen Menschen, den sie nicht kennt und noch nie zuvor gesehen hat.

Und vielleicht bin ich das in diesem Moment auch. Denn eigentlich bin ich nicht so unverblümt. Oder vorwurfsvoll.

Aber ich kann nicht mehr.

Mir steigen Tränen in die Augen, und ich flüchte aus dem Zimmer. Direkt vor der Tür begegnet mir Xavier. Mit offenem Mund steht er da, hat belauscht, was er nicht hätte hören sollen, und muss jetzt mit dem Wissen leben, das er erlangt hat.

Irgendetwas ruft er mir hinterher – aber es ist mir egal. Dieses eine Mal kann er seine Lügen behalten.

Zwanzig Minuten später.

Bist du Jaynas Bruder?

Eine Stunde später.

Warum hast du mir davon nicht erzählt?

Zwei Stunden später.

Wieso schweigst du?

Sieben Stunden später.

Ich kann nicht schlafen. Deine Stille ist zu laut.

19. KAPITEL
ASHER

»Du brauchst einen Hüftgurt«, sage ich und nicke auf die Stoffbänder, die hier in allen Farben und Größen von der Wand baumeln.

Nora hat mich dazu überredet, sie zu ihrem Shoppingtrip nach L. A. zu begleiten. Und da sie dringend neues Workout-Equipment braucht und ich eine Ablenkung von der Tatsache, dass ich eigentlich gerade Everly Addington an Romes Messer liefern sollte, bin ich mit ihr gekommen.

Eleonora runzelt die Stirn und mustert argwöhnisch die Hüftgurte. »Ist das nicht eher was für Kerle, die Deadlifts machen?«

»Das ist was für Menschen, die sich beim Squatten nicht den Rücken ruinieren wollen. Bisher bin ich davon ausgegangen, du würdest dazugehören.«

Nora wirft mir ihren Canny-Columbo-Blick zu, den eigentlich nur sie in dieser Form ausführen kann. Sie hatte ihn schon drauf, als sie vierzehn war und mich emotional verwahrlosten Trottel im Skatepark aufgepickt hat. Nur wegen dieses Blicks habe ich sie bereits Columbo genannt, bevor sie überhaupt wusste, dass sie mal zum FBI will.

Damals habe ich sie nicht gemocht. Allerdings ist »mögen« für jemanden wie mich ohnehin ein großes Wort. Ich interessiere mich zu wenig für meine Mitmenschen, um sonderlich viel Wert auf ihre Gesellschaft zu legen. Aber Nora hat sich partout nicht aus meinem Leben verpisst. Selbst als sie zum FBI ist, um eine dieser selbst ernannten »Weltverbesserer mit Schusswaffe« zu werden, hat sie das nicht getan. Allerspätestens nach ihrem Auftrag, meinen Bruder aus dem Verkehr zu ziehen, hatte ich sie dauerhaft an der Backe. Schätze, seither ist sie … jedenfalls jemand, dessen Anwesenheit mich nicht ankotzt.

»Also schön, ich nehm deinen albernen Hüftgurt.« Sie seufzt und greift nach einem der Dinger, nur, um es sich von mir sofort wieder aus der Hand schlagen zu lassen.

»Nicht so ein billiges Teil.«

»Glaubst du, ich werde mit Goldbarren bezahlt?«

»Nein, mit dem Gefühl moralischer Überlegenheit.«

»Hör schon auf.«

Ich zucke mit den Schultern. »Liege ich etwa falsch?«

»Jedenfalls kann ich das hier nicht mit dem *Gefühl moralischer Überlegenheit* bezahlen.«

»Schon mal probiert?«

Sie ignoriert mein schwaches Grinsen und trottet an mir vorbei. Nicht, ohne sich von mir den besseren Hüftgurt über die Schulter legen zu lassen. Mit Schrott wird sie nicht trainieren. Will nicht dafür verantwortlich sein, dass sie sich eine Sehne reißt, weil sie keine zehn Dollar mehr ausgeben wollte. Gesundheit ist fucking wertvoll. Wenn diese Lektion irgendwer gelernt hat, dann ich.

Und … vermutlich Jayna.

Ich habe Nora nie erzählt, was der Deal zwischen Jayna und diesem Drecks-Pharma-CEO war. Wahrscheinlich hätte Nora mich gehäutet dafür, zuzulassen, dass meine Schwester diesen Scheiß abziehen muss. Aber bisher habe ich mich – auch mir selbst gegenüber – immer recht erfolgreich damit herausgeredet, dass ich es so genau ohnehin nicht wusste.

»Was ist mit dir los?«

Ich begegne Noras neugierigem Blick. »Hm?«

»Du bist mir kommentarlos bis in die Sport-BH-Abteilung gefolgt.«

Blinzelnd sehe ich mich um.

Stimmt.

Mist.

Ich mache auf dem Absatz kehrt.

Sie greift nach meinem T-Shirt und zieht mich zu sich zurück. Beziehungsweise: Ich lasse mich zurückziehen. Ich bin nicht gewillt, das Risiko einzugehen, dass Nora mir in aller Öffentlichkeit das Shirt von der Brust reißt. Im Gegensatz zu sämtlichen anderen Kerlen, die regelmäßig trainieren gehen, bin ich nämlich *nicht* die ganze Zeit auf der Suche nach einer Ausrede, halb nackt durch die Gegend zu turnen. Im Gegenteil. Ich trage ziemlich gern Klamotten. Ich hasse es, angestarrt zu werden. Und bin dankbar, inzwischen ein Ausmaß an Muskelmasse erreicht zu haben, welches die meisten Menschen eher abschreckt als zum Sabbern veranlasst.

»Ich mein's ernst, Ash. Was ist los mit dir? Und wie findest du den hier?«

Ich sehe zwischen ihren dunkelbraunen Augen und dem BH, den sie mir vors Gesicht hält, hin und her, versuche einen Zusammenhang herzustellen, mich gleichzeitig auf beide ihrer Fragen zu konzentrieren – und scheitere.

»Ich bin überfordert.«

Sie befreit mich vom Anblick ihres potenziellen neuen Unterwäschestücks.

»Was mit dir los ist, will ich wissen.«

Ach ja.

Situationen wie diese waren der Grund, weshalb ich Romes ständige Sticheleien – ich sei dumm, geistig minderbemittelt oder schlicht unterentwickelt – geglaubt habe. Mehr noch: Ich habe sie verinnerlicht. Ich bin tatsächlich davon ausgegangen, dass ich weniger wert bin als er.

Die Wahrheit ist: Ich könnte die mit Abstand dümmste Kreatur auf diesem Erdball sein und wäre damit immer noch genauso viel wert oder unwert, wie er es ist.

Und die Wahrheit ist interessanterweise auch: Ich bin nicht unintelligent. Aber habe einen sehr skurrilen Hang zum Perfektionismus. Ich brauche grundsätzlich für alles länger, und könnte ich jede soziale Interaktion ausschließlich schriftlich hinter mich bringen, würde ich es tun. Weswegen ich die meiste Zeit über lieber gar nichts sage. Als etwas Unausgegorenes.

»Keine Ahnung.«

Nora runzelt die Stirn. »Du wirst doch nicht nervös, oder?« Sie sieht sich FBI-unauffällig um und senkt die Stimme. »Du machst jetzt keinen Rückzieher. Ich *brauche* dich beim Treffen mit den Russen. Wenn irgendetwas schiefgeht, weil du nicht bei der Sache bist, dann …«

»Komm runter«, murre ich.

Sie verstummt.

Holt Luft.

Ich hebe eine Augenbraue.

Und sie sagt doch nichts mehr.

»Du hast diese Art …«, setzt sie schließlich an.

Ich hebe *beide* Augenbrauen.

»Genau die!«

Ich grinse.

Nora seufzt und lässt die Schultern sacken. »Ist ja gut. Ich bin selbst nervös. Aber ich kann es nicht gebrauchen, wenn du jetzt auch noch austickst. Du bist hier der ruhige Fels in der Brandung. Ich brauche dich, verdammt.«

»Hm.«

»Weißt du, manchmal täte dir ein *bisschen* mehr verbale Kommunikation durchaus gut.«

Ich wiege den Kopf.

»Gemessen daran, dass du eine Stimme hast, für die etwa neunzig Prozent der männlichen Weltbevölkerung töten würde, benutzt du sie ziemlich selten. Das ist alles, was ich sagen will.«

»Das hab ich neulich schon mal gehört …«

»Ach ja?« Sie verschränkt die Arme vor der Brust. »Von wem denn, wenn ich fragen darf?«

»Darfst du nicht«, sage ich.

Nora verengt die Augen. Dann mustert sie scheinbar beiläufig den Sport-BH in ihren Händen, nur um mir anschließend einen bedeutungsschwangeren Blick zuzuwerfen und zu sagen: »Everly Addington.«

Shit.

»Was ist mit *Everly Addington?*«, stelle ich mich begriffsstutzig.

Womit ich natürlich nicht durchkomme. Ich ernte einen erneuten Canny-Columbo-Blick.

Ich verschränke die Arme vor der Brust. Bei anderen Menschen funktioniert das für gewöhnlich. Sie halten dann einfach die Klappe. Oder wechseln das Thema. Bedauerlicherweise interessiert es Nora nicht. Ich frage mich, ob es daran liegt, dass sie eine Frau ist und weiß, dass ich nie auch nur eines ihrer schwarz-violetten Haare krümmen würde. Oder daran, dass sie zu den zwei Menschen auf diesem Erdball gehört, die *wirklich* keinen Schiss vor mir haben.

»Hast du dir inzwischen überlegt, wie du Rome erklärst, warum du ihm sein kleines Spielzeug nicht ranschaffen konntest?«

»Everly wird nicht mehr in den Staaten sein. Und selbst ich kann sie nicht irgendwo aus Europa zurück in die USA verschleppen.«

Nora sieht mich aus großen Augen an. Keine Ahnung, ob wegen mir oder des Preisschilds zwischen ihren Fingern. »Wie hast du das angestellt?«

»Ich habe … Mittel und Wege.«

»Mittel und Wege.« *Canny Columbo in der Suspicious-Side-Eye-Variante.*

Ich blinzle sehnsüchtig zurück in die Weightlifting-Abteilung und hoffe, dass Miss FBI entscheidet, ihr Verhör an dieser Stelle zu beenden.

Ich habe kein Glück.

»Du hast deine Schwester drauf angesetzt«, rät sie.

»Möglicherweise.«

»Aber du hast ihr sonst nichts erzählt!?«

Ich schüttle mit dem Kopf. »Jayna hasst mich, okay? Ich werde ihr nicht noch meine halbe Lebensgeschichte unterwegs aufgetischt haben.«

»Warum eigentlich?«

»Warum ich meiner Schwester nichts davon erzählt habe, dass du seit Monaten gegen unseren Bruder ermittelst und sie gefälligst dafür sorgen soll, dass kein Addington uns in die Quere kommt?«

»Nein«, zischt sie und sieht warnend in Richtung der anderen Sportartikelshopper. »Warum sollte deine Schwester dich hassen?«

»Unüberwindbare Differenzen.« Und auf ihren sarkastischen »Danke für diese überaus umfangreiche Erläuterung«-Blick hin füge ich an: »Das mit der nonverbalen Kommunikation machst du auch ganz toll, weißt du das?«

»Frau tut, was Frau kann«, flötet sie.

»Sprichwörter verhunzen?«

»Männerdomänen kaputt machen«, erwidert sie zuckersüß lächelnd. »Aber mal im Ernst: Was ist los bei euch?«

Bevor ich darauf antworten kann, klingelt mein Smartphone.

»Wenn man vom Teufel spricht«, murmle ich, als ich Romes Nummer auf dem Display lese. Der hat mir gerade noch gefehlt. Dass er mir jede Nacht wortwörtlich den Schlaf raubt, ist nichts Neues. Es ist mein Job. Aber tagsüber hat er mir nicht auf den Sack zu gehen. Und das ist selbst ihm bewusst.

»Was ist?«, knurre ich in den Hörer. Und gebe mir nicht mal ansatzweise Mühe, mein Missfallen zu verhüllen.

»Bruderherz, neuerdings immer so *on edge.*«

»Langweilt es dich eigentlich nicht, mir alle drei Tage für zwei Minuten vorzuspielen, du würdest wirklich so etwas wie Geschwisterliebe empfinden?«

Nora wirft mir einen warnenden Blick zu. Aber es ist mir scheißegal. Zu »guter Undercover-Arbeit« gehört, dass man nicht 24/7 arschleckt. Sondern sich exakt so verhält, wie man sich eben normalerweise auch verhalten würde. Was ihr eigentlich ebenfalls klar ist. Aber seit sie diesen Zugriff vorbereitet, liegen ihre Nerven blank.

»Ganz im Gegenteil, *Asher*. Du machst dir ja keine Vorstellung davon, was ich bereit bin zu tun, um unsere *Geschwisterliebe* zu zelebrieren.«

Oh, Shit. Irgendwas heckt er schon wieder aus. Und es wird mir absolut nicht gefallen.

Für den Bruchteil einer Sekunde kommt mir in den Sinn, dass er womöglich Everly gefunden hat. Ohne mich. Er könnte irgendwen anders aus seiner Bouncer-Crew beauftragt haben und …

Aber, nein, das kann nicht sein. Meine Warnung an Jayna war eindeutig. Nach ihren Erfahrungen mit Rome wird sie das nicht ignoriert haben. Everly sitzt längst in irgendeinem Flieger nach Paris. Oder Timbuktu. Und ich mache mir umsonst Sorgen.

Doch schon Romes nächste Frage lässt meine Sicherheit wanken: »Wie läuft es mit der Addington? Irgendwelche Neuigkeiten?«

Ich reibe mir nervös die Stoppeln am Kinn. War heute Morgen mal wieder zu faul zum Rasieren. Und wie immer bereue ich es.

»Hab sie noch nicht ausfindig machen können.«

»Ach nein? Das ist interessant, weißt du. Ihr Bruder scheint sie nämlich auch zu vermissen …«

Ich packe instinktiv Noras Hand, bevor sie ebenjene nach dem nächsten überteuerten Fetzen Stoff ausstrecken kann.

Sie hält inne und wirft mir einen fragenden Blick zu.

Trouble, forme ich stumm mit meinem Mund.

Augenblicklich lässt sie die Finger von den verfluchten BH-Kleiderständern und schenkt mir ihre volle Aufmerksamkeit.

»Wieso? Was ist passiert?«

»Sag du es mir. Es ist *dein Job,* Everly Addington ranzukriegen. Stattdessen treibst du dich wer-weiß-wo rum. Wahrscheinlich versuchst du wieder, deinen Schwanz in Noras Pussy zu stecken. Hast du inzwischen gefunden, wo das Loch ist? Vielleicht zeig ich es dir ja, wenn du ein braver Köter bist und mir mein Mädchen bringst.«

Nora richtet einen Zeigefinger auf ihren Mund und deutet einen Würgereflex an. Sie kann den Anruf also mithören, ohne dass ich das Risiko eingehen muss, auf laut zu stellen. Wie schön.

»Spiel keine Spielchen mit mir, Rome. Was ist passiert?«

»Wie gesagt: keine Ahnung. Ich bin nur *rein zufällig* einmal an der Addington-Villa vorbeigefahren.« *Rein zufällig*, na sicher. Aber ich kann ihm das nicht mal zum Vorwurf machen. Er ist immerhin nicht der Einzige, der fucking *rein zufällig vorbeigefahren* ist. »Dort geht es zu wie im Bienenstock, weil die kleine Prinzessin offenbar ihr Schlösschen verlassen hat, ohne ihre Leibgarde mitzunehmen. Du weißt doch, was das bedeutet, oder?«

»Erklär's mir, als wäre ich fünf, Rome. Was bedeutet es?«

Er lacht. »Mongrel, ich rede immer mit dir, als wärst du fünf. Weil dein Erbsenhirn sonst leider nicht mitkommt. Das beweist du immer wieder.«

»Was willst du?«

»Dass du sie findest, natürlich. Sie ist ohne ihre Aufpasser abgehauen. Das ist deine Chance. Wenn es sein muss, hau Noras mysteriöse Quelle bei den Bullen an. Vielleicht können die dir einen Fingerzeig geben, wo sie steckt. Hauptsache, du karrst mir das Mädchen an. Und zwar sofort.«

Die »mysteriöse Quelle bei den Bullen« – ist Nora selbst. Ironischerweise war das der schnellste Weg, sie in Romes Crew einzuschleusen. Er hat eigentlich keine Verwendung für Frauen, die ihre Beine nicht für Dollarscheine breit machen. Aber dass Nora ihn scheinbar zuverlässig vor drohenden Razzien der örtlichen Polizei warnen konnte, stellte sich für ihn als nützlich heraus. Die Land- und Strandpolizei Santa Barbaras hätte Rome dafür drankriegen können, illegal Alkohol auszuschenken. Für alles andere – Drogen- und

Menschenhandel, Gewalt, Missbrauch, Zwangsprostitution – hätten ihnen die Beweise gefehlt. Also hat das FBI entschieden, die Bemühungen der Lokalpolizei zu untergraben und dafür die Chance zu erpokern, dass sie Romes gesamtes Netzwerk *inklusive* des hiesigen Arms der russischen Mafia erwischen.

»Weil ausgerechnet die Bullen wissen, wo sie steckt, oder wie? Das wird in der Kürze der Zeit nicht einfach, Rome.«

»Ist mir scheißegal. Aber entweder du findest es raus, oder du bist derjenige, den die Bullen als Nächstes bei ihrer Razzia aufsammeln. Das Foto, wie du über Everlys nacktem, gefesseltem Körper standest, gibt's gratis obendrauf. Und dann kann dir selbst deine kleine Freundin und ihr Bullenkontakt nicht mehr helfen. Also mach dich besser an die Arbeit, Mongrel.«

20. KAPITEL

EVERLY

Mir weht ein unerwartet kalter Wind entgegen, als ich in der Dämmerung meinen Fuß auf den Asphalt der Straße setze. Unter lautem Knattern setzt der Bus hinter mir sich in Bewegung und lässt mich mit dem Rauch seines Auspuffs mitten in der Wüste allein.

Über mir quietscht der rostige Überrest eines Bushaltestellenzeichens vor sich hin. Eine Sitzgelegenheit oder gar ein Häuschen gibt es nicht. Es gibt hier überhaupt nichts. Nur verdorrtes Gras. Sand. Und in der Ferne die riesigen Schemen alter Schaufelradbagger, die sich wie hässliche Riesen in den Himmel recken.

Vermutlich sollte es mich abstoßen.

Tatsächlich mag ich es hier. In der Stadt vergisst man oft, wie laut es eigentlich ist. Irgendein Geräusch gibt es immer. Klimaanlagen, Motorengeräusche, Rasenmäher. Sobald sich das Knattern des Busses entfernt hat – regt sich hier allenfalls das Rauschen des Windes.

Es hat mich Zeit gekostet, diesen Ort ausfindig zu machen. Am Ende habe ich einem alten Kumpel aus der Highschool fünfhundert Dollar dafür zahlen müssen, dass er mir verrät, wo das Carrow sonst noch zu finden ist.

Ich checke ein letztes Mal mein Smartphone – den Monolog, den ich in Ashers Chatfenster führe. Aber es ist und bleibt ein Selbstgespräch. Seit seinem »Gute Nacht, Eevee« hat er mir nicht mehr geantwortet.

Ich seufze, wechsle die Playlist, die von meinem Bluetooth-Kopfhörer ausgespuckt wird, und stecke das Handy wieder in meinen Rucksack.

Wenn der Berg nicht zum Propheten kommt … dann komm ich halt zum Tagebau.

Der Weg ist länger, als es den Anschein hatte. Immerhin *sehe* ich mein Ziel klar vor mir. Allerdings tue ich das auch schon seit einer Viertelstunde und habe nicht das Gefühl, seither signifikant weit gekommen zu sein. Nur der Anblick der Schaufelradbagger wird immer schauriger, je näher ich ihnen komme. Irgendjemand hat die riesigen Metallmonster mit neongrünem Licht angestrahlt, und selbst aus der Ferne wirken sie gespenstisch.

Mit jedem Schritt verstehe ich besser, warum Rome diesen Ort gewählt hat. Er ist abgelegen. Es gibt nur einen Weg quer durch die Wüste, und die Kulisse ist in jeder Hinsicht atemberaubend. Das hier ist sein Reich. Und er kann tun und lassen, was er will. Viel mehr noch als in der Stadt.

Knapp eine halbe Meile entfernt führt ein Schotterweg zum alten Tagebau, und ich erahne die ersten Partygäste, die Staubwolken hinter ihren Pick-ups und Jeeps herziehen.

Auf halber Strecke halte ich inne, setze den Rucksack ab und greife nach meiner Wasserflasche. Mein Herz schlägt inzwischen immer nervöser in meiner Brust. Ich weiß nicht, was mich erwartet. Ich weiß nicht einmal, was ich mir dabei gedacht habe, bei Einbruch der Nacht allein hierherzukommen.

Vielleicht ist es dumm.

Nein, ganz bestimmt ist es das.

Aber ich habe es so *satt,* weiterhin Spielball irgendwelcher Kerle zu sein, die sich einbilden, sie könnten über das Leben anderer bestimmen, als wäre es ihr eigenes. Das können sie nicht.

Es ist meins.

Es ist *mein* Leben.

Und ich habe das Recht, damit die dümmsten Dinge anzustellen, die *ich* damit anstellen möchte.

Selbst wenn das bedeutet, ausgerechnet an dem Ort nach Asher zu suchen, an dem ich auch auf Rome treffen könnte.

Und dabei nicht einmal genau weiß, wie Ash eigentlich aussieht.

Ich habe eine Vorstellung davon, welche Größe er hat und welche Statur. Wie breit seine Schultern sind und wie schlank im Gegensatz dazu seine Taille. Wie trainiert seine Arme und Beine sind.

Und ich weiß, wie sich seine Stimme anhört.

Aber ich habe ihn nie gesehen.

Gerade als ich meine Wasserflasche wieder wegstecken und weiterlaufen will, vibriert mein Smartphone. Da ich sowohl Xaviers als auch Jaynas Nummer blockiert habe … kann es eigentlich nur eine Spam-E-Mail sein. Denn ich gehe nicht davon aus, dass Xavier mein Verschwinden irgendjemandem gegenüber erwähnt hat, außer seinem Sicherheitsteam. Denn wie stünde er sonst da – wenn herauskäme, dass er seine dumme, gestörte, kleine Schwester nicht unter Kontrolle hat …

Ich verdrehe die Augen und greife trotzdem nach dem Handy.

Es ist keine Spam-Mail.

Und es ist auch sonst nichts, womit ich gerechnet hätte.

Everly?

Ich starre auf den leuchtenden Bildschirm.

Er hat mir geschrieben. *Jetzt.* Tagelang Funkstille – und auf einmal schreibt er mir?

Warum bist du abgehauen?

Du bist nicht sicher.

Kurz überlege ich, gar nicht erst zu antworten. Weil ich trotz meiner idiotischen Suchaktion immer noch … enttäuscht bin. Und dieses Gefühl tut weh.

Aber nicht zu reagieren – wäre albern. Immerhin *will* ich ihn wiedersehen.

Warum sollte dich das interessieren?

Red keinen BS. Du interessierst mich.

Immer.

Du hast mich ignoriert. Tagelang. Du hast keine einzige meiner Nachrichten gelesen. Oder gar beantwortet. Weil du es nicht wolltest. Das tut niemand, der sich »interessiert«, Ash.

Wo bist du?

Ich beiße mir auf die Unterlippe. Unsicher, ob ich es ihm einfach sagen sollte. Aber warum bin ich hier, wenn nicht, um ihn zu finden?

Ich will, dass er mit mir spricht. Dass er mir sagt, was passiert ist. Dass er mir erklärt, warum er ein solches Versteckspiel mit mir spielt.

Ich will seine Wahrheit. Die ganze *verdammte* Wahrheit.

Also teile ich meine Location mit ihm.

Der kleine, rote Stecknadelkopf mitten in einem leeren, weißen Nirgendwo – das bin ich.

Sag mir bitte, dass du die Trailer noch nicht erreicht hast und dich noch niemand gesehen hat.

Ich habe die Trailer noch nicht erreicht. Und mich hat noch niemand gesehen.

Dreh um. Sofort.

Lauf, Eevee. Ich hol dich ab.

21. KAPITEL

ASHER

FUCK.

Wie kann jemand nur derart … verbohrt und stur und lebensmüde sein wie Everly Addington!

Sie ist doch ein kleines Mädchen, verdammt. Sie hat Angst vor ihrem eigenen Schatten. Also was soll der Scheiß?

»Ich bin nicht sicher, ob ich sie für unfassbar dumm halten … oder dafür respektieren sollte, dass sie verflucht noch mal weiß, was sie will«, überlegt Nora laut. Sie hat die Arme vor der Brust verschränkt und den Kopf schief gelegt, während sie an die Decke meines Apartments starrt, nachdem ich ihr den Chatverlauf mit Everly gezeigt habe.

Wohlgemerkt: nur die allerletzten Nachrichten …

»Für dumm«, knurre ich.

Nora hebt eine Augenbraue. »Gott bewahre, eine Frau erdreistet sich, eigene Entscheidungen zu treffen.«

»Fick dich.«

Sie grinst schief. »Tue ich. Wann immer *ich* es für gut und richtig halte, Asher.«

»Jajajaja. Du bist ein großes, böses Mädchen.«

»Genau das.«

»Dann tu dir keinen Zwang an«, sage ich und deute in

Richtung Bett. »Ich hole in der Zwischenzeit Everly dort raus.«

»Du bist morgen Abend beim Treffen mit den Zharkovs, verstanden?«

»Ja, verdammt. Du redest seit Tagen von nichts anderem mehr!«

»Ja, Asher, weil ich das *seit Monaten* vorbereitet habe. Und du im Begriff bist, das alles zu torpedieren, weil du deinen Schwanz nicht in der Hose behalten kannst.«

Ich presse die Kiefer aufeinander und zwinge mich zu einem tiefen Atemzug. »Ich hole Everly dort nicht raus, weil ›ich meinen Schwanz nicht in der Hose behalten kann‹.«

»Ach, nein? Warum dann? Weil sie dir *sympathisch* ist?!«

»Wenn das wirklich eine so unrealistische Vorstellung für dich ist, Nora, was zur Hölle glaubst du dann, ist das zwischen uns, hm? Eine Sexbeziehung? Ich helfe dir dabei, meinen eigenen Bruder hinter Gitter zu bringen, weil wir … was, drei Mal mittelprächtigen Sex hatten?«

»Das einzig *Mittelprächtige* hier ist …«

»Oh, *shut it,* wir wissen beide, dass das nicht stimmt.«

Sie schüttelt mitleidig den Kopf. »Du hast dich wirklich in sie verknallt. *Unfassbar.* Du kennst sie doch überhaupt nicht!«

»Ich hab mich nicht –«

»Ach nein? Warum riskierst du das alles sonst, hm? Dein Leben. Meine Karriere. Die gesamte Ermittlungsarbeit des FBI gegen einen Mann, der mit Drogen und Menschen handelt, als wären es Süßigkeiten!«

Damn. Wenn sie es so ausdrückt, klingt es tatsächlich … nicht besonders rational.

»Du bist doch nicht etwa eifersüchtig?«, frage ich.

»N-nein!«

Ich verenge die Augen. Mustere ihre verschränkten Arme. Die nervösen Zuckungen unter ihrer Haut, welche die feine Line-Art ihrer Unterarmtattoos tanzen lassen. Den angespannten Zug um ihre Mundwinkel.

»Steph hat nicht mit dir Schluss gemacht wegen des Jobs. Sondern wegen mir«, bohre ich weiter.

»Hast du nichts Besseres zu tun, hm? Deine verdammte Puppe von einem Mädchen zu retten, zum Beispiel?«

»Ich hab nicht gewusst, dass du …«

»Tu ich auch nicht, okay?!«, zischt sie. »Und jetzt verpiss dich, Mann. Zerstör nicht noch meinen Job, Asher. Du hast weiß Gott genug kaputt gemacht!«

Aber ich rühre mich nicht von der Stelle.

Wie habe ich das die ganze Zeit übersehen können? Bin ich wirklich so blind, oder hat sie mir einfach nie irgendeinen Hinweis darauf gegeben, dass …?

»Es tut mir –«, setze ich an.

Aber sie unterbricht mich. »HAU AB! Hau ab, bevor ich vor dir heulen muss, verdammte Scheiße. *Verpiss dich, Asher.* Verpiss dich und geh den einzigen Menschen retten, der aus völlig unerfindlichen Gründen irgendwas in deinem emotional verkrüppelten Brustkorb bewegt hat!«

Ich durchquere die Wüste, als hätte ich einen Stein auf das Gaspedal meines Pick-ups gelegt. Von L. A. habe ich eine knappe Stunde bis hier raus gebraucht. Inzwischen ist es bereits dunkel. Und wenn ich Pech habe, wird irgendwer auf Everly aufmerksam, bevor ich sie erreichen kann.

Warum zur Hölle ist sie auch dort?

Hat Jayna mir nicht zugehört? Kann sie nicht lesen? War sie die ganze Zeit Analphabetin und weder ich noch ihr gesamter Masterstudiengang hat es bemerkt?!

Als in der Ferne die Lichter des Tagebaus in Sicht kommen, greife ich nach meinem Smartphone.

Wo bist du?

Meine Augen wandern nervös von dem leuchtenden Screen hinaus in die Wüste und wieder zurück. Es ist stockfinster, und außerhalb der beleuchteten Areale sehe ich *nichts*. Aber hinter mir rauschen bereits die Scheinwerfer des nächsten Idioten heran, der glaubt, im Schutz des Carrows tun und lassen zu können, was er will. Hier draußen merkt es schließlich keiner …

Das Problem ist: Die meisten kennen meinen Wagen. Wenn irgendeiner von ihnen Rome erzählt, dass er mich hier mit Everly gesehen hat, bin ich am Arsch.

Aber wahrscheinlich bin ich das ohnehin längst.

Fuck.

Ich hasse dieses Gefühl. So machtlos zu sein. Ich trainiere nicht jeden fucking Tag bis zum Rand der Erschöpfung, um mich trotzdem noch so dermaßen *hilflos* zu fühlen.

In der Nähe der Straße. Es sind so viele Leute unterwegs, ich wollte nicht, dass jemand mich sieht …

Immerhin: Ganz so unterbelichtet und lebensmüde scheint sie dann doch nicht zu sein …

Trotzdem tut diese jämmerliche Pumpe in meiner Brust so, als müsste sie mit jedem Schlag gegen eine Betonwand anhämmern.

Dunkelgrüner Pick-up. Ich mache gleich am Straßenrand halt und werde so tun, als müsste ich pinkeln. Du kletterst hinten rein.

Ich fahre an den Straßenrand und hoffe, dass sie hier irgendwo in der Umgebung ist. Laut dem von ihr geteilten Standort müsste es hinhauen.

Aber als ich aus dem Pick-up steige, regt sich nichts.

Absolut fucking überhaupt nichts.

Und ich trample noch extra weit raus, lasse mir Zeit.

Shit.

Ist sie doch nicht hier?

Zieht Rome eines seiner abgefuckten Spielchen ab und lässt Everly Nachrichten schreiben, während er sie längst in seiner Gewalt hat?

Das sähe ihm ähnlich …

Doch dann fällt in meinem Rücken eine Autotür zu.

Ich blicke zurück.

Und sehe gerade noch, wie ein blonder Haarschopf auf dem Rücksitz verschwindet.

Amen.

Sie ist hier.

Auch wenn ich darüber nicht ansatzweise so erleichtert sein sollte, wie ich es bin. Tatsächlich fühlt es sich an, als hätte ich einen 500-Pound-Deadlift absolviert und das Gewicht wieder heil auf dem Boden abgelegt, ohne mir was zu brechen. Oder zu kotzen.

Ich beeile mich, zurück zum Pick-up zu kommen, strecke meine Hand nach dem Türgriff aus – und halte inne.

Sie hat mich noch nie gesehen.

Jedenfalls nicht … so. Nicht als Asher. Sondern nur als Mongrel. Als monsterhaften Köter.

Ich erinnere mich noch an den Ausdruck auf ihrem Gesicht, als sie dort in der Warteschlange vor der Industrieruine stand und mich angestarrt hat, als wäre ich die Ausgeburt des Teufels.

Sie hat sich vor mir gefürchtet. Zu Recht. Sie hätte garantiert keine einzige Minute freiwillig mit mir im selben Raum verbracht. Geschweige denn einen halben Tag. Sie wäre niemals in meinen Armen eingeschlafen. Sie hätte sich nie von mir berühren lassen. Oder gar vor mir ausgezogen.

Für Everly ist Ash noch immer … ein Phantom.

Ein verhüllter Unbekannter ist sexy. Geradezu unwiderstehlich. Er erfüllt einem jeden Wunsch, den man über eine Person nur haben kann. Ein Fantasieprodukt, das immer exakt so aussehen wird, wie man es sich ausmalt: absolute Perfektion.

Kein realer Mensch kann mit dieser Art Erwartung mithalten.

Und jemand wie ich? Kann es ganz sicher nicht.

Ich verdränge den Gedanken, reiße die verdammte Tür auf, springe rein, werfe den Motor an. Doch noch bevor ich losfahren kann, schiebt sie mir ihre winzige Hand auf die Schulter.

»Asher?«, flüstert sie. In der Erwartung, dass ich mich zu ihr herumdrehe. Aber warum zur Hölle sollte ich das tun, hm? Damit sie direkt vor Augen hat, wie hässlich ich bin?

Eine Wahl habe ich aber nicht. Früher oder später wird sie mich ansehen. Und es ist in meinem eigenen Interesse, dass es eher früher geschieht. Wenn sie vor lauter Schock aus dem Pick-up flüchtet … *well,* dann habe ich ein Problem weniger, schätze ich …

Ich drehe mich zu ihr um. »Was?« Meine Stimme hört sich rau an. Und schroff. Noch mehr als ohnehin schon.

Everly antwortet mir nicht.

Sie starrt mich nur an. Vorgebeugt auf dem Rücksitz, in dem ihr fragiler Körper vollkommen untergeht. So verloren hockt sie dort und saugt jeden Inch meines Gesichts in sich auf. Meinen unsauberen Buzzcut, für den ich mir nie genug Zeit nehme. All die Narben, die man für Akne halten könnte und doch in der Mehrzahl von meinem eigenen Bruder stammen. Meine Nase, die ich mir zu oft gebrochen habe, als ich noch nicht wusste, dass man derjenige sein muss, der als Erstes austeilt, wenn man nicht verlieren will. Den Bartschatten, den ich zu faul war zu rasieren, weil es doch eh keine Sau interessiert, wie ich aussehe. Sie sieht sich alles an bis hinab zum Ansatz meines fadenscheinigen T-Shirts, das ich angezogen habe, weil es obenauf lag und es keine Rolle spielt, welches Kleidungsstück ich anziehe. Jemand wie ich – wird nie aussehen wie ein fucking Märchenprinz.

»Du hättest nicht herkommen sollen«, sage ich. Um wenigstens irgendeinen Rest meines Stolzes zu bewahren. Sie ist doch diejenige, die lebensmüde ist und … das alles. Nicht ich. Ich bin hier ausnahmsweise mal die vernünftige Komponente, okay?

Aber Everly ignoriert meine Worte. Streckt nur stumm eine Hand nach mir aus. Zitternde, zarte Finger in der blinden Hoffnung, Luft zu ergreifen, wenn sie mich berühren. Dass sie womöglich ein Trugbild vor sich haben. Einen sehr, sehr hässlichen Scherz.

Ich weiche ihrer Bewegung aus, bevor sie mich erreichen kann. »Du solltest zu Hause sein, verdammt noch eins. Nicht mal das! Du solltest irgendwo in Paris eine Boutique plündern. Im Flugzeug nach Japan sitzen. Oder meinetwegen den fucking Kilimandscharo hinaufklettern. Solang du nur nicht *hier* bist.«

Everly zuckt vor mir zurück. »Ich habe es zu Hause nicht mehr ausgehalten.«

Die Verzweiflung in ihrer Stimme verstört mich. Ich weiß, was ich früher getan hätte. Ich wäre wütend geworden. Hätte sie gefragt, was um alles in der Welt so furchtbar daran sein könnte, in einem goldenen Palast hocken zu müssen, in dem einem noch mit goldenem Toilettenpapier der Arsch abgewischt wird.

Aber ich fürchte, ich bin zu alt geworden für diese schwarz-weißen Ansichten. Mir ist bewusst, dass Geld einem keine Gefühle kaufen kann. Und jemand wie Everly lebt nicht von Geld. Sie lebt von Emotionen.

»Der Kilimandscharo wäre eine valide Option gewesen«, sage ich.

Doch Everly lässt sich von den Worten nicht beeindrucken. Ich bin mir nicht einmal sicher, ob sie sie überhaupt gehört hat. Ihr Blick ruht noch immer fokussiert auf mir. Als stünden wir allein irgendwo am Abgrund der Welt. Nichts als kalte Leere um uns herum, eisiger Wind und im Hintergrund das Rauschen eines Ozeans.

Ich sollte etwas tun. Mich umdrehen und losfahren. In die Tat umsetzen, was ich ihr die ganze Zeit schon sage – und endlich verschwinden.

Stattdessen … starre ich zurück. Ich habe sogar den hirnrissigen Impuls, meine Pranken nach ihr auszustrecken.

»Aber *du* bist nicht auf dem Kilimandscharo, Asher«, flüstert sie. Und macht damit alles kaputt. Meine wunderwunderschöne kleine Bubble, in der ich für sie nie mehr sein werde als … ich. Ein Monster. Grobschlächtig. Gewalttätig. Und hässlich.

»Du hast dich in Lebensgefahr gebracht, um mich ein Mal zu sehen? Ist das dein Scheißernst, Everly?«

Sie blinzelt hinab. Vermutlich auf ihre Fingernägel. Saubere, manikürte, lackierte Fingernägel.

»Ich würde es sofort wieder tun.«

Fuck.

Es ist ihr also tatsächlich egal, hm? Sie ist der Scheißengel, den Rome von Anfang an in ihr gesehen hat. Es ist ihr vollkommen gleich, wie mein Gesicht aussieht. Oder wie viele Narben ich habe. Oder dass ich mindestens das Doppelte ihres Gewichts auf die Waage bringe. Dass ich neben ihr immer aussehen werde wie ein misslungener Prototyp.

Ausgerechnet Everly Addington – ist all das egal.

Der Tochter des Mörders meiner Mutter.

Einer stinkreichen Millionenerbin, an deren Geld mehr Blut klebt, als selbst ein menschenverachtender Sadist wie Rome in seinem Leben vergossen hat.

Ich sollte sie trotzdem hassen. Und kann es nicht. Weil Hass schon immer die eine Emotion war, zu der ich einfach keinen Zugang hatte. Ich kann verachten. Ich kann wütend sein, herablassend, gleichgültig.

Nur bei Everly – kann ich selbst das nicht mehr.

»Rome sucht nach dir. Und du wärst ihm beinahe in die Arme gelaufen.«

»Dein Bruder?«

»Woher weißt du«, setze ich an, verenge die Lider – und lege schließlich frustriert den Kopf in den Nacken. »Jayna. Sie hat dir erzählt, wer ich bin. Sie hat dir erzählt, wer Rome ist. Und sie hat dich trotzdem gehen lassen.«

22. KAPITEL

EVERLY

Warum solltest du mir dann überhaupt helfen?«, flüstere ich, nachdem Asher mir in der Stille des fahrenden Pick-ups alles erzählt hat. Dass Rome nach mir gesucht und Ash auf mich angesetzt hat. Und sein Erfolg dieser Suche aller Wahrscheinlichkeit nach unermessliches Leid für mich bedeutet hätte.

Ich habe noch immer nicht ganz verstanden, was Rome mit mir anfangen will. Aber womöglich ist das auch besser so.

»Was für ein Mensch wäre ich, wenn ich es nicht täte?« Asher setzt aus lauter Automatismus den Blinker an einer menschenleeren Kreuzung mitten in der Wüste. Nicht einmal die Lichter fremder Autos sind in der Ferne zu sehen. Wir sind vollkommen allein.

»Einer, den ich verstehen könnte.« Ich ziehe die Schultern hoch. »Er ist dein Bruder und ich … bin die Tochter des Mannes, der deiner Mutter die Chance auf Heilung genommen hat.«

»Sie wäre so oder so gestorben. Jayna hat sich an eine Hoffnung geklammert, die nicht real existiert hat. Und dafür einen Preis bezahlt, der …«

»Welchen Preis?«, frage ich, als er nicht weiterspricht.

»Vergiss es.«

»Nein. Erklär mir, was du damit meinst.«

Asher schnaubt. »Weißt du, was auch immer ich jetzt sage, es wird falsch sein. Also können wir das bitte einfach … überspringen?«

Ich schüttle den Kopf. »Seit wann hast du Angst davor, etwas Falsches zu sagen?«

»Ich habe keine Angst davor. Ich habe nur kein Interesse daran, dich zu verletzen.«

Mit gerunzelter Stirn blicke ich zu ihm rüber. Ich bin inzwischen auf den Beifahrersitz geklettert, obwohl es Asher nicht gefällt, dass mich jedes entgegenkommende Auto hier sehen könnte. Aber hier ist niemand. Und ich will ihn ansehen, wenn er spricht. Auch wenn ich das Gefühl habe, dass Asher sich unter jedem meiner Blicke windet, als würden sie wie Feuer auf seiner Haut brennen, und ich versuche, nur dann zu starren, wenn er aufs Fahren konzentriert ist und es nicht bemerkt. Er muss es aushalten. Nur diese eine Nacht lang. Bis ich mir sein Gesicht eingeprägt habe. Weiß, wo jede Narbe verläuft. Jede einzelne Farbnuance seiner silbergrauen Iriden entdeckt habe. Und keines dieser Details je wieder vergesse.

Noch gelingt es mir nicht, in seiner Miene zu lesen. Sie ist so verschlossen wie der ganze Rest von ihm.

»Warum sollte es dich kümmern?«

Jetzt versinkt er vollkommen darin – in seiner Schweigsamkeit. Aber ich habe gelernt, sie zu ertragen. Als ich blind und hilflos in seiner Wohnung saß und voll und ganz darauf angewiesen war, dass er mir wohlgesinnt bleibt. Ich bin nicht mehr abhängig von ihm, aber ich habe verstanden, dass Asher manchmal Zeit braucht, bevor er etwas preisgeben kann.

Also ist es an meiner Stelle das Piepen seiner Tankanzeige, das irgendwann die Stille zerreißt. Inzwischen haben wir selbst die befestigten Straßen verlassen. Wir sind so tief in der Wüste, dass es nicht einmal mehr eine Tankstelle gibt. Aber Asher wirkt weder beunruhigt noch überrascht.

Er stoppt den Pick-up am Wegesrand. »Warte hier.«

Ich steige aus und folge ihm hinaus in die Nacht. Plötzlich ist es kalt, und nur der Boden unter mir sondert noch Wärme ab. Als hätte irgendjemand in dieser gottverlassenen Einsamkeit eine Fußbodenheizung verlegt.

»Seit wann tust du nicht mehr, was ich sage?«, fragt Asher und wirft mir einen strengen Blick zu, während er einen großen Kanister von der Ladefläche hebt. Der Behälter sollte leer sein, so mühelos, wie Asher ihn bewegt. Aber als er ihn an den Tank hält, muss ich annehmen, dass er tatsächlich voll ist.

»Hier ist niemand.«

Er antwortet nicht darauf. Stattdessen leert er den Kanister vollständig in den Tank und stellt ihn anschließend zurück auf die Ladefläche.

»Ich muss mal für kleine Jungs. Setz dich rein.«

Der Sand knirscht unter seinen Boots, als er in die Schwärze verschwindet. Ich bleibe gegen die Klappe der Ladefläche gelehnt zurück und starre hinauf in den Nachthimmel. Alles sieht hier so anders aus als zu Hause. In der Wüste hat es den Anschein, als gäbe es so viele Sterne am Himmel wie Sandkörner unter meinen Schuhen. Es ist wundervoll. Ich nehme tiefe Atemzüge in der kalten Nachtluft und lasse mich von dem Anblick des Firmaments hypnotisieren.

Bis irgendwo hinter mir einige Steine von einer Felsformation rieseln, die sich schroff in die Landschaft hebt. Ich drehe mich danach um, aber kann nur die Umrisse in der

Nacht ausmachen: Überall dort, wo es anstelle Abertausender Sterne pechschwarz ist, raubt ein Sandsteinriese mir den Blick zum Himmel.

Noch ein leises Knirschen, gleich links von mir. Ich will den Kopf wenden, aber bin zu langsam. Eine riesige, raue Hand schiebt sich von hinten über meinen Mund und raubt mir die Luft zum Atmen. Anstelle eines erschrockenen Schreis dringt lediglich ein unterdrücktes Winseln aus meiner Kehle, während sich ein Arm fest wie ein Schraubstock um meinen Körper windet.

Innerhalb einer einzigen Sekunde der Unachtsamkeit bin ich kaum mehr dazu in der Lage, einen Finger zu rühren. Mir schießen Tränen in die Augen, ohne dass ich es beabsichtigt hätte. Es passiert einfach.

»Hier könnte aber jemand sein, Everly. Also das nächste Mal, wenn ich sage: Bleib ihm Wagen – bleibst du im Wagen.« Ashers Worte sind eiskalt. Aber seine Stimme ist noch immer genauso warm, wie ich sie in Erinnerung habe.

Ich nicke mühevoll unter seinen Händen. Mein Atem ist zum Stillstand gekommen, und nur das laute Rauschen in meinen Ohren versichert mir, dass mein Herz noch schlägt. Mein ganzer Körper ist erfüllt von Schock.

Aber nicht nur davon.

Er ist auch voll von Erinnerungen. Und als Asher seine Hand von meinem Mund bewegt und ich wieder Luft holen kann, strömt mit jedem Atemzug eine weitere Erinnerung auf mich ein. Daran, wie ich mich das letzte Mal gefühlt habe, als Asher mir so nah war. Damals war ich nackt. Ich konnte seine Haut an meiner spüren. Es roch nicht nach Wüste, sondern nur nach ihm und dem Waschmittel seiner Laken. Aber in mir tobte derselbe eigenartige Widerspruch zwischen Angst – und Erregung.

Und plötzlich weiß ich nicht mehr, ob es Ashers Griff ist, der mich das Gleichgewicht verlieren lässt oder die Wucht meiner eigenen Empfindungen. Ich strauchle und lasse mich im selben Moment rücklings gegen seinen starken Körper fallen, strecke meine Finger nach ihm aus, so gut es mir gelingt, bis ich seine Haut spüren kann. Sie fühlt sich so vertraut an, und an die Stelle meiner Panik tritt eine merkwürdig weiche Melancholie, die mich ihm nur noch weiter entgegentreibt.

»Du solltest dich gegen mich wehren, Everly«, sagt er. Der Ton seiner Stimme verliert sich in einer Mischung aus Befehl und Bitte. Als müsste ich ihm diesen Gefallen tun. Denn wenn ich es nicht täte … würde er genauso sehr darunter leiden wie ich.

»Ich will mich aber nicht wehren.«

Er gibt einen resignierten Laut von sich. Tief und unwillig. Sein Atem streift meinen Nacken und zieht eine Gänsehaut nach sich, die bis hinab zu meinen Schenkeln reicht. »Ich habe dich vermisst. Ich habe deinen Geruch vermisst. Und das Gefühl deiner Haut unter meinen Fingern. Die Art, wie du mich anfasst. Deine verfluchten Hände und ihre Fähigkeit, wirklich jeden Scheiß zu heilen.«

»Dann lass mich dich berühren«, erwidere ich erstickt. »Lass zu, dass ich dich anfasse.«

Er schüttelt den Kopf, rückt von mir ab, und ich drehe mich jäh zu ihm herum, wütend darüber, dass er mich einfach so loslässt. »Sei nicht feige, Asher! Renn nicht wieder davon!«

»Ich bin nicht feige«, knurrt er. »Ich schulde dir nur noch etwas.«

Ich verstehe nicht, was er meint, keuche erschrocken auf, als er mich plötzlich herumwirbelt. Die Klappe seiner Ladefläche fällt polternd herunter, und ich lande rücklings darauf.

Er schiebt meinen Rock beiseite, zieht mir mit einem Ruck meine Strumpfhose und die Unterwäsche von den Beinen, bis die kalte Nachtluft meine nackte Haut kitzelt. Ich will meine Hände nach ihm ausstrecken, aber er fängt sie ab und zwängt sie unter meinen Po. Sein linker Arm landet schwer auf meiner Taille, und ich habe keine Wahl, als bewegungsunfähig auf der Ladefläche des Pick-ups liegen zu bleiben. Seine Finger streifen die Innenseiten meiner Schenkel hinauf, und in meinem Bauch sammelt sich Anspannung. Das alles ging so schnell. Ich hatte keinerlei Gelegenheit …

Meine Gedankenflut endet jäh, als seine Zunge meine Klitoris umkreist. Ich keuche auf, beiße mir auf die Lippen und versuche zu verstehen, was mit mir passiert, während mein gesamter Körper von einer Sekunde auf die nächste in brennender Lust aufgeht. Das Gefühl raubt mir den Atem. Und wird nur noch gewaltiger, als er anfängt, sanft an mir zu saugen. Ich winde und krümme mich unter seinem Mund, meine Hüften drängen sich ihm unwillkürlich entgegen, aber er hält mich so fest in seinem Griff, dass ich mich kaum rühren kann. Ich kann nur daliegen und mich dem unbarmherzigen Spiel seiner Zunge ergeben.

Als er schließlich noch beginnt, mit einem Finger in mich einzudringen, bin ich vollends verloren. Die Sterne verschwimmen über mir zu einem Meer aus Lichtpunkten, das selbst dann nicht mehr verschwindet, wenn ich die Augen schließe. Ashers Zungenspiel bringt mich um den Verstand, und ich bin ihm nicht einmal böse deswegen. Ich will nur noch, dass er mich erlöst.

Aber gerade als ich glaube, endlich so weit zu sein – hält Asher plötzlich inne.

Ich hebe den Kopf, aber sehe ihn nur sich genüsslich über seine Lippen lecken. Er mustert mich dabei. Intensiv und durchdringend. Wie ein Maler, der sein halb fertiges Kunstwerk begutachtet.

»Was tust du?«, murmle ich schwach. Als hätte mein Gehirn noch immer nicht ganz begriffen, was mit mir passiert.

Und über alles hinweg raunt Ashers Stimme genüsslich: »Ich warte ab.«

»Ich will nicht, dass du das tust.«

»Genau deswegen tue ich es ja.«

Mein Kopf fällt unsanft zurück auf das harte Metall des Wagens. »Tu mir das nicht an.«

Er antwortet nicht, sondern senkt seinen Mund wieder genau dorthin, von wo er ihn gerade wegbewegt hat.

Nur, um gleich darauf von Neuem innezuhalten.

Er quält mich.

»*Asher, bitte*«, jammere ich.

Zur Antwort gibt er nur einen tiefen, nachgiebigen Laut von sich. Die Vibration seiner Stimme geht auf mich über. Durchzieht von meinen Schenkeln ausgehend meinen ganzen Körper. Ich zittere und bebe und will doch nur, dass er weitermacht. Und als er es schließlich tut, schmecke ich Blut auf meinen Lippen, weil ich so verzweifelt versuche, meine Laute zu ersticken, und ich spüre Schmerzen in meinen Muskeln, weil Ashers Griff mir kein Entrinnen erlaubt.

Ich bin wahrhaftig gefangen in seinem Spiel.

»Du könntest schreien, Everly. Hier draußen hört dich sowieso niemand«, murmelt er gegen meine feuchte Haut, bevor sein Finger noch tiefer in mich dringt.

Und selbst wenn ich es gewollt hätte, kann ich es nicht länger zurückhalten. Meine Lust lässt mich keuchen, stöhnen, wimmern. Bis er Erbarmen mit mir hat. Und mich endlich kommen lässt.

Als sein Mund sich von mir löst, fühlt meine Haut sich eiskalt an. Aber ich bin zu erschöpft, um mich zu rühren. Mein Körper wird noch immer beherrscht von den Wogen, die eine nach der anderen durch mich hindurchzieht. Ich hätte Mühe, einen einzigen Finger zu heben. Und das alles nur, weil … Ashers Mund mich um den Verstand bringt.

23. KAPITEL

ASHER

Meine Erinnerung hat mich im Stich gelassen. Sie hat mich hintergangen und betrogen. Weil sie mich nicht davor gewarnt hat, was passiert, sobald ich Everly berühre. Sonst hätte ich es nicht getan. Ich hätte sie damit davonkommen lassen, in ihrer naiven Unschuld gegen den Pick-up gelehnt stehen zu bleiben und in die Sterne zu starren.

Jetzt habe ich nicht sie bestraft.

Sondern mich selbst.

Weil ich meine Pfoten nicht von ihr nehmen kann. Ich konnte mich nicht von ihrem verführerischen Körper lösen und ich konnte ihrem Duft nicht widerstehen.

Aber das ist nicht einmal das Problem. Das Problem ist – dass sie das hier genauso herbeigesehnt hat wie ich. Auf meine Grobheit antwortet sie mit ihrer sanften Hingabe. Wo immer ich sie berühre, rinnen ihr Schauer über die Haut.

Sie lässt mich glauben, dass alles, was ich mit ihr tue, absolut perfekt ist für sie. Als wäre ich ein Sexgott und sie hätte ihr gesamtes Leben lang nur darauf gewartet, mich zu treffen. Ich war nie mit einer Frau zusammen, die mir so sehr das Gefühl von Macht gegeben hat. Nicht die Art von physischer Überlegenheit. Oder Sadismus. Es ist so viel besser und so viel mehr als das. Sie gibt mir das Gefühl zurück, ein Mann zu sein. Kein Wichser. Kein enthemmtes Arschloch. Sondern … diese Art perfektes Gegenstück, das sie immer gesucht hat.

Sie wird damit mein persönlicher Untergang sein. Weil ich diesem Rausch nicht widerstehen kann. Denn die Wahrheit ist: Selbst während sie unter mir bettelt, bin *ich ihr* Opfer.

Gib mir nur noch ein kleines Stück von deiner Unschuld, und ich bezahl dich mit meiner ganzen Seele dafür.

Everly Addington hat mehr Macht über mich, als mein Bruder sie je haben könnte. Sie liegt reglos auf der Ladefläche meines Pick-ups, die Beine noch immer nackt und schneeweiß im Mondlicht. Die wenigen Klamotten, die sie noch am Leib trägt, sind völlig durcheinander. Die blonden Haare haben sich aus ihrer Flechtfrisur gelöst und stehen ihr wild vom Kopf ab. Das Sinnbild von Erschöpfung. Und ich hirnloser Idiot werde mich kein Stück von ihr wegbewegen.

Stattdessen lasse ich mich neben sie fallen, greife nach der Steppdecke, die ich hinter die zwei Kanister gestopft habe, und werfe ihr das Ding über die nackten Beine. Der Stoff ist alt und kratzig. Aber besser das, als sich in der kalten Wüstennacht irgendeinen Infekt zu holen.

Dann greife ich in die tiefen Taschen meiner Cargopants und ziehe den ledernen Tabakbeutel daraus hervor, drehe einen Joint und zünde ihn an. Schon nach wenigen Sekunden flutet die Wirkung meinen Körper. Ich kiffe nicht oft. Aber irgendwas hat mir gesagt, dass ich es gut gebrauchen könnte, als ich heute Nachmittag auf die Suche nach Everly aufgebrochen bin. Und ich hatte recht.

»Warum bist du von zu Hause abgehauen?«, frage ich nach einer Weile.

Everly dreht sich zu mir um. Sie versenkt ihren Kopf in

meiner Seite, und ich lege meinen Arm um sie. Auch wenn ich mir einmal mehr vorkomme wie ein Trampeltier, das seine Gliedmaßen nicht unter Kontrolle hat.

»Weil ich mich mit meinem Bruder gestritten habe.«

Ich schüttle den Kopf. »Nein, Everly. *Warum* – bist du – *hier?* Du könntest in einem Hörsaal sitzen. Oder Sex auf einem Wasserbett auf fucking Hawaii haben mit dem heißesten Kerl, der dir je untergekommen ist. Du bist intelligent. Du bist schön. Du bist empathisch. – Du hast ein paar Ängste und eine Menge Scheiße durchgemacht, das verstehe ich. Aber du hast genug Arsch in der Hose, um dich in Lebensgefahr zu bringen, weil du jemanden wiedersehen willst, der dir etwas bedeutet. Also warum zur verdammten Hölle bist du *hier?*«

Sie klammert ihre Hand in mein Shirt, vergräbt ihren Kopf noch tiefer an meinen Rippen, und ich kann ihren folgenden Satz kaum mehr verstehen. »Weil *du* mir etwas bedeutest.«

»Ich bin gleichbedeutend mit einem riesigen Scheißhaufen von Problemen, denen du nicht gewachsen bist. Wenn du wirklich so überfordert bist – warum solltest du dir dann noch mehr davon suchen, hm? Warum solltest du dieses Risiko eingehen?«

Sie nimmt einen flachen Atemzug. Ihre Finger tasten sich bebend an meinem Oberkörper hinab, bis sie einen winzigen Streifen Haut finden. Sie fährt darüber. In hauchzarten Bewegungen, die ich nicht einmal spüren sollte. Aber ich tue es. Jede einzelne. Und je unmerklicher sie scheinen, desto stärker reizen sie meine Nervenzellen. Es sind nur ein paar wenige Inches nackter Haut, irgendwo über meinem linken Hüftknochen, und es fühlt sich so intensiv an, als würde sie meine Leiste bis hinab zu meinem Schwanz streichen und mit ihrem Daumen Kreise über meiner Eichel ziehen. Ich werde steinhart. Wie ein fucking Teenager, der noch nie von einem Mädchen berührt wurde.

Ich nehme einen weiteren, tiefen Zug. In der Hoffnung, dass der Rauch mir möglicherweise auch gleich meine Nerven mit abfackelt.

»Du hast mir immer das Gefühl gegeben, als verstündest du, wie ich mich fühle«, sagt sie. »Ohne Eltern. Dafür mit einem Bruder, den ich nicht hassen kann. Der alles besser kann und besser weiß, der von allen geliebt wird und von dem ich mir nur wünschen würde, dass er mich ein einziges Mal ebenso liebt – und der stattdessen so viel besser hassen kann, als ich jemals dazu in der Lage wäre.«

»Warum bist du nicht in irgendeiner Vorstandssitzung dieser jämmerlichen Firma? Warum studierst du nicht Psychologie oder Pharmakologie, bis du deinen Bruder auseinandernehmen kannst wie ein Tausend-Teile-Puzzle?«, bohre ich weiter. Ich begreife selbst nicht recht, warum. Warum ist mir das so wichtig? Warum ist *sie* mir *so* wichtig? »Kann mir nicht vorstellen, dass dein Bruder so was kommen sehen würde.«

»Warum tust du es nicht? Warum wehrst du dich nicht … gegen deinen Bruder?«

»Wer sagt, dass ich es nicht tue? Wer sagt dir, dass ich nicht jetzt gerade im Begriff bin, Rome alles zu stehlen, was er je besitzen wollte?«

»So sehr würdest du ihn verletzen?«

»Nein, so sehr will ich leben. Mein eigenes fucking Leben.« Ich greife nach ihrer Hand, ziehe sie aber wieder fort, bevor ich genau dort erneut anfange, wo ich doch gerade erst aufgehört habe, weil mein kleines Teenager-Ich keine Beherrschung mehr kennt. Stattdessen schiebe ich ihr den

Joint zwischen die Finger und sage: »Erzähl mir deine Träume, Everly. Erzähl sie mir alle. Schließ die Augen und sag mir, was du jetzt gerade tätest, wenn Xavier nie geboren worden wäre.«

Sie hält das Ding so ungeschickt, als hätte sie noch nie einen in der Hand gehalten. Und vermutlich hat sie das auch nie. Sie hustet bei ihrem ersten Zug, und ich unterdrücke ein Lachen. Scheiße, dieses Mädchen ist wirklich nicht auf diesem Planeten aufgewachsen. Sondern in einem kleinen Himmelsschlösschen, in dem sie sich von Milch und Honig ernährt und Liebe inhaliert hat.

Als ihr Atem sich beruhigt hat, legt sie ihre Wange auf meinen Brustkorb.

»Ich würde Medizin studieren«, sagt sie schließlich. »Ich würde dafür sorgen, dass keine Tochter jemals wieder ihre Mutter auf einem OP-Tisch verliert. Und hinterher in die leeren Gesichter der Ärzte sehen muss, die nur mit dem Kopf schütteln, weil sie keine Worte für ihr Versagen kennen.« Der Tabak glüht auf, als sie einen weiteren Zug nimmt, und wirft schwaches, rotes Licht auf ihr hübsches Antlitz. Bis es im weißen Rauch verschwimmt. »Ich habe Xavier die Anteile der Firma überschrieben, weil ich damit nichts zu tun haben will. Ich will nicht in einem Labor sitzen und darauf hoffen, dass irgendwann irgendein kaum erforschter Stoff mehr oder minder durch Zufall eine Wirkung erzielt. Ich möchte mit meinen eigenen Händen Herzmembranen flicken und zusehen, wie Menschen wieder die Lider öffnen, nachdem sie sich sicher waren, sterben zu müssen.«

Natürlich will sie das …

Shit. Dieses Mädchen kann man einfach nicht hassen.

Und ich stelle alle richtigen Fragen, damit dieses Unmögliche *noch* schwerer wird.

»Dann tu das, Everly. Wenn das alles hier vorbei ist, versprich mir, dass du genau das tust«, murmle ich, nehme ihr den Stummel ab und schnippe ihn in den Sand.

»Und was ist, wenn ich mich nicht traue? Wenn ich zu viel Angst davor habe, zu versagen, weil mir ständig versichert wird, dass genau das passieren wird?«

»Wenn ohnehin schon alle glauben, dass du es nicht kannst – wen enttäuschst du dann noch? Ihre Unkenrufe haben dich in eine Situation gebracht, in der du nur noch gewinnen kannst.«

24. KAPITEL

EVERLY

Als ich aufwache, riecht es nach altem Plastik. Staubkörnchen tanzen im Licht einfallender Sonnenstrahlen. Und wenn ich meine Glieder strecke, stoße ich gegen Spanplatten mit poröser Beschichtung.

Asher sitzt einen halben Schritt von mir entfernt auf einer gepolsterten Bank zwischen einer spartanischen Küchenzeile und zurückgebundenen Blümchengardinen aus den Siebzigern. Neben seiner Gestalt wirkt die Einrichtung winzig. Als säße er in einem Puppenhaus. Er könnte noch den angelehnten Klapptisch vor sich aufstellen, aber vermutlich würde dieser bei Ashers erstem tiefen Atemzug zu Staub zerfallen.

»Wo sind wir?«, frage ich träge und reibe mir über die Augen.

Ich muss eingeschlafen sein. Vor einer ganzen Weile schon. Denn die Lichtstrahlen, die sich durch das Fenster stehlen, stammen von einer im Zenit stehenden Mittagssonne.

»In Romes erstem Trailer.«

Abrupt setze ich mich auf. Bis gerade eben habe ich mich in Sicherheit gewogen. Aber sobald Romes Name fällt, ist mein Fluchtinstinkt zurück.

»Keine Sorge, er ist nicht hier. Nicht einmal in der Nähe. Wir sind in Nevada, fast vierhundert Meilen von ihm entfernt. Und er hat keinen blassen Schimmer, wo dieses Ding hier überhaupt steht. Er hat mich damals damit beauftragt, es zu entsorgen, als er genug Geld für die anderen drei Trailer angesammelt hatte. Aber ich hab das Teil nie weggegeben. Hier hat alles angefangen … Als er seine erste Freundin davon überzeugt hat, Geld für ihn zu beschaffen, indem sie für einen Fünfziger mit einem seiner reicheren Kumpels schläft. Und anschließend auch mit dessen Cousin. Und dem besten Freund des Cousins. Und … so weiter.«

»Ich will es nicht wissen«, unterbreche ich ihn krächzend. Selbst wenn das womöglich feige ist. Vielleicht sollte ich es wissen. Nur … ertrage ich es gerade nicht.

Asher nickt. »Ich hätte dich vor zwei Stunden in Richtung Nampa fahren sollen. So zumindest der Plan.«

»Wessen Plan …?«

Er seufzt. »Ich arbeite seit Monaten mit einer FBI-Agentin zusammen. Ich kenne sie schon sehr lange. Sie ist so was wie …« Asher runzelt die Stirn. »Meine beste Freundin, schätze ich. Jedenfalls haben wir vereinbart, dass sie mir die Kontaktdaten eines FBI-Kollegen schickt, der dich von Nampa aus bis weiter über die Grenze nach Kanada bringt. Nur … hat Nora sich nie bei mir gemeldet.«

»Okay«, flüstere ich, unsicher, was das bedeutet. »Das heißt, du hattest von Anfang an den Plan, mich wegzubringen?«

Er nickt. »Weg von Rome.«

»Und wenn ich das nicht gewollt hätte?«

»Wieso solltest du das nicht wollen, Everly? Was wäre die Alternative? Mit dem Risiko zu leben, dass er dich doch findet?« Es ist einer der seltenen Momente, in denen Ashers Stimme nicht mehr die ruhige, tiefe Melodie besitzt. Stattdessen lässt eine unterschwellige Wut darin den beengten Innenraum des Trailers noch kleiner wirken. Er hat die Hände zu Fäusten geballt und scheint jeden Moment aufspringen zu wollen. Als wäre der Gedanke, dass Rome mich in seine Gewalt bringen könnte, geradezu unerträglich.

Ich zupfe an den Enden der Decke, die Asher über mir ausgebreitet haben muss, während ich geschlafen habe. »Ist Weglaufen wirklich die einzige Option?«

Ich hätte damit gerechnet, dass meine Frage ihn womöglich noch zorniger macht. Stattdessen lacht er leise. »Das ist jetzt der Moment, in dem du kämpfen möchtest, ja?«

Ich nicke. »Ja?« Räuspere mich und sage: »Ja!«

»Das wollte Nora auch immer. Sie wusste, dass sie mich davon überzeugen könnte, mich gegen Rome zu stellen, wenn sie mir garantieren kann, dass ich und die ganzen Mädchen, die für ihn arbeiten, ungeschoren aus der Sache rauskommen. Ich habe sie ein halbes Jahr lang mit Informationen und Beweismaterial gefüttert. Bis es endlich genug war. Heute Nacht hätte der Zugriff durch das FBI erfolgen sollen, bei einem Treffen mit einem Mafiazweig aus L. A. Wir haben alles vorbereitet.«

»Aber …?«, frage ich vorsichtig. Weil ich mir sicher bin, dass es hier ein großes Aber gibt. Diese Art von Größe, bei der ich mir nicht einmal sicher bin, ob ich die Antwort auf meine Frage wirklich wissen will.

»Aber«, setzt Asher an, »Nora hat sich nie gemeldet. Weder wegen dir noch … wegen der anderen Sache. Seit letzter Nacht kam kein einziges Lebenszeichen mehr von ihr. Und ich habe keine Ahnung, was das bedeutet.«

Asher und ich finden heraus, was es bedeutet. Nur wenige Minuten später, als Ashers Handy klingelt. Der Name wird nicht angezeigt, aber Asher scheint genau zu wissen, um wen es sich handelt. Jedenfalls lässt er von der Dosensuppe ab, die er in einem kleinen Vorratsschrank gefunden hat, und greift nach seinem Smartphone.

»Es ist ein Videocall. Versuch, so zu tun, als wärest du nicht hier«, sagt er.

Ich nicke und verziehe mich zurück unter die Decke. Vielleicht ist das kindisch, aber mir verleiht es ein Gefühl von Sicherheit.

»Was gibt es, Rome?«, fragt Asher, gleich nachdem er den Anruf angenommen hat.

Ich weiß nicht, was er dort auf dem Bildschirm sieht. Aber was es auch ist, es scheint selbst ihn zu erschüttern. Jedenfalls fällt jede gespielte Sorglosigkeit aus seinem Gesicht. Er wird kreidebleich, hebt das Smartphone ein Stück höher und wirft mir einen knappen Blick zu, als müsse er sichergehen, dass ich auch ja nicht in der Lage bin, auf das Display zu sehen.

»Hallo, Bruderherz«, trällert Rome. Der Überschwang in seiner Stimme lässt mir die Haare zu Berge stehen. Er hört sich nicht so an, wie ich ihn aus dem Carrow in Erinnerung habe. Sondern … so, wie meine Träume ihn darstellen. Ein Ausbund an Zynismus, der in diesem Ausmaß eigentlich nicht in einen einzigen Menschen passen sollte.

»Was treibst du da, Rome?«, fragt Asher. Im Gegensatz zu seinem Bruder ist er ruhig. Aber er verhehlt auch nicht, dass das, was er dort auf dem Bildschirm sieht, ihn wütend macht.

»Oh, du meinst das hier? Mein kleines Teekränzchen mit deiner besten Freundin Nooora?« Er zieht das O unnötig in die

Länge. Seine Stimme klingelt so unangenehm in meinen Ohren, dass ich den Impuls unterdrücken muss, sie mir zuzuhalten. »Schrei für mich, Nora. Na, los, los, komm schon, Süße.«

Ich kann sehen, wie Asher den Atem anhält. Er presst die Kiefer aufeinander. Und im selben Moment ertönt aus dem Lautsprecher des Smartphones ein völlig entkräftetes Wehklagen. Es ist kein Schrei. Eher ein … ersticktes Wimmern. Das Geräusch verursacht mir Übelkeit. Und plötzlich weiß ich nicht einmal mehr, was schlimmer wäre: tatsächlich zu sehen, was dort auf Ashers Handydisplay passiert, oder meinen Kopf sich das Geschehen in grausamen Bildern ausmalen zu lassen.

So oder so ist es furchtbar, und ich sinke tiefer in meine Sitzbank.

»Was soll der Scheiß, Rome?«, fragt Asher.

»Was das hier soll? *Was das hier soll, erdreistest du dich zu fragen?*« Von einem Wort aufs nächste fängt Rome an zu schreien. Zu wüten. Er ist so laut, als stünde er direkt zwischen uns und würde mir ins Ohr brüllen.

Während ich zusammenzucke und meinen rasenden Herzschlag zu beruhigen versuche, stellt Asher lediglich sein Smartphone etwas leiser. Er scheint diese plötzlichen Launenumschwünge gewohnt zu sein. Auch, als Rome gewiss fünf Minuten lang darüber herumschwadroniert, dass Nora eine elende Verräterin sei, eine Bullenhure und ein dreckiges Mannweib, lässt es Asher völlig kalt. Und selbst als Rome fortfährt und seine Schimpftirade auf ihn ausweitet, verzieht dieser keine Miene. Er sieht aus, als würde ihn das alles nicht wirklich tangieren.

»*Schweigst du wieder, ja?* Du Bastard! Hast du mich gehört, Asher? Du bist ein Bastard! Du bist nicht mein Bruder. Du bist nur der Sohn eines dahergelaufenen, dreckigen

Müllmanns.« Erneut trifft mich Ashers flüchtiger Blick. Als müsse ich auf diese Enthüllung mit ähnlicher Herablassung reagieren, wie Rome es tut. »Glaubst du, nur weil du aus derselben Muschi gekommen bist wie ich, wärst du mir ebenbürtig, ja? Dass du mich *überlisten* könntest? MICH! Ans Messer liefern. Einfach so! Nach allem, was ich für dich getan habe.« Wieder schwingt Romes Stimmung um. Von wütend zu enttäuscht, beinahe weinerlich. »Asher, mein Bruder, wie kannst du mir das antun? Wie? Ich habe dir doch alles gegeben, was du immer haben wolltest. So viel mehr als ein hässlicher, zurückgebliebener Junge wie du sich je hätte erträumen können.«

»Lass Nora gehen. Es ist mein Fehler. Ich habe sie …«

»Halt deine Fresse! Und verschon mich mit deinen elenden Lügen. Du bist ein mieser Lügner, Asher. Ein *grausamer* Lügner. Du und ich, wir wissen beide, dass du nie die Eier dafür gehabt hättest! Du hättest deinen kleinen Finger nicht gegen mich erhoben, du elender Feigling. – Aber glaub nicht, dass du es nicht ausbaden wirst, *Asher*. Du wirst sie mir bringen, hast du verstanden? Heute Nacht noch wirst du sie mir bringen.«

»Wen?«, fragt Asher.

Rome lacht. »Wen? Hast du das gehört, Nooora? *Wen,* hat er gefragt. Als wüsste ich nicht, dass die kleine Addington-Hure direkt neben ihm sitzt. Du hast sie gefunden, oder nicht? Dein Pick-up steht mitten in der Wüste Nevadas. Warum sonst solltest du dort sein, wenn nicht, weil du sie gefunden hast? Und was jetzt, hm? Was wirst du tun, Bruderherz? Wirst du sie ficken, weil das alles ist, was du schon immer tun wolltest – oder wirst du herkommen und dein geliebtes Mannweib retten, damit ich sie nicht doch noch umbringe? Du musst dich entscheiden.«

Asher wird blass. Und ich bin mir sicher, ich werde es auch. Die Wendung, die dieses Gespräch genommen hat, hat uns beide eiskalt erwischt. Vermutlich hätten wir es ahnen müssen – dass Rome doch irgendwie erfahren hat, dass er mich gefunden hat. Aber Asher vor die Wahl zu stellen, mich auszuliefern oder seine beste Freundin sterben zu lassen …

Als Asher nicht reagiert, flötet Rome: »Sie hat nach dir gefragt, weißt du? Kurz bevor sie angefangen hat, um ihr jämmerliches Leben zu betteln, hat Nora nach dir gefragt.« Rome seufzt dramatisch. »Ist das nicht süß.«

»Das hat sie bestimmt nicht getan.«

»Oh, und wie sie das hat! Gleich nachdem sie mir euren hübschen Plan erzählt hat. Dass ihr mich verpfiffen habt und mich übermorgen an die Bullen ausliefern wolltet!«

Ashers Mundwinkel zuckt grimmig. »Das meine ich nicht. Sie hat nicht um ihr Leben gebettelt, Rome. Das würde sie nie tun.«

»Ach, nein? Nein? Willst du es hören, hm? Bully, bring mir die Bullenschlampe noch mal her. Mongrel will sie ein zweites Mal für ihn schreien hören.«

»Das wird nicht nötig sein. Ich bring dir Everly.« Wieder hebt er den Blick und sieht zu mir herüber. Aber ich kann seine Miene nicht deuten. Sie ist zu verschlossen.

Würde er mich tatsächlich ausliefern?

Und: Könnte ich es ihm allen Ernstes übel nehmen, wenn er es täte?

Welches Recht habe ich, mein Leben über das einer anderen zu stellen?

Keines. Überhaupt keines. Es steht mir nicht zu, Noras Tod in Kauf zu nehmen, nur damit ich … damit ich Rome nie wiedersehen muss.

Denn er würde weitermachen. Rome wird immer und immer weitermachen. Alle terrorisieren, die das Pech haben, ihm ein einziges Mal über den Weg gelaufen zu sein. Vielleicht … besteht doch eine winzige Chance, ihn aufzuhalten, wenn wir Nora freitauschen. Immerhin ist sie eine FBI-Agentin.

»Gut«, schnurrt Rome. »Und du begibst dich am besten auf direktem Weg hierher. Ich habe einen Sender an deinem Pick-up. Sobald das Ding aufhören wird zu fahren, werde ich eine Kugel Blei in Noras Körper jagen. Und mit ihrer Muschi werde ich anfangen.«

»Ich muss zwischendurch tanken«, bringt Asher zwischen zusammengebissenen Zähnen hervor.

»Dann wirst du mich anrufen und einen hübschen Videocall mit mir veranstalten, während du tankst«, zischt Rome. »Glaub ja nicht, dass ich mich von dir noch einmal hinters Licht führen lasse, *Bruderherz*. Du wirst mir die Addington bringen, und ich werde eine ganze Nacht lang Spaß mit ihr haben, bevor du uns morgen früh alle hübsch über die Grenze nach Mexiko schaffst. Du wolltest doch schon immer mal dorthin, hm? Tja, deine Träume werden wahr, Mongrel.«

»Wir sind in vier Stunden da, sofern du Nora nicht anrührst.«

Rome summt zufrieden. »Weißt du, ich liebe Männer wie dich. Die sich von den Frauen am Schwanz quer durch die Straßen zerren lassen. Du bist so … willenlos. Sobald ich einer deiner kleinen Nutten ein Haar krümme, kommst du angedackelt und bettelst um Vergebung. Einfach zu süß. Und erbärmlich. Sehr, sehr erbärmlich, Mongrel. Wenn ich nicht zugesehen hätte, wie Mom dich schreiend aus ihrem Körper gepresst hat, wär ich mir sicher, wir wären nicht verwandt. Selbst Jayna hat dickere Eier als du. Und sie ist eine *Frau.*«

Asher beendet den Anruf. Er nimmt einen tiefen Atemzug und lehnt den Hinterkopf gegen die Fensterscheibe in seinem Rücken.

Ich sage nichts. Kauere nur auf meiner kleinen Bank und luge über meine angewinkelten Knie hinweg zu Asher hinüber. »Es ist okay, weißt du?«, flüstere ich. »D-du kannst mich zu ihm zurückbringen.«

Er löst sich aus seiner Starre. Sieht mich an, als hätte ich den Verstand verloren, und fragt: »Was?«

»Du kannst mich austauschen. Gegen Nora.«

Asher schüttelt den Kopf. »Er wird nicht austauschen, Eevee. Das ist nicht seine Absicht. Er will uns alle drei in seiner Gewalt haben, um wer-weiß-was zu veranstalten.«

»Aber warum hast du …?«

»Weil das der einzige Weg war, sicherzustellen, dass er Nora nicht sofort umbringt. Keine Ahnung, warum er nicht auf der Stelle geflohen ist. Vielleicht liegt es an seiner maßlosen Selbstüberschätzung. Oder daran, dass sein verdrehtes Hirn ihm vorgaukelt, er müsse dich tatsächlich um *jeden* Preis in seine Gewalt bringen. Was auch immer es ist – er hat einen Fehler gemacht.«

Ich hebe überrascht die Augenbrauen. »Welchen?«

»Der Zugriff des FBI ist nicht für übermorgen geplant. Sondern für heute Nacht. Nora hat ihn in Sicherheit gewogen.«

»Was macht das für einen Unterschied?« Vielleicht ist das eine dumme Frage. Aber ich verstehe es tatsächlich nicht.

»Der Zugriff wird in jedem Fall stattfinden. Nora hat ihn seit Monaten vorbereitet. Alles, was sie braucht, ist, dass Rome heute Nacht das Carrow auf dem alten Industriegelände öffnet und die Vertreter der russischen Mafia trifft. – Vielleicht will er dich auch deswegen. Als …«

Asher beendet den Satz nicht. Also hake ich nach: »Als *was?*«

»Ware. Dein Bruder hat damals die Russen ziemlich in Aufruhr gebracht. Vermutlich denkt er, sie hätten genauso ein Hühnchen mit ihm zu rupfen. Außerdem ist die Bratva – die russische Mafia – hierzulande dafür bekannt, die Mitglieder reicher Familien zu entführen, um horrende Lösegeldsummen einzufordern. Nora meinte, die meisten Fälle würden nicht einmal der Polizei gemeldet. Das FBI hat nur Vermutungen, weil reiche US-Amerikaner normalerweise kein Interesse haben, der russischen Mafia Geld zu spenden, ohne eine Gegenleistung zu erwarten …«

»Von welchen Summen reden wir da?«, frage ich.

Er zuckt mit den Schultern. »Ich habe keine Ahnung. Aber unter einem siebenstelligen Bereich fangen sie sicher nicht zu rechnen an.«

Ich nicke. Obwohl ich dennoch Schwierigkeiten habe, zu verstehen, was hier passiert. Binnen weniger Monate hat sich mein Leben vollkommen auf den Kopf gestellt. Aus der wohlbehüteten Prinzessin aus gutem Hause ist eine von Mördern, Drogen- und Menschenhändlern umgebene Frau geworden, die froh ist, wenn sie diesen Tag unbeschadet übersteht.

25. KAPITEL

ASHER

Ich bin losgefahren.

Was mit an Sicherheit grenzender Wahrscheinlichkeit die falsche Entscheidung ist. Andererseits glaube ich nicht, dass es in diesem Fall eine *richtige* Entscheidung gab. Manchmal hat man eben nur die Wahl zwischen »falsch«, »anders falsch« und »sehr, sehr falsch«.

Noras Leid komplett zu ignorieren, wäre mir »sehr, sehr falsch« vorgekommen.

Die Polizei oder das FBI jetzt sofort um Zugriff zu bitten, wäre »anders falsch« gewesen. Denn alles, was Nora jemals wollte – wofür sie ihr Leben riskiert hat –, ist, nicht nur Rome, sondern auch die Köpfe der hiesigen Bratva dingfest zu machen. Außerdem sind überhastete Zugriffe extrem riskant. Für heute Nacht gibt es wenigstens einen festen Plan.

Also habe ich mich für »falsch« entschieden: losfahren, und irgendwie auf dem Weg zurück nach Santa Barbara herausfinden, wie wir aus diesem Schlamassel herauskommen sollen.

»Wo ist dein Smartphone?«

Everly sitzt auf der Beifahrerbank und knabbert an einer Packung Salzstangen, die sie in dem alten Camper gefunden hat. Ich habe ihr verschwiegen, dass die Dinger ein Relikt aus der Zeit sind, in der im Trailer Drogen konsumiert wurden, als wären es Kekse mit Schokostückchen. Gerade Ecstasy und Kokain führen zu einem starken Verlangen nach salzhaltigen Lebensmitteln.

»Akku leer«, sagt sie und knuspert an einer einzelnen Salzstange wie ein Kaninchen an einem Salatblatt: Minibissen für Minibissen. »Aber vermutlich ist das besser so. Ich traue meinem Bruder zu, irgendeine Ortungs-App heruntergeladen zu haben, damit er mich jederzeit überall finden kann.«

Ich verziehe das Gesicht. Der Kerl wird mir immer unsympathischer. Wenn Everly ihm so lieb und teuer ist, dann hätte er sich einfach nicht von Anfang an wie ein Arschloch benehmen müssen.

»Du möchtest nicht, dass ich dich zu deinem Bruder zurückbringe«, sage ich.

Sie schüttelt den Kopf, sagt aber nichts. Ich muss an ihrer Miene ablesen, mit wie viel Abscheu sie allein der Vorstellung begegnet.

Irgendwann würde ich dem Kerl wirklich gern eine reinhauen. Aus Prinzip. Das wäre sicher ein zutiefst befriedigendes Gefühl.

Everly legt die Salzstangen beiseite und wendet sich mir zu. Der Highway verläuft hier in weiten Teilen schnurgerade durch die Wüste und verlangt nur wenig Aufmerksamkeit.

»Du nimmst mich mit«, erklärt sie. »Zu Rome. Du sagtest, das FBI plane seit Monaten einen Zugriff. Den werden sie garantiert nicht einfach so abblasen. Kannst du sie kontaktieren?«

Ich wiege den Kopf. »Es gibt einen Anrufbeantworter, auf dem ich Nachrichten hinterlassen kann. Trotzdem …«

»Trotzdem …?«

Ich nehme einen tiefen Atemzug und strecke meine Wirbelsäule durch. Den Pick-up habe ich hauptsächlich deswegen gekauft, weil er eines der wenigen Autos ist, in denen ich bequem sitzen kann, ohne an Klaustrophobie zu leiden. »Trotzdem will ich dich nicht mitnehmen.«

Einen Augenblick ist es still. Everly versenkt die Zähne in ihrer Unterlippe und stiert mit gerunzelter Stirn auf den Asphalt. Bis sie irgendwann fragt: »Hast du eine Wahl? Was würde Rome tun, wenn du ohne mich auftauchst?«

Ich weiche ihrem Blick aus, sehe rechterseits aus dem Fenster und wieder starr auf die Fahrbahn. »Keine Ahnung. Ich nehme an, er wird seine Wut an irgendjemandem auslassen. Vermutlich an Nora. Oder mir.«

»Würde sie das überleben?«, fragt Everly. Ihre Stimme ist ohnehin schon sehr leise. Aber manchmal habe ich Mühe, sie zu verstehen, selbst wenn sie – wie jetzt – direkt neben mir sitzt.

»Nein. Wahrscheinlich nicht.«

Sie räuspert sich. Reckt das Kinn. Und ich weiß, dass ich am Arsch bin. Sie wird darauf bestehen, dass ich sie mitnehme. Und später wird sie es bereuen. Weil Everlys Wille sehr viel größer ist als ihre Kapazitätsgrenze. Das ist nicht ihr Fehler. Und ich rechne ihr an, dass sie sich in derartige Gefahr begeben will, nur, um jemanden zu retten, den … sie noch nicht einmal kennt.

Everly würde das alles für mich tun. Weil *ich* Nora kenne. Weil sie *mir* etwas bedeutet.

Ich kenne keinen einzigen Menschen auf diesem ganzen verschissenen Planeten, der so etwas täte. Immerhin habe ich Nora sogar gevögelt, verdammt. In einem letzten, jämmerlichen Versuch, Everly noch umzustimmen, habe ich ihr sogar davon erzählt. Aber es hat sie nicht interessiert. Als wüsste sie ganz genau, dass sie in meinem Universum jenseits jeder Konkurrenz steht.

Das verdammte Ding da in meiner Brust stellt eklige Sachen an bei dieser Erkenntnis. Rast und stolpert. Mir wird schlecht. Das volle Programm. Was Nora sich immer von mir gewünscht hat, aber bei ihr … irgendwie nie passiert ist. Ganz ehrlich, ab einem gewissen Punkt habe ich angenommen, dass ich einfach nicht in der Lage bin, so für jemanden zu empfinden. Wäre immerhin nicht überraschend – Rome kann schließlich auch niemanden lieben als sich selbst. Also warum sollte ich es können?

Shit. Ich wünschte wirklich, ich könnte es nicht.

»Ich möchte nicht schuld daran sein, dass deine beste Freundin stirbt. Du musst mich mitnehmen«, besteht Everly.

»Du wirst es bereuen«, erwidere ich sofort.

Sie nickt. »Ja. Vermutlich.« Ihre Stimme ist erstickt. Aber sie weicht nicht von ihrer Entscheidung ab.

»*Nimm mich mit,* Asher. Wir brauchen noch drei Stunden bis Santa Barbara. Dreieinhalb, wenn du etwas langsamer fährst. Rome wird damit beschäftigt sein, das Carrow aufzubauen, oder nicht? Die ganzen Showeffekte? Gestern war das alles doch noch in der Wüste.«

»Er rührt keinen Finger. Das machen die Leute, die für ihn arbeiten.«

»Wie überzeugt er sie überhaupt davon?«

»Geld. Drogen. Erpressung. Sex mit den Mädchen. Er spielt sie alle gegeneinander aus.«

»Und … alle machen das mit?«

»Nein. Wenn ein Mädchen aussteigen will, reagiert er ganz locker. Er sagt, klar könne sie das machen, sie müsse ihm nur Ersatz beschaffen. Manchmal bezahlt er sie sogar dafür. Dann bringt sie eben am nächsten Tag eine Freundin mit. Die muss erst *eingearbeitet* werden. Und wenn sie dann noch mal fragt, ob sie jetzt gehen darf, dann fragt er sie, was wohl passieren würde, wenn er jetzt seinem Kumpel von der Polizei erzählen würde, was er über sie weiß. Und über ihre Freundin. Aber das wäre ja alles nicht schlimm – sie könnte ja einfach … seinem Kumpel einen *Gefallen* tun. Sein Kumpel arbeitet nicht bei der Polizei, sondern ist meistens irgendein Kerl, der Geld dafür bezahlt hat, dass zwei Mädchen mit ihm *Zeit verbringen*. Davon macht Rome dann Fotos. Nur für den Fall, dass er von besagtem Kumpel doch mal mehr braucht als nur Geld. Vielleicht ein neues Auto. Oder ein Alibi.«

»Es ist ein Teufelskreis.«

»Und Rome ist der Teufel höchstpersönlich.«

»Warum …« Sie unterbricht sich, schluckt. Und ich ahne, was sie mich fragen wird. »Warum hast du das so lange mitgemacht?«

»Weil ich es nicht anders kannte, Everly. In meiner Welt gab es nie andere Regeln als jene, die Rome aufgestellt hat. Und … wenn man mit dem Teufel im Bund ist, sieht das Leben mitunter sehr angenehm aus, verstehst du? Es ist nicht *wirklich* besser. Aber man glaubt, es wäre besser. Ich habe das viel zu lange geglaubt. Manchmal bin ich ein wenig … begriffsstutzig.«

Sie sagt noch immer nichts. Und mir kriecht die Nervosität wie eine haarige Spinne den Rücken hinauf. Ein Bein nach dem anderen. Das Gefühl ist widerlich. Aber ich habe es nicht anders verdient. Mein Nichtstun ist schwer verzeihlich.

»Ich bin froh, dass du Nora geholfen hast«, flüstert Everly schließlich.

»Ich auch. – Doch das bedeutet nicht, dass du es ebenfalls musst. Du hast dort nichts zu suchen. Ich bringe dich zu deinem Bruder und …«

»Nein!«

»Ich kann dich auch zu einer Freundin fahren, wenn …«

»Nein, Asher. Ich *möchte* dir und Nora helfen.«

»Ich habe dir eben erzählt, wie er tickt. Wie er handelt. Worauf er seine Macht stützt.«

»Gerade *deswegen* will ich es tun. Du wirst mich nicht davon abhalten.«

Ich seufze. »Das ist wie in diesen Horrorfilmen. Wenn man genau weiß, dass die junge, gut aussehende Frauenfigur eine falsche Entscheidung treffen wird und sie es trotzdem tut.«

»Genau deswegen schaue ich keine Horrorfilme.«

»Natürlich nicht …«, murmle ich und schüttle den Kopf. Eevee. Wie zur Hölle bin ich ausgerechnet *ihr* begegnet?

Ach ja. Sie kam ins Carrow. Und hat mich ins Unglück gestürzt. Eines, von dem ich nicht will, dass es endet. Weil es das erste Unglück in meinem Leben ist, das sich weder scheiße anfühlt noch falsch. Wenn schon sehenden Auges in die Hölle rennen, dann doch wenigstens mit jemandem, mit dem es sich *richtig* anfühlt, oder?

»Vier Stunden«, sage ich. »Von unserer Ankunft bis zum Eintreffen des FBI sollten es circa vier Stunden sein, in denen wir Rome irgendwie glauben lassen müssen, er hätte alle Fäden in der Hand.«

26. KAPITEL
ASHER

Der poröse Stein knirscht unter meinen Boots, als ich mit Everly die leeren Räume der alten Fabrik durchquere.

Tagsüber wirkt es hier ganz anders als bei Nacht. Weil man *sieht,* wie heruntergekommen, zugemüllt und abgefuckt es hier ist. Das Sonnenlicht raubt dem Ort jede Mystik, jeden Zauber. Nichts ist mehr aufregend oder gar reizvoll. Es ist nur noch Schrott. In manchen Ecken stinkt es nach Pisse und Kotze. Und wenn man ein benutztes Kondom herumliegen sieht, bleibt einem nur, diejenigen zu beglückwünschen, die es dort hinterlassen haben, weil sie sich wenigstens nicht mit irgendeinem Scheiß angesteckt haben.

Ohne die Nebelmaschinen, das Schwarzlicht, den Alkohol, die Musik und die giftgrünen Laser ist es einfach nur … eine Ruine. Und Rome ist kein gefeierter Clubbesitzer mehr, sondern lediglich ein Drogendealer, der Schutzgeld an die russische Mafia zahlen muss, damit sie ihm nicht auch noch diese Ruine abfackelt.

Er sollte keine Macht über mich haben.

Gar keine.

Trotzdem habe ich das Gefühl, durch knietiefen Schlamm waten zu müssen. Mein ganzer Körper scheint sich gegen jeden einzelnen Schritt zu wehren. Weil ich nicht wissen will, was mich am Ende dieses Geröllwegs erwartet. Und ich es gleichzeitig kaum ertrage, mir auszumalen, was Nora in den letzten Stunden erlebt haben muss.

Ich drücke ein letztes Mal Everlys Hand, spüre ihre sanften Finger zwischen meinen und frage mich, was für ein Vollidiot ich sein muss, ihr das hier anzutun. Aber sie hat selbst gesagt, dass sie es durchziehen möchte. Also bleibt mir nichts, als die letzten Schritte durch den langen Korridor zu setzen, vorbei an den ehemaligen Lagerräumen, bis sich vor mir der weite Raum des Carrows öffnet.

Der Erste, den ich sehe, ist Deaf Dean, der in einer Ecke steht und die Kabel für die Tonanlage zusammensteckt. Er hört kein Wort. Aber er kann die Vibration der Musik spüren. Und in Rome hat er den einzigen Clubeigentümer gefunden, dem es vermutlich sogar lieber ist, dass sein Tontechniker nichts auditiv versteht, sondern allenfalls wortwörtlich fühlt. Dean ist ein geringes Risiko und damit bei so ziemlich jedem hier beliebt.

Zwei der Mädchen stehen vor dem Gitter zum Darkroom, kichern und werfen ihm Blicke zu, die er nicht erwidert. Eine Lektion, die wir alle bei Rome schnell lernen: Der Einzige, der ficken darf, was ihm vor den Schwanz läuft, ist er.

Aber ausgerechnet von ihm ist weit und breit keine Spur.

Stattdessen erblicke ich Nora, hoch oben, im Dance-Cage. Die violetten Spitzen ihrer schwarzen Haare hängen zwischen den Gittern hervor. Rund um eine Platzwunde auf ihrer Stirn sammelt sich dunkelrotes Blut. Und ich sollte froh sein, dass es wenigstens geronnen ist. Denn eine Pfütze auf dem Boden unter ihr zeugt davon, wie lange sich niemand ihrer angenommen hat. Vermutlich hat sie inzwischen das Bewusstsein verloren.

»Was zur Hölle sucht ihr hier? Verpisst euch!«, schnauze ich die zwei Mädchen an, die schäkernd dort drüben stehen, während Nora nur wenige Schritte von ihnen entfernt gelitten haben muss.

Sie verschwinden sofort.

Wahrscheinlich sollte ich froh sein, dass sie jede Menschlichkeit inzwischen abgelegt haben. Es wird sie das hier unten länger überleben lassen. Aber heute macht es mich nur wütend. Das alles hier – macht mich nur wütend.

»Wer ist die Kleine? Schon wieder neues Frischfleisch? Darf ich ma' anfassen?«, tönt eine Stimme hinter mir. Bully tritt gähnend aus einem der Lagerräume, die wir gerade noch passiert haben. Er muss in einer der Hundehütten geschlafen haben.

»Nein«, blaffe ich. »Die ist ausschließlich für Rome. *Niemand* fasst sie an. Wo ist er?«

Bully giggelt. »Verstehe. Rome ist drüben im Büro.«

Ich folge seinem Fingerzeig hinüber zu der Tür, auf der in verwischten Buchstaben Romes Name geschrieben steht.

Meine Kehle schnürt sich zu, während ich brav einen Fuß vor den nächsten setze. Ich reiße die verdammte Bürotür sperrangelweit auf – und dort sitzt er. Bequem auf seinem Scheißsessel. Hinter seinem Schreibtisch. Darauf klebt noch immer Roxys getrocknetes Blut von den Messerspielchen dieses Idioten. Entweder wollte Rome sich nicht die Mühe machen, es wegzuwischen. Oder es gefällt ihm so.

»Mongrel.« Sein Gesicht hellt sich auf bei meinem Anblick. Als wäre er ein kleiner Junge und ich käme mit dem Eiswagen vorgefahren. »Du hast sie tatsächlich mitgebracht. Ich war mir nicht sicher, weißt du? Immerhin … schienst du so überhaupt nicht angetan von deinem Auftrag, meinen Engel wieder einzufangen.«

»Schick Nora nach Hause.«

Rome schnalzt mit der Zunge. »Damit sie gleich zu ihren Bullenfreunden rennt und petzt? Asher, selbst deinem Spatzenhirn muss doch bewusst sein, dass *du* dadurch genauso im Knast landen würdest wie ich, oder? Das kann es dir nicht wert sein.«

»Vielleicht ist es das.«

Er gluckst. »Lass uns nach draußen gehen. Ich möchte … dir etwas zeigen.« Bei seinen letzten Worten verwandelt sich seine Miene in eine voll diebischer Vorfreude. Diese Art Horrorfilmmaterial, nach der jedes Castingteam verzweifelt sucht, wenn es einen neuen Joker oder Pennywise zu besetzen gilt. Rome wäre der perfekte Schauspieler dafür. Weil er nichts *spielen* muss. Er empfindet tatsächlich so.

Das ist der Grund, aus welchem ich zögere. Nicht, dass es einen Unterschied macht. Es spielt keine Rolle, ob ich seinen Anweisungen Folge leiste oder nicht. Das hier ist bereits sein Revier. Und was auch immer geschieht – es passiert nach seinen Regeln.

Aber habe ich nicht Everly noch selbst gesagt, wir müssten alles tun, um ihn glücklich zu machen?

Vier Stunden lang.

Jetzt sind es nur noch drei. Und fünfzig Minuten.

Zurück im Hauptsaal hat sich wenig verändert. Die Vorbereitungen für die heutige Clubnacht sind voll im Gange. Es soll perfekt sein, wenn die Russen kommen. Damit Rome ihnen beweisen kann, was für ein toller Kerl er ist. Denn auch wenn er dadurch riskiert, ein noch höheres Schutzgeld zahlen zu müssen – er wird sich vor ihnen auf keinen Fall Blöße geben. Er wird alles tun, sie davon zu überzeugen, dass *er* doch eigentlich der Main Character ist. Und selbst die einflussreichste Mafia an der Westküste nur Sidekicks in seiner Geschichte.

Irgendwann im Laufe dieser Nacht werde ich sein Gesicht sehen, wenn er erkennt, dass er das nie war. Dass niemand es ist. Weil sie allesamt von FBI-Beamten abgeführt werden.

Ich blicke zu Nora hinauf, erahne das Zucken ihrer Fingerspitzen im Dämmerzustand. Sie wird es miterleben. Das alles. Sie wird mitansehen können, wie sie für ihre monatelange Arbeit belohnt wird. Dann hätte sie fast im Alleingang bedeutende Mafiapersönlichkeiten und ein mächtiges Drogenkartell erledigt.

Vielleicht wird sie anschließend endlich die Anerkennung bekommen, die sie verdient. Schluss mit lebensgefährlichen Undercover-Himmelfahrtskommandos. Stattdessen ein Bürostuhl irgendwo weit weg, hin und wieder ein Ortsbesuch, wo sie ihre Untergebenen wie Schachfiguren hin und her schieben kann. Vermutlich würde es ihr nicht sonderlich gefallen. Aber für eine fünfstellige Summe, jeden Monat zuverlässig auf ihrem Konto, wird sogar Nora den sicheren Job vorziehen.

»Ich habe mir für diese Nacht etwas ganz Besonderes überlegt«, zieht Romes Stimme mich aus meinen Fantasien. Und damit offenbar zurück in seine persönliche Traumwelt.

Drei Stunden. Fünfundvierzig Minuten.

Er deutet auf die Ecke, wo wir normalerweise die Bar und das Pokerareal aufbauen. Bully steht dort und … schiebt Tische aneinander.

»Was soll das?«, frage ich.

»Er bastelt etwas ganz Spezielles. Meinen persönlichen kleinen Altar.« *Igitt.* »Wo bleibt meine Kamera?«

»Bringen die Mädchen«, antwortet Bully.

Aha. Offensichtlich hat der Bouncer eine kleine Beförderung erhalten. Während ich mich tagelang in der Misere gewälzt habe, Everly haben zu wollen und auf keinen Fall in meine Nähe lassen zu dürfen, ist Bully zum neuen Handlanger aufgestiegen.

Wie aufs Stichwort huscht Hattie in den Raum. Sie trägt noch keine Schuluniform, und trotzdem gibt sie schon das Bild der niedlichen, kleinen Lolita ab, auf das die Kerle fliegen. Die Kamera sieht riesig aus in ihrer winzigen Hand, und das Stativ ist vermutlich größer als sie selbst, sobald man es erst aufgestellt hat.

»Dort hinüber, bitte, meine Süße.« Romes Stimme klingt beinahe liebevoll. Er mag Hattie. Und ich habe keine Ahnung, ob das etwas Gutes für sie ist oder nicht. Ich habe nie gefragt. Und werde das auch nicht mehr nachholen.

Hattie stellt das Stativ an die gewünschte Stelle. Die Kamera deutet direkt auf die Bar. Oder »den Altar«. Ich will gar nicht wissen, wen oder was er dort opfern will.

»Hol ein paar Decken, Hattie. Nicht die schmutzigen aus der Hundehütte. Welche von deinen, aus dem Trailer. Die mit dem hübschen Satinbezug wären doch schön, hm? Und du kannst meinen kleinen Gast dort hinüberbringen, Mongrel.«

Ich gehe schon auf die Tische zu, als er einen missbilligenden Laut von sich gibt. »Natürlich nicht in den dreckigen Straßenklamotten. Die wirst du ihr vorher ausziehen.«

Everlys Hand zuckt in meiner. Aber sie bleibt stumm. Genauso, wie wir es abgesprochen haben. Je weniger sie sagt, desto weniger Zielfläche bietet sie.

In ihrem Mundwinkel liegt ein zartes Lächeln, das ich nicht verdient habe und mir eine Zuversicht schenkt, die ich nicht empfinden sollte.

Vier Stunden und vierzig Minuten.

»Hast du mich nicht gehört, Mongrel? *Zieh sie aus!*«

Unter ihrem Pullover trägt sie eine pastellfarbene Bluse mit Knöpfen, die so winzig sind, dass sie mir ständig zwischen den Fingerkuppen wegrutschen. Aber kaum sind die oberen geöffnet, tritt ihr Dekolleté darunter hervor. Meine Fingerknöchel berühren die weiche Haut ihres Brustansatzes. Ihr Atem beschleunigt sich.

»Seit wann bist du so zimperlich? Du sollst sie ausziehen. Nicht anstarren, als wäre sie dein kleines Haustier. Das ist abartig, Mongrel. Widerlich. Du bist hier das Tier. Du bist das Biest. Das *Monster.*«

»Du siehst sie doch genauso an.« Wenigstens steht sie mit dem Rücken zu ihm. Weder muss sie das gierige Gleißen in seinen Augen sehen. Noch kann er nur den Bruchteil dessen erblicken, worauf ich freie Sicht habe.

»Oh, ich werde gleich noch bei ganz anderen Dingen *zusehen.* Also beeil dich gefälligst, Mongrel. Und wenn du den Stoff zerfetzen musst!«

Die kleinen Knöpfe fliegen versprengt durch die Luft, als ich die Enden der Bluse grob auseinanderreiße. Einer landet vor den Spitzen meiner Boots, und ich schiebe die Sohle darüber, weil der Anblick des schneeweißen Perlmuttknopfs auf dem schmutzigen Betonboden mir so falsch vorkommt wie alles andere hier.

Everly legt behutsam ihre Finger um meine Fäuste, mit denen ich noch immer den Stoff umklammert halte.

Im selben Moment dringt Romes Stimme erneut zu uns herüber. »So schlimm findest du das alles doch gar nicht, oder mein Täubchen? Vielleicht genießt du es sogar ein wenig, hm?«

Everly antwortet nicht darauf.

»Mongrel, wie viel größer bist du als unser kleiner Gast? Immerhin überragst du sie um mehr als einen ganzen Kopf.«

Während er es ihr noch durchgehen lässt, dass sie ihm kein einziges Wort schenkt – erwartet er das von mir offenbar schon.

»Ich will eine Antwort!«

Ich kenne Rome seit meiner Geburt. Trotzdem werde ich noch immer überrascht davon, wie übergangslos er einfach von einer Stimmung in die andere wechselt – und wieder zurück. In einer Sekunde amüsiert, gefällig, charmant. In der nächsten todeswütig tobend. Und keinen Herzschlag später genauso unaufgeregt wie zuvor.

Ich lasse es mir nicht anmerken. Trotzdem frage ich mich jedes Mal, was gerade in seinem Hirn passiert.

»Vierzehn Inches.«

»Oh, das weißt du so genau, hm? Hast du nachgemessen?«

Nein. Ich habe sie lediglich einmal gefragt, wie groß sie ist. Und den Unterschied errechnet.

»Schätzung.«

Rome lacht. »Was hast du sonst alles *geschätzt,* Mongrel? Wie weit du deinen Schwanz in ihren Rachen rammen kannst, bevor sie dich vollkotzt? Wie schnell ihre Knochen unter deinem Gewicht brechen würden? Wie viel Druck du ausüben darfst, bevor ihre kleine Hand nur noch aus Splittern und Fleisch besteht?«

Wie immer trifft Romes Zynismus geradewegs sein Ziel. Ich habe mich oft gefragt, wie viel ich ihr zumuten kann, ob meine Unachtsamkeit sie in Gefahr bringen könnte. Ich tue es, sobald ich sie in meiner unmittelbaren Umgebung weiß. Wenn sie sich vor etwas erschreckt und rückwärts gegen mich stolpert, passiert überhaupt nichts. Im Gegenteil, ich würde sie zurück auf die Füße stellen, bevor ihr bewusst wird, dass sie im Begriff war zu fallen. Wenn *ich* eine unbedachte Bewegung mache, könnte sie dafür in einem Krankenhaus landen.

»Hör auf«, flüstert Everly. Und ich muss den Impuls unterdrücken, ihr eine Hand über den Mund zu legen. Stattdessen sehe ich sie nur eindringlich an. Sie darf sich auf keinen Fall dazu hinreißen lassen, ihm zu widersprechen. Damit täte sie ihm einen Gefallen, den sie ihm gewiss nicht tun möchte.

»Sieh dir nur einmal an, wie sie neben dir untergeht. Du solltest froh sein, dass ich dir überhaupt erlaube, sie mit deinen hässlichen Pranken anzufassen. Wer weiß, was du alles …«

Everly ignoriert meine stumme Warnung. Sie wirbelt zu Rome herum und schreit: *»Hör auf!«*

Aber Rome scheint ihren Ausruf nicht einmal zu bemerken. Unter ihrer jähen Drehung ist die zerrissene Bluse weiter hinabgerutscht. Romes Blick haftet an dem dunkelvioletten, spitzenbesetzten BH darunter. Der Stoff umspielt die Rundung ihrer Brüste perfekt. Und ich rechne schon damit, dass er jeden Moment losstürzen und seine Griffel nach ihr ausstrecken wird.

Aber natürlich tut Rome das nicht. Es wäre zu einfach für ihn. Zu simpel.

Er möchte spielen.

Und wir – wir sind seine Marionetten.

Er leckt sich nur über die Lippen, hebt seinen Blick hinauf in ihr Gesicht und lächelt halbseiden. »Womit soll ich aufhören, mein Täubchen?«

»Hör auf, ihn zu behandeln, als wäre er kein Mensch, sondern lediglich ein Roboter, ein gefühlloses Haustier, das zu tun hat, was du sagst. Zu denken hat, was du sagst. Zu empfinden hat, was du sagst. Du hast kein Recht dazu.«

Rome hebt eine Augenbraue. »Ach, nein? Ich habe jedes Recht dazu, mein Täubchen. So lange, bis er mir widerspricht. Aber er widerspricht ja nicht. Sieh ihn dir an. Zweihundert Pfund Wortlosigkeit. Nur du, kleines Täubchen, stehst vor mir und gurrst für ihn wie eine liebestolle Turteltaube. Gefällt er dir etwa, hm? Magst du es, wenn so ein Ungetüm wie er dich berührt? Es soll ja Weibchen geben, die darauf stehen, von einem Bullen bestiegen zu werden, der doppelt so groß und doppelt so schwer ist wie sie. Dann gehen sie halt dabei drauf, von einem Monster zerfickt zu werden. Wenigstens sind sie glücklich gestorben, hm?« Er kichert leise. »Also, bitte, bitte, Mongrel, komm ihrem Flehen doch nach. Fass sie an. Berühr sie. Befriedige ihr niedriges Verlangen. Ich konnte ja nicht ahnen, dass in deinem Engelskörper so eine verruchte Schlampe steckt. Dann hätte ich dich schon viel früher etwas rauer angefasst, mein Täubchen.«

Er neigt den Kopf zur Seite, setzt zwei kurze Schritte nach links, begutachtet uns aus einigem Abstand. Als wären wir ein Ausstellungsstück in einem Museum, das ihm besonders gut gefällt.

»Was ist jetzt, Mongrel? Na, los, los! Anfassen! Ich weiß, du bist ein bisschen gehemmt und prüde, aber ich bin mir sicher, dein jämmerlicher Schwanz ist seit Beginn dieser Unterhaltung steinhart. Also gib deinem inneren Tier nach und tatsch deine fetten Pranken auf ihre weiße Haut, wie sie es haben will.«

Ich lege ihr zwei Finger auf die Schulter, zwinge sie dazu, sich wieder mir zuzuwenden.

»Oh, nein, nein, nein. Sie wird schön so stehen bleiben. Wenn sie will, dass ich gleich alles an ihr sehe – dann soll sie es auch bekommen! Aber jetzt mach endlich. Oder ich tue es selbst. Und ich zaudere garantiert nicht so jungfräulich herum wie du, Mongrel.«

Ich senke den Kopf. Ziehe ihr den Stoff der Bluse von einem Arm. Und dann vom anderen. Ich gehe in die Knie vor ihr, strecke meine Hände nach dem Bund ihres Rocks aus. »Schließ die Augen«, murmle ich. »Schließ die Augen und stell dir vor, wir wären wieder zurück in der Wüste. Und niemand wäre dort. Nur du und ich und der Nachthimmel voller Sterne.«

»Was faselst du da?«

»Dass meine Hände kalt sind.«

Rome schnaubt. »Gottchen, Mongrel. Du bist wirklich eine Pussy, sobald es um Mädchen geht. Vielleicht hätte ich doch die Nutten dafür bezahlen sollen, dass sie dir regelmäßig den Schwanz lutschen. Ganz offensichtlich kriegst du einfach keine ab, wenn du nicht ein paar Dollarnoten springen lässt. Aber wer kann es den Mädchen verdenken? Deine Fratze würde ich auch nicht an mich ranlassen. – Nur unsere süße, kleine Everly, die scheint es nicht zu stören. Verrat mir, mein Täubchen, was ist dein Geheimnis? Warum kommt dir bei seinem Anblick nicht die Galle hoch?«

Everlys Hand umschließt meinen Unterkiefer. Und als ich zu ihr aufblicke, muss ich erkennen, dass sie ihre Augen nicht geschlossen hält. Sie sieht mich geradewegs an, während sie sagt: »Ich wüsste nicht, was es an ihm auszusetzen gäbe.«

Rome seufzt. Es ist ein theatralisch hingerissener Laut, vor dem man sich unweigerlich ekelt. »Sie glaubt es wirklich. Das große Märchen von ›Niemand ist hässlich, wir sind alle schön‹.«

Aber Everly schüttelt den Kopf. »Ich glaube, es gibt viele hässliche Menschen. Aber Ash ist keiner davon.«

»*Ash* also, hm?«, sagt Rome. »Was hast du mit ihr gemacht, Mongrel, dass sie so verzaubert von dir ist?«

»Nichts.«

»Oh, doch, doch. Das hast du. Deswegen wolltest du sie mir auch nicht herbringen, oder nicht? Du magst sie. Bist du gar verliebt, hm? Wie wunderschön! Mein kleiner, hässlicher Bruder ist *verliebt.*« Rome trällert das Wort beinahe, und ich bin mir sicher, in seiner Vorstellung wird er von einem ganzen Orchester begleitet, das nur für ihn hier ist. »Steig aus dem Rock, Everly. Wir haben lange genug auf Eierschalen für dich getanzt. – Leg sie auf die Tische, wenn sie nackt ist, *Asher*. Du darfst heute dein Mädchen besteigen.«

Jäh drehe ich mich zu ihm herum. »Ich werde nicht …«

»Oh doch, das wirst du. Und ich werde genau hier sitzen und dir dabei zusehen.« Er zieht einen der schäbigen Stühle zu sich heran und lässt sich darauf fallen. »Und Hattie wird das alles hübsch mit ihrer Kamera für die Ewigkeit festhalten. Wenn unsere liebenswürdige Nora dann endlich die Freundlichkeit besitzt, aus ihrer Bewusstlosigkeit aufzuwachen, können wir ihr gleich ein ganzes Video an Beweismitteln anbieten. Der böse, böse Rome Hall. Fängt die schutzlosen Töchter der Reichen und Schönen von der Straße und wirft sie seinem Ungeheuer von einem Bruder zum Fraß vor. – Oder, halt, nein!« Er reckt seinen Zeigefinger in die Höhe und zieht eine aufmerksamkeitsheischende Miene. »Was ist, wenn gar nicht der ältere Bruder der schlimme Finger ist? Sondern der jüngere … Was denkst du, Mongrel, wenn wir beide vor einem FBI-Agenten im Verhör sitzen – wem wird er wohl glauben? Dem gewalttätigen, volltätowierten Ungeheuer mit Vorstrafenregister – oder mir?«

»Ich werde Everly nicht anrühren.«

Rome zieht stumm seine Walther PPK unter dem Jackett hervor und zielt damit geradewegs auf Noras Kopf. »Okay. Dann knall ich sie ab. Es wird sich sicherlich irgendein anderer Laufbursche finden, der dem FBI mein hübsches Beweismaterial überbringt.«

»Nein!« Everlys Ruf hallt gellend durch den Raum.

Rome legt sich eine Hand auf die Brust. »Huch, jetzt hätte ich beinahe noch vor Schreck abgedrückt. Everly, meine Liebe, ich bin ja nicht taub.«

»Du wirst ihr nichts antun. Du bekommst dein verdammtes Video, wenn es das ist, was du willst. Aber du wirst ihr kein Haar krümmen.«

»Bist du verrückt?«, flüstere ich Everly zu.

Aber sie schüttelt den Kopf, wendet ihr Gesicht von Rome ab und formt stumm zwei Worte mit den Lippen. *Vier Stunden.*

Inzwischen sind es nur noch dreieinhalb.

Everly steigt aus Rock und Schuhen und drückt mir die Sachen in die Hand. Sie legt ihre Hände an den Bund ihrer Strumpfhose und streift sie ab.

»Wo möchtest du mich haben, Rome?«, fragt sie.

Und als ich auf meinen Bruder zurückblicke, sehe ich ihn gierig seine Lippen benetzen. Merkwürdig. Ich bin mir sicher, wenn ich dasselbe getan hätte, hätte er Zweifel an meiner Aufrichtigkeit bekommen. Er hätte den Braten gerochen. Mich gefragt, was ich im Schilde führe.

Aber Everly … nimmt er es einfach so ab.

Als wäre eine Frau schlicht und ergreifend nicht in der Lage, ihn so hinters Licht zu führen.

Oder die Fantasie, die ihm vor dem inneren Auge vorschwebt, ist so mächtig, dass sie ihn tatsächlich vollkommen blind macht für alles andere. Getrieben von seinem eigenen Plan und überzeugt von seiner eigenen Genialität hegt er keinerlei Misstrauen.

Hoffe ich.

27. KAPITEL
EVERLY

Das Carrow ohne Gäste, ohne seine mystische Atmosphäre aus Scheinwerfern und Lasershow, Gitterstäben und Alkohol zu sehen ist … fast angsteinflößender, als ich es vom letzten Mal in Erinnerung habe.

Dort konnte ich meine Gefühle noch als unbegründet abweisen. Es war nur meine typische Panik, unter Menschen zu sein, die ich nicht kenne, und Dinge zu tun, die ungewohnt sind. Ich hatte eine diffuse, rational unerklärbare Angst vor dem Unbekannten.

Heute ist es anders.

Weil jede meiner Ängste vollkommen berechtigt ist.

Rome versteckt unter seiner Kleidung eine tödliche Waffe. Griffbereit und immer in der Lage, ihre Mündung auf jemanden zu richten und einfach … abzudrücken. Jeder Atemzug könnte der letzte sein. Und unter dem Triggerfinger von einem Psychopathen, der so unberechenbar ist wie Rome, kann es ausnahmslos jeden treffen.

Ashers Freundin Nora ist der beste Beweis dafür. Nach allem, was ich über sie weiß, hat sie monatelang für Rome gearbeitet. Und jetzt liegt sie in einem trägen Dämmerzustand dort oben zwischen den eisernen Gitterstäben. Hin und wieder kann ich sie leise wimmern hören. Und als ich unmittelbar unter ihr hindurchgelaufen bin und den Blick nicht von ihrem Gesicht abwenden konnte, habe ich Tränen unter ihren geschlossenen Lidern erahnt. Irgendeinen Weg muss ich finden, ihr doch noch zu helfen. Sie braucht dringend ärztliche Behandlung. Aber ich weiß bislang nicht, wie ich das anstellen soll.

Asher wird von ganz anderen Qualen heimgesucht. Ich dachte immer, mein Bruder würde … sich zuweilen wenig brüderlich verhalten. Aber im Gegensatz zu Rome ist er ein Engel. Er würde mich niemals absichtlich derart erniedrigen, provozieren und peinigen, wie Rome es mit Asher tut. Und ich fühle mich schuldig dafür, dass ich alldem tatenlos zusehe. Es muss furchtbar für ihn sein. Gleichzeitig weiß ich, dass ich es nur schlimmer machen würde, wenn ich Asher jetzt das Gefühl gäbe, ihn zu bemitleiden.

Und das tue ich auch nicht. Er hat nicht mein Mitleid. Er hat meine Unterstützung, meinen Respekt und mein Verständnis. Was auch immer in diesen nächsten Stunden passieren wird – ich weiß, dass wir beide hinterher andere sein werden als vorher. Vielleicht ein bisschen mehr kaputt. Aber ganz sicher auch ein bisschen stärker. Und vor allen Dingen unzerstörbarer.

Dieser Gedanke lässt mich selbst Romes Blick ertragen, der über meine nackte Haut gleitet wie ein Laserstrahl. Ich muss den Impuls unterdrücken, mich bedecken zu wollen, wegzudrehen, zusammenzukrümmen.

Auch die anderen im Raum starren mich offen an. Der bullige Türsteher, der Techniker drüben am Mischpult, einige tuschelnde Frauen, die immer wieder aus den Zugängen des Gewölbes strömen wie in einem Ameisenbau – sie alle sehen zu, wie ich nur noch in Unterwäsche bekleidet hier stehe.

Hinter mir werden Laken über die Tische gelegt, deren schneeweiße Farbe im krassen Gegensatz zu den schwarzen Satindecken steht. Es gibt riesige Kandelaber mit Kerzen aus rotem Wachs. Zwei der Gitterzäune erzeugen die Illusion eines begrenzten Raumes, obwohl noch immer jeder ungehindert hindurchsehen kann. Und einer der Bouncer hat die Seitentreppe bis hoch oben zu ihrem Ende erklommen und lässt gerade eine stählerne Kette daran hinab, ähnlich jenen, die den Dance-Cage halten.

Ich fühle mich wie vor der Kulisse eines sehr mittelmäßigen Independent-Vampirfilms, und mein einziger Wunsch ist, dass irgendwo jemand mit einer Filmklappe in der Hand durchs Bild läuft und »Cut!« ruft.

»Sag mal, Mongrel, wo hast du eigentlich deine Handschellen gelassen? Ohne die gehst du doch sonst nirgendwohin.«

Asher antwortet ihm nicht. Stattdessen holt er das Erbetene aus seiner hinteren Hosentasche.

Rome nickt ihm zu. »Fesseln.«

Ich halte ihm meine Hände hin. Auch wenn meine Gelenke zu schmal sind. Es ist nicht ausreichend, dass ich mich mühelos befreien könnte – aber ich habe dennoch mehr Bewegungsspielraum als andere.

Trotzdem fühlt es sich nicht gut an, als das kalte Metall sich um meine Gelenke schließt. Es ist beklemmend, und ich zwinge mich zu ruhigen Atemzügen. Ashers Daumen streift meine Haut, und augenblicklich durchströmt mich ein Puls aus Wärme.

»Auf den Tisch mit ihr«, flötet Rome. Er hat sich von einem der Mädchen ein Silbertablett mit Obst bringen lassen und thront auf seinem kleinen Stuhl wie ein selbst ernannter Kaiser.

Ich tappe indes auf nackten Sohlen hinüber zu der fragwürdig geschmückten Tischreihe. Draußen ist es noch hell, trotzdem kriecht mir Kälte die Waden hinauf. Unter den allmählich tiefer stehenden Sonnenstrahlen wirft das alte Gebäude lange Schatten. Dazwischen ist der poröse Beton in sonderbar gelboranges Licht getaucht. Was anderswo womöglich Wärme ausgestrahlt hätte, hat hier einen seltsamen Effekt von Bedrohlichkeit. Ich bekomme eine Gänsehaut und muss ein Schaudern unterdrücken.

»Ihr ist kalt«, sagt Ash und macht Anstalten, mich mit einem der Bettlaken zu bedecken, die als provisorische Tischdecken dienen.

Aber Rome schnalzt missbilligend mit der Zunge. »Nichts da. Sie bleibt nackt. Allenfalls zieht sie noch etwas aus. Ganz gewiss nicht *an*. – Keine Bange, mein Täubchen, eine Erkältung sollte das Geringste deiner Sorgen sein.« Er kichert. Dann blinzelt er auf seinen Obstteller. »Hast du vielleicht Hunger, hm?« Hastig steht er auf, greift nach einem Apfel und läuft zu mir herüber, in geneigter Haltung wie ein Diener. Er deutet sogar eine Verbeugung vor mir an, bevor er mir den Apfel hinhält, als wäre ich ein Pferd. »Iss.«

Ich strecke die Hände danach aus, aber er schlägt sie weg. »Ans Tischbein«, befiehlt er.

Und als nichts geschieht, donnert seine Stimme: »Ihre Handschellen – ans Tischbein, Mongrel!«

Asher folgt dem Befehl. Obwohl Widerwille jede seiner Bewegungen träge macht. Das sonst so fließende Ineinandergreifen jedes Muskelstrangs in den anderen wirkt nun steif wie im bitterkalten Winter, wenngleich seine Berührungen sich noch immer warm anfühlen, als er eine der Handschellen löst, um das Tischbein windet und wieder verschließt.

»Sehr gut machst du das. Und jetzt wirst du das Stahlseil dort hinten nehmen und –«

»Ich werde Everly nicht –«

Romes Zischen unterbricht ihn. »Das sollst du auch nicht, Mongrel. Du sollst dich selbst daran fesseln. Na, los. Mach schon.«

Ich schüttle den Kopf. Sehe zu Rome und sage: »Nein, das geht nicht.«

»Oh, und wie das geht, mein Täubchen. Sieh nur zu. Los, los, schau hin.«

Und wieder muss ich mitansehen, wie Asher einfach tut, was ihm gesagt wird. Als hielte Rome die Fäden seiner Gliedmaßen in den Händen und müsste nur zaghaft daran zupfen.

Vier Stunden.

Ist es das wirklich wert?

Die stählerne Kette klimpert, und erst jetzt wird mir bewusst, dass daran schon Fesseln befestigt sind. Sie sind genauso rostig wie die Glieder selbst. Als wären sie schon sehr lange in Benutzung. Länger als Rome diesen Ort für sich auserkoren haben muss. Und es sind nicht nur zwei Schellen, sondern vier.

»Ja, ganz richtig, Asher. Deine Klotzfüße auch. Und die Hände schön *hinter* dem Rücken. Wir wollen ja nicht, dass du aus Versehen noch jemandem wehtust.« Ich schlucke schwer und sehe zu, wie Asher sich selbst vollkommen kampfunfähig macht. Dahin fährt es, mein Gefühl von Sicherheit. Es steht dort drüben in Ketten.

»Sehr gut machst du das«, kommentiert Rome indes voller Zufriedenheit in der Stimme. »Bully, du hast doch bestimmt ein Messer einstecken?«

Der Türsteher, der hier schon die ganze Zeit herumlungert und dümmlich grinst, nickt. »Aber klar, Boss.«

»Klamotten aufschneiden.«

Bully zieht sein Messer hervor, und auf eine winzige Bewegung seines Fingers hin klappt eine Klinge raus, die so lang scheint wie meine Hand.

Trotzdem wirkt er zögerlich, als er mit der Waffe auf Asher zugeht. Letzterer überragt ihn noch immer um einen halben Kopf, und seinem Blick ist anzusehen, dass er von der Situation alles andere als amüsiert ist.

»Komm schon, Bully. Hopp, hopp. So schwer kann es nicht sein«, tönt Rome.

Bully strafft seine Schultern und geht in diesem komischen Gang auf Asher zu, den man klischeehaft mit Türstehern verbindet: jenes pompöse Watscheln, die Arme wie gestutzte Flügel gespreizt, breitbeinig, als müsse er sonst über die eigenen Entenfüße stolpern. Dann bleibt er vor Asher stehen, hebt die Klinge bis an seine Kehle – und ich sehe beiseite. Nur das Reißen von Stoff dringt bis an meine Ohren.

»Stopp! Stopp, stopp. Unsere Everly schaut ja gar nicht hin«, sagt Rome, klingt zunächst enttäuscht, und keine Sekunde später brüllt er kalt: »*Sieh gefälligst hin, Everly*. Sieh ihn dir an. Sieh dir an, wie machtlos er jetzt ist. Wie *schwach*.«

Und erst da begreife ich.

Dass zwischen all dem wenigen, das Rome empfindet, wohl nur eines bestimmend ist: Eifersucht. Auf seinen kleinen Bruder. Auf all die Dinge, die Asher besitzt und Rome niemals sein Eigen nennen wird: ein Herz, die Fähigkeit zu Empathie, Mitgefühl. Und das Durchhaltevermögen, trotzdem noch jeden Tag in einer Welt weiterzuleben, die all das bestraft. Was für eine Schmach muss es für Rome erst sein, dass ich mich für Asher entschieden habe. Und nicht für ihn.

Er hat ihn vorher schon gehasst. Aber jetzt? Hasst er ihn umso mehr.

Und wir haben ihm vier Stunden gegeben, diesen Hass zu zelebrieren. Vier Stunden, in denen Rome alles tun wird, damit auch ich Asher hassen lerne.

Ich wage es kaum, den Blick zu ihm zu heben. Aber ich habe keine Wahl.

Der Stoff seines schwarzen T-Shirts klafft aufgeschlitzt über seiner Brust. An einer Stelle muss die Messerklinge bis in seine Haut gefahren sein, denn ein lang gestrecktes, dünnes Rinnsal zieht sich von seinem Brustmuskel bis hinab zu seinem Bauch. Ich bin mir nicht sicher, ob Asher es überhaupt bemerkt. Sein Körper erweckt nicht den Eindruck von jemandem, der einen kleinen Schnitt wie diesen noch wahrnimmt. Und das nicht nur, weil seine Muskulatur wie ein natürlicher Panzer unter seiner Haut liegt. Sondern auch, weil er übersät ist von Narben. Ich habe das gewusst. Habe sie unter meinen Fingerspitzen ertastet. Jede einzelne. Aber es macht einen Unterschied, ob man sie alle nacheinander erspürt. Oder von einer Sekunde zur nächsten damit konfrontiert wird, das Zeugnis all dieses Leids zu sehen.

Hinter mir erklingt das charakteristische Klicken eines Feuerzeugs. Und als ich den Blick wende, entdecke ich, wie Rome sich von einem der Mädchen eine Zigarette anzünden lässt. Er nimmt einen tiefen Zug, schlendert in meine Richtung, lacht, als ich versuche, in dem wenigen mir verbliebenen Spielraum von ihm abzurücken. Aber ich war ohnehin nicht sein Ziel. Es war Asher. Er drückt die Zigarette in das Rinnsal aus Blut. Es zischt leise. Mir wird übel. Doch Asher verzieht keine Miene. Selbst dann nicht, als die Hitze ihm längst die Haut verbrennen muss.

»Siehst du, wie wenig es ihn interessiert?« Romes Worte

sind an mich gewandt. Aber ich tue so, als hätte ich keine Ahnung, mit wem er spricht. »Weil er das gewohnt ist. Scheint ihn kaum mehr zu jucken als ein Mückenstich. Aber was meinst du, Asher, würde es Everly genauso gehen, wenn ich sie als Aschenbecher benutze, hm?«

»Du wirst sie nicht anfassen.«

Rome kichert. »Ach, nein?«

Er lässt die erloschene Zigarette auf den Boden fallen und kommt auf mich zu.

»Du wirst – sie nicht – anfassen!«

Aber noch ehe sein letztes Wort verklungen ist, spüre ich Romes Finger bereits auf meiner Wange, meinem Kinn, meinem Unterkiefer. Er schlingt seine Hand um mein Gesicht und zwingt mich, ihn anzusehen. »Sieh mal. Wie leicht ich sie anfassen kann«, sagt er. »Hast du Hunger, mein Täubchen?«

»Nein.« Meine Stimme ist nur noch ein Krächzen. Aber ich kann es nicht ändern. Seine Anwesenheit raubt mir den Atem. Und er stinkt nach verbranntem Tabak.

Er hält mir wieder seinen Apfel hin. »Tu mir den Gefallen. Nimm einen Bissen.«

Ich schüttle den Kopf.

»Hattie … Hast du eine weitere Zigarette?«

Mein Blick fliegt zurück zu der jungen Frau, von der Rome sich bedienen lässt, als wäre sie seine Dienstmagd. Sie hält die Packung Glimmstängel noch in den Händen – aber zu meiner Erleichterung rührt sie sich nicht vom Fleck. Ihr steht der Schock ins Gesicht geschrieben, und irgendetwas sagt mir, dass Rome sie normalerweise nicht zu seinen fragwürdigen Erniedrigungsshows einlädt.

»Hattie!«

Sie zuckt zusammen, als er ihren Namen brüllt.

Aber es ist Asher, der ihm antwortet: »Das wird nicht nötig sein. Ich bin mir sicher, Everly isst lieber einen Apfel, als dass –«

»Ich ihre schöne Alabasterhaut verbrenne? Wolltest du das sagen, Mongrel?«, fragt Rome, doch er erwartet keine Entgegnung darauf. Stattdessen hält er mir die Frucht an die Lippen. »Beiß zu.«

Als ich zögere, greift er nach seinem Feuerzeug.

»Iss, Everly«, knurrt Asher. Es ist das erste Mal, dass ich Angst in seinen Augen sehe. Der Anblick ist seltsam. Weil es nicht aussieht wie bei anderen Menschen. Wenn andere Menschen panisch werden, dann scheint ihr ganzer Körper ergriffen davon. Sie werden übermannt von dem Gefühl, zucken zusammen, weichen zurück oder stehen gelähmt und starr an Ort und Stelle. Bei Asher wirkt es … sanfter. Man erkennt es nur an dem Ausdruck in seinen Augen. Als träfe er schon wieder diesen einen alten Bekannten, den er irgendwie leid ist. Die Art Nachbar, der an einem Samstagmorgen um sechs Uhr den Rasen mäht, aber einem zuverlässig die Blumen gießt, wenn man im Urlaub ist.

Aber für mich spielt das keine Rolle. Ich ertrage den Anblick nicht. Ich ertrage das Wissen nicht, dass ich ihn mit meinem Handeln quäle. Also öffne ich den Mund und beiße in den verfluchten Apfel.

Rome beobachtet mich dabei. Als wäre ich sein gezähmtes Tier, schaut er mich an, folgt meinen Kaubewegungen mit einem schaurigen Leuchten in seinen Augen. Ich verstehe es nicht. Was auch immer er erblickt – es ist etwas ganz anderes als das, was wir sehen. Seine Wahrnehmung ist ein anhaltender Spielfilm, und wir alle sind unfreiwillig gecastet worden.

Er beißt selbst von dem Apfel ab. Und dann reicht er mir

ihn zurück. Als ich nicht reagiere, nickt er auffordernd. »Komm schon. Du hast es doch gerade eben schon einmal getan.«

Ich schließe die Augen, nehme noch einen Bissen. Und er beginnt, begeistert zu klatschen.

»Sehr gut. Sehr, sehr gut, Everly. – Bring mir den Obstteller, Hattie. Na, los, na, los. Ich will sehen, was die kleine Everly sonst noch so alles aus meinen Fingern stiehlt.«

Er bietet mir einen Pfirsich an.

Eine Erdbeere.

Blaubeeren. Eine nach der anderen, und jedes Mal berühren seine Finger meine Lippen, und er scheint sich nicht sattsehen zu können daran.

Er hält mir eine Flasche Wasser an die Lippen, und die Hälfte daraus rinnt meinen Hals und meine Brüste hinab, bevor es plätschernd auf dem Boden aufkommt. Mir wird eiskalt, und ich spüre meine Nippel sich aufrichten. Romes Blick nach zu urteilen, zeichnen sie sich durch den nassen Stoff meines BHs deutlich ab.

Er streckt verzückt eine Hand danach aus. Doch noch ehe er mich berühren kann, grollt Ashers Stimme durch den Raum. »*Rome.*«

Er zuckt vor mir zurück. Dreht sich zu seinem Bruder um und hebt neugierig die Augenbrauen. »Das möchtest du nicht, hm? Dann komm doch her. Komm und halte mich auf.« Er lacht höhnisch.

Aber ich sehe ihm an, dass es ihm beinahe vergangen wäre, als die Ketten unter Ashers Last zu ächzen beginnen. Er hat die Muskeln angespannt. Jeden einzelnen. Wären die Umstände andere gewesen – ich hätte den Anblick genossen. Es ist ein Schauspiel, wie man es selten sieht. Ein Strang nach dem nächsten zeichnet sich deutlich unter der Haut ab, ein riesiges Gebilde aus Energie. So viel Kraft in einem einzigen Menschen.

Ich hätte die Hände danach ausgestreckt, wenn ich gekonnt hätte. Vielleicht ist es naiv. Aber ich bin auch nur eine junge Frau, die noch nie zuvor jemanden gesehen hat, der so trainiert ist wie Asher. Und ich erinnere mich daran, wie es sich angefühlt hat. Ich erinnere mich an den Gefühlscocktail aus Sicherheit und … Erregung. Daran, wie ich es nicht zuordnen konnte. Und wie ich mich dafür geschämt habe.

Ich will ihm sagen, dass Rome all diese Energie nicht wert ist. Aber ich weiß, wenn ich es laut ausspreche, müsste ich Konsequenzen hinnehmen, die ich nicht tragen kann. Und so schweige ich.

Schweige immer noch, während Rome neben mir sagt: »Siehst du, wie er alles versucht – und doch nichts zustande bringt, Everly? So war es schon immer mit ihm. Er wollte und wollte und wollte. Aber erreicht? Erreicht hat er nie etwas. Er ist einfach zu schwach.« Rome hat seine Stimme nicht gesenkt. Sie ist laut genug, dass Asher jedes seiner Worte mitanhören muss.

Mir sinkt das Herz in der Brust. In all der Kälte fühlt es sich verloren und winzig an. Sekundenlang bin ich zurück im Mindset des kleinen, wehrlosen Mädchens, dessen Mutter gerade gestorben ist. Faktisch ermordet von dessen Vater. Bevor dieser sich in Haft »das Leben nahm«.

Ich bin wieder gefangen in dem Gefühl, dass die Welt mir aus den Händen entgleitet und ich einfach nichts tun kann. Dass alle um mich herum mächtiger sind als ich. Und ich keine Wahl habe, als zuzusehen, wie sie sich ihre Umwelt formen, wie es ihnen passt. Wie sie *mich* formen, wie es ihnen passt. Weil ich sie nicht daran hindern kann.

Und so lasse ich zu, dass Rome mein Gesicht näher zu

sich zieht. Dass es dieses Mal nicht nur seine Finger sind, die meine Lippen streifen, sondern sein Mund. Dass seine Hände über meine Schulter fahren, den Ansatz meiner Brüste, den Stoff meines BHs. Ich sage nichts, als er beginnt, zu stöhnen und sich an mir zu reiben.

Ich bin erstarrt.

Selbst wenn ich gekonnt hätte – ich hätte mich nicht von der Stelle gerührt.

Ich hätte überhaupt gar nichts getan.

Ich hätte nur stumm ertragen.

Wie ich immer nur stumm ertragen habe.

Derjenige, der an meiner Stelle brüllt, der tobt und mir das Gefühl gibt, jeden Moment die ganze Welt zum Einsturz zu bringen – ist Asher. Er ist meine Stimme. Er ist meine Wut und mein Zorn. Er ist mein Widerstand. Er gibt meinem verstummten Herzschlag seinen Rhythmus zurück. Er hält meinen Widerwillen fest in seinen Händen und er lässt ihn nicht gehen.

Er fordert die Umstehenden auf, etwas zu tun. Er sagt ihnen, dass sie nichts seien als Täter, wenn sie nicht sofort handeln. Und dass er sie genauso bestrafen werde wie diese.

Es scheint nichts zu ändern.

Bis Rome mich abrupt loslässt.

Er stößt mich von sich und wischt sich über den Mund, als wäre ich ihm auf einmal zuwider. Ashers Rufe verstummen. Es ist still. Nur aus einer Ecke tönt der Nachhall leiser Schritte, als Hattie in eines der Gewölbe verschwindet.

»Ich werde dich umbringen, *Bruder*«, verspricht Asher in die entstandene Stille. »Und wenn ich es mit bloßen Händen tun muss. Selbst das Herz aus Stein, das du besitzt, werde ich zwischen meinen Fingern zu Sand zermahlen. Und wenn du

Everly nicht sofort gehen lässt, dann wird es ganz, ganz langsam geschehen.«

Rome schnaubt. »Hast du es nicht begriffen, Asher? Du hast verloren. Sie gehört mir. Ich kann mit ihr machen, was ich will. Und alles, was du tun wirst, ist zuzusehen.«

»Du kannst mich nicht ewig hier festhalten. Und das weißt du genauso gut wie ich. Bald werden die Russen hier auftauchen. Und deine Gäste. Willst du mich dann noch immer hier hängen lassen?«

»Selbstverständlich.« Romes Stimme klingt verwirrt. Als hätte er nie in Betracht gezogen, dass irgendjemand daran einen Zweifel haben könnte. »Du wirst dort verrotten, bis die Haut von deinen Knochen fällt. Aber vorher werde ich jedem Einzelnen, der den Preis dafür zahlt, erlauben, die kleine Everly zu besteigen. Ein paar Tausend Dollar für einen Fick mit einem Engel, das sollte es ihnen doch wert sein, meinst du nicht?«

28. KAPITEL
ASHER

Ich habe mein erstes Work-out gehasst.
Und die Tage danach.

Die gesamte erste Woche.

Und den ersten Monat.

Ich hatte die Spaghetti-Arme eines zu groß geratenen Teenagers und habe keinerlei Fortschritt gesehen. Meine Muskeln haben nach jedem Training gebrannt wie Feuer. Tagelang. Ich konnte nicht sitzen, nicht stehen und nicht liegen – *alles* hat *immer* wehgetan. Als wäre ich krank. Und kein Medikament hat dagegen geholfen. Im Gegenteil, die Entzündung im Muskel ist das, was man erreichen will: Man verletzt absichtlich gesundes Gewebe, damit sich darum neue, stabilere Strukturen bilden.

Kein Wunder, dass der Scheiß arschwehtut.

Besonders, wenn man – wie ich – jeden Tag ein neues Körperareal unter Beschuss setzt. Hatte ich Muskelkater in den Beinen, waren eben die Schultern dran. Morgen Bauch. Übermorgen Rücken. Nur nicht aufhören.

Aufhören war keine Option.

Es war verboten.

Damit niemand wieder auf die Idee kommt, eine Zigarette auf mir auszudrücken.

Ein Tic-Tac-Toe-Feld auf meinen Rücken zu ritzen.

Mich zu schlagen.

Zu treten.

Oder schon allein den kleinen Finger nach mir auszustrecken.

Niemals wieder sollte irgendjemand auch nur den Gedanken daran haben.

Einen Moment wie diesen, wie er sich jetzt gerade vor meinen Augen abspielt – ich wollte ihn nie wieder erleben müssen. Niemals wieder.

Aber ich schätze, ich habe noch nicht genug gegeben. Ich habe nicht genug trainiert. Ich habe die Diäten nicht korrekt genug eingehalten. Ich war nicht diszipliniert genug.

Ich. War nicht genug.

Sonst wäre das hier – nie passiert.

Ich sehe zu Hattie hinüber, die völlig verschüchtert im Durchgang zu den Hundehütten steht und auf ihrer Unterlippe kaut, während Rome weiter Befehle brüllt. Er lässt ein regelrechtes Bühnenbild errichten. Der Darkroom, in den zuvor allenfalls ein Strahl grünen Laserlichts gedrungen ist, wird mit Schwarzlicht ausgestrahlt, bis die frisch bezogenen Matratzen weiß hervorstechen. Keine Ahnung, ob meinem Bruder bewusst ist, dass jeder Spermafleck darunter nur noch offensichtlicher wird. Aber womöglich ist sogar genau das sein Ziel. Als wäre die völlige Hemmungslosigkeit seiner Gäste eine Art Trophäe.

Dagegen werden die aufgereihten Tische in dunkelrotes Licht getaucht, in dem das Flackern der Kerzen überflüssig wirkt. Aber wer weiß, was Romes Fantasie daraus malt. Jedes Stück Metall glänzt, als wäre es hochpoliert – Everlys Handschellen, die Zaunstreben, die Stative der Kameras. Er hat insgesamt drei von ihnen aufgestellt, die alle auf Everly gerichtet sind, wie sie zitternd an den Tisch ganz in der Mitte gekettet ist.

Endlich bemerkt Hattie meinen Blick. Sie sieht sich um, und dann huscht sie zu mir herüber. Ich weiß nicht, ob es an ihrer geringen Größe liegt oder an ihrer zurückhaltenden Art oder etwas ganz anderem. Aber ich bin mir sicher, hätte irgendjemand sonst den Weg in meine Richtung angetreten, wäre er daran gehindert worden. Von Rome oder Bully oder einem ihrer Speichellecker. Doch sie tappt auf leisen Sohlen durch den Raum, bis sie direkt vor mir stehen bleibt und mich mit großen Augen erwartungsvoll ansieht.

»Verschwinde«, raune ich so unauffällig wie möglich – weil *ich* im Gegensatz zu ihr leider unübersehbar bin.

Irritiert hebt sie die Augenbrauen, sieht sich unsicher um, aber was auch immer sie sucht – niemand schenkt uns Beachtung. Sie hat sich geschickt in den Schatten einer der Stahlträger gestellt, welche die Decke der alten Industriehalle stützen, und mindestens die Hälfte der Anwesenden kann sie überhaupt nicht sehen.

»Du weißt doch genauso gut wie ich, dass du hier nicht hergehörst. Das hier ist deine Chance, vertrau mir. Nach dieser Nacht wird *nichts* mehr so sein wie zuvor. Meinetwegen such dir einen Kerl, dem du hin und wieder mal einen Gefallen tust, damit er dir Geld für ein Studium spendiert. Aber verschwinde um Himmels willen von hier. Jetzt. Sofort.«

»A-aber E-everly…«

»Wenn du draußen einen schwarzen SUV mit getönten Scheiben und den Ziffern 7 und 1 am Ende siehst, dann klopfst du an, sagst ihnen, dass alles genau so läuft wie geplant und du mehr nicht weißt.« Keine Ahnung, ob das FBI wirklich so einfältig sein wird, eines ihrer Teams direkt vor

Romes Haustür zu parken. Aber wann immer Nora sich mit einem von ihnen getroffen hat, stiegen sie aus einem dunklen SUV mit 71er-Kennzeichen. Bleibt zu hoffen, dass es heute genauso ist …

»Anschließend rennst du und kehrst nie wieder zurück, verstanden? Für *niemanden*. Egal, was sie dir androhen. Du wirst rennen und so tun, als hättest du diesen Ort nie betreten. Als hättest du Roxy oder Rome oder mich niemals kennengelernt. Du rennst einfach nur.«

»U-und w-w-wenn dort k-k…«

»Wenn du den Wagen nirgendwo auf dem Weg zur Hauptstraße siehst, dann schreib Roxy eine Nachricht, dass sie mir einen ihrer Haarpins zuschmuggeln soll. Du hast doch sicher ihre Nummer. Und … dann rennst du trotzdem noch, okay? Am besten, du fährst bis an die verdammte Ostküste, wenn du kannst.«

Hattie nickt.

Ich sage ihr ein letztes Mal, dass sie gefälligst verschwinden soll.

Und sie verschwindet.

Ich sehe ihr nach, bis der Neid mir einen Stich versetzt. Ich hätte das da sein können. Der Junge, der wegrennt. Ich hätte Everly mit mir genommen. Ich hatte die Gelegenheit dazu. Ich hätte es tun können.

Dann wäre das alles hier nie passiert.

Nur Nora … läge noch immer dort.

Und es hätte nie auch nur die geringste Aussicht darauf bestanden, dass ihr jemand hilft.

Hätte ich damit leben können?

Mit dem Wissen, dass sie … Gefühle für mich hatte? Und ich sie zum Dank habe sterben lassen?

Ich werde es nie erfahren.

Also sollte ich mir diese Fragen ersparen. Aufhören, darüber nachzudenken. Und mich stattdessen darauf konzentrieren, wie wir alle doch noch irgendwie heil herauskommen. Damit wir diejenigen sein werden, die Hattie vielleicht irgendwann wiedersehen. Und nicht Rome.

Nicht.

Rome.

29. KAPITEL

EVERLY

Ich habe Durst. Und ich habe Hunger. Mir ist kalt. Meine Glieder schmerzen, weil ich so lange in derselben Position ausharren musste. Aber ich wage es nicht, irgendetwas davon laut auszusprechen. Wer weiß, was Rome sich alles einfallen ließe.

Inzwischen ist es draußen stockdunkel. Die zweite Hälfte des vierstündigen Martyriums ist angebrochen.

Ich sollte erleichtert darüber sein. Denn ich habe die erste Hälfte ohne große Schäden überlebt. Und wenn ich mir sicher sein könnte, dass der nun folgende Teil genauso erträglich wäre – ich würde tatsächlich Erleichterung empfinden.

Aber ich bin überzeugt davon, dass er das nicht sein wird.

Inzwischen hat sich der Raum stark verändert. Rome – oder besser: seine Laufburschen – hat keine Mühen gescheut, die alte Industrieruine in ein Bühnenbild für einen Horrorfilm zu verwandeln. Überall auf den Tischen um mich herum sind halb heruntergebrannte Kerzen verteilt. Ich bin nicht mehr provisorisch an ein Tischbein gefesselt, sondern an eine Stahlkette, die vom Dance-Cage aus bis zu mir herabreicht.

Nora liegt noch immer dort. Inzwischen bin ich mir sicher, dass sie hin und wieder das Bewusstsein erlangt. Aber entweder, sie kann es nicht halten – oder sie trifft die kluge Entscheidung, in einen Dämmerschlaf zu verfallen, sobald sie doch aufwacht. Es gibt hier nichts für sie zu sehen. Keinerlei Hoffnung auf Rettung. Keine Aussicht auf einen Mediziner. Oder wenigstens einen Menschen mit einer Seele, der in der Lage ist, ihr noch zu helfen. Hier ist überhaupt nichts als eine Ansammlung herzloser Marionetten. Und einem großen Kasper, der zu viel Macht erlangt hat.

Direkt gegenüber von mir wurde eine Reihe frisch bezogener Matratzen ausgelegt. Und auch dort glänzt das harte Metall von Stahlketten im flackernden Kerzenlicht, bis heißes Wachs daran hinabrinnt. Es ist ein seltsames Spiegelbild der »Bühne«, die Rome erschaffen hat. Als … wolle er sein Publikum nachspielen lassen, was hier passiert.

Und ich stehe auf nackten Füßen in der Mitte all dessen und kann mein Zähneklappern nicht mehr verhindern. Mir ist wirklich furchtbar kalt. Ich habe eine Gänsehaut am ganzen Körper. Und das Metall der Ketten beginnt, unter dem Zittern meiner Arme leise zu klirren.

Ich blicke zu Asher hinüber. Seine Miene ist wie versteinert. Aber ich sehe seinem Körper an, dass er noch immer arbeitet. Er hat nicht aufgegeben. Als könnte er allen Ernstes selbst Stahlketten seinem Willen beugen. Einerseits bewundere ich das. Andererseits würde ich mir wünschen, dass er sich seine Kräfte bewahrt.

»Everly.«

Die Stimme summt in meinem Rücken, als wäre mein Name ein Lied.

»Everly, Everly, Everly. Warum siehst du dort rüber?«

Langsam wende ich den Kopf. Rome ist zurückgekehrt. Für eine kurze Weile – ich habe jedes Gefühl von Zeit verloren und kann das Verstreichen lediglich am Fehlen der Sonne erahnen – war er verschwunden. Ich weiß nicht, wohin. Und den Gegenständen in seinen Händen zufolge will ich es auch nicht wissen.

Ich habe sie schon einmal gesehen. Weil Asher einen sehr weitreichenden Satz sagte, als er meinte, ich solle mir das nächste Mal selbst aussuchen, welches Sexspielzeug ich verwenden will …

Aber jetzt wünschte ich mir, ich hätte keine Ahnung.

Mit tänzelnden Schritten umrundet er mich. Als spiele in seinem Kopf noch immer diese Melodie, die meinen Namen summt.

»Sieh einer an, du weißt, was das ist, nicht wahr, Everly? Du bist eben doch nur eine kleine Hure im Körper eines Engels. Aber …« Er hält plötzlich inne, sucht in seiner Umgebung nach Zuschauern, die seine Genialität bewundern können, während er fortfährt: »In manchen Religionen sind ja selbst Engel nichts anderes als Sexsklaven. Ich führe dich also nur deiner einzig wahren Bestimmung zu, mein kleines Täubchen. – Mund auf.«

Ich schüttle den Kopf. Meine Kehle ist ausgetrocknet.

Er packt meinen Kiefer und zieht mich zu sich. »Glaub mir, meine Süße, es wird alles gut. Wenn du jetzt brav machst, was ich dir sage.«

Mein Blick fliegt ein weiteres Mal zu Asher. Und zu meinem Erschrecken nickt er mir auffordernd zu.

Weiß er, was er da von mir verlangt?

Wann habe ich den Punkt erreicht, an dem ich mich wehren darf?

Hätte ich nicht schon viel früher Nein sagen müssen?

Da nehme ich im Augenwinkel eine Bewegung wahr. Ein dunkler Haarschopf, der sich durch die Schatten der Säulen auf Asher zubewegt. Und ich begreife, dass ich alles daransetzen muss, dass Rome diese Frau tatsächlich nicht bemerkt.

Also bemühe ich mich um ein erzwungenes Lächeln und sage: »Ich müsste mal für … kleine Engel.«

Rome hält inne.

Und dann beginnt er zu lachen.

Plötzlich frage ich mich, ob das hier die komplett falsche Ablenkungsstrategie ist. Wer weiß, womöglich ist es einer seiner Kinks, dass ich mir vor ihm in meine nicht vorhandene Hose mache. Und alle anderen noch dabei zusehen. Was für einen Kick würde ihm das geben?

Aber selbst, als er seinen feisten Bouncer heranwinkt und ihn anweist, mich zu den Trailertoiletten zu begleiten, weiß ich nicht, ob ich mich glücklich schätzen sollte. Oder nicht.

Bis Rome eine der jungen Frauen heranrufen lässt, die schon seit einer Weile den Fehler begeht, sich im Raum aufzuhalten. Die meiste Zeit über sitzt sie drüben auf einer der Matratzen und … starrt Löcher in die Luft. Sie ist nicht ganz so klein wie Hattie, aber noch immer einen halben Kopf kleiner als ich, hat strohblonde Haare, Sommersprossen und einen vollen Mund. Allmählich beginne ich zu glauben, Rome hätte einen Typ. Eine bestimmte Art Frau, die seine feuchten Träume am besten zu bedienen vermag. Und ich schüttle mich unwillkürlich bei dem Gedanken. Vermutlich sollte ich froh sein, dass ich dieses Bild nicht vollständig erfülle.

Die junge Frau sieht erwartungsvoll zu Rome auf. Dann streckt sie eine Hand in Richtung seines Hemds aus und beginnt, den ersten Knopf zu öffnen. Aber er schlägt sie weg. »Nicht jetzt, Nutte. Du gehst mit ihr mit.« Er deutet auf mich. Und anschließend auf die Handschellen. »Pissen. Auf die Toilette. Du verstehst?!«

Tut sie offenbar nicht. Bis er seine Hand an seinen Schritt legt und so tut, als würde er wild durch die Gegend pinkeln.

Ihr Gesicht hellt sich auf, und sie nickt eifrig. Als wäre sie überglücklich darüber, einfach nur verstanden zu haben, was er von ihr will – und es ausführen zu dürfen.

Rome tätschelt ihre blonden Haare und lässt sich sogar zu einem Lächeln herab. »Gutes Mädchen.«

Igitt.

Indes löst der Bouncer meine Handschellen und kettet mich stattdessen an die junge Frau. Dann schubst er sie grob in Richtung des unbeleuchteten Korridors, aus dem Asher und ich gekommen sind. Aber Rome ruft ihm drohend hinterher: »Du rührst sie nicht an, Bully! Ist das klar? Die beiden sind meine kleinen Goldschätze. Du wirst auf sie aufpassen wie auf deinen eigenen Augapfel! Sonst bist du ihn los!«

Charmant.

Die junge Blondine setzt trotz der Dunkelheit zielsicher einen Schritt nach dem anderen. Als würde sie sich selbst blind hier unten auskennen. Erst an einem Abzweig springt plötzlich ein Bewegungsmelder an. Ich blinzle angestrengt gegen das Licht, während meine Begleiterin unsicher den Kopf in Richtung des Bouncers wendet, als wisse sie nicht, wohin.

»Nach links.«

Sie bewegt sich kein Stück von der Stelle.

»Links, Russenschlampe!«, donnert er und schubst mich grob in die Richtung. Ich verliere das Gleichgewicht, wäre gestolpert, wenn mich nicht eine schlanke, aber energische Hand geradewegs wieder aufgerichtet hätte.

Anschließend dreht sie sich mit mir zu dem Bouncer um und bewegt dieselbe Hand, die mich gerade eben noch vor dem Sturz bewahrt hat, ohne zu zögern auf seinen Schritt zu. Und er hindert sie nicht daran. Erstarrt zur Salzsäule, während ich zusehen kann, wie ihre schlanken Finger tief in den Taschen seiner Jeans verschwinden.

Ich will überhaupt nicht wissen, was sie dort anstellt.

Bis sie ein Smartphone hervorholt, binnen weniger Sekunden die Gesichtserkennungssoftware entsperrt und die Taschenlampenfunktion einschaltet. Es passiert so schnell, dass ich mir das Geschehen nur zusammenreimen kann. Ich kann nur hoffen, dass sie nie so flink an mein Smartphone herankommt …

Ich deute auf den linken Abzweig, wo uns wieder nur Dunkelheit empfängt. Sie folgt meinem Zeichen und biegt weiterhin wortlos darin ab. Während ich an ausnahmslos allen anderen Frauen hier eine Art stilles Gebrochensein erlebt habe, wirkt diese hier sonderbar … sorglos. Und ich weiß noch nicht, ob es – wie Rome anzunehmen scheint – daran liegt, dass es ihr an Intelligenz mangelt. Womöglich hat sie auch einfach viel zu viel davon. Manchmal ist das eine ironischerweise schwer vom anderen zu unterscheiden.

Kurze Zeit später erreichen wir den Abzweig zum Mainfloor. Ich kann laute Musik hören, das dumpfe Gemurmel einer Menschenmenge. Vermutlich stehen jetzt schon sehr viele Schlange, um als Erste den berüchtigten Underground-Club betreten zu dürfen. Die meisten von ihnen werden nichts davon mitbekommen, welches Spektakel Rome im wahren Herzen des Clubs plant. Sie sind einfach nur hier, um Geld in die Kassen zu spülen – ob durch Eintritt oder Drogenkäufe ist Rome sicherlich völlig gleich. Hauptsache, sie finanzieren seinen ganz anderen Rausch.

Beklommen gehe ich weiter. Es ist ein merkwürdiges Gefühl, vor wenigen Tagen noch selbst dort gestanden zu haben. So ahnungslos und naiv, wie ich war. Viel Zeit ist seither nicht vergangen – und trotzdem habe ich den Eindruck, das Carrow hätte mir eine Menge über das Leben beigebracht. Und obwohl genau das der Grund war, aus dem ich hergekommen bin, bereue ich es fast.

Fast.

Denn vermutlich wäre ich Asher nie begegnet, wenn ich nicht an jenem verhängnisvollen Samstag hier gewesen wäre. Vielleicht irgendwann. Weil er noch immer Jaynas Bruder ist. Aber wer weiß, ob ich den Mann hinter »Mongrel« je wirklich kennengelernt hätte.

»Hör auf, zu träumen, *Täubchen*«, zischt der bullige Bouncer hinter mir, und ich sehe zu, das harsche Tempo der jungen Frau neben mir zu halten.

Er nannte sie eine Russin. Und womöglich ist das auch der Grund, warum sie unsere Sprache nicht versteht. Ich frage mich nur, wie sie ausgerechnet hier gelandet ist. Allerdings … könnte man sich diese Frage wohl bei uns allen stellen.

Ein paar Schritte später erreichen wir eine stählerne Tür. Der Bouncer reißt sie auf, und augenblicklich beißt mir die kalte Nachtluft in die Haut. Ich beginne, hemmungslos zu zittern, und kann nicht anders, als die Wärme der jungen Frau neben mir zu suchen.

»In den Trailer!«, befiehlt der Bouncer und deutet auf einen großen Wohnwagen ein ganzes Stück abseits.

Bully zwingt mich unnachgiebig weiter zum Trailer. Die Russin scheint gut mit ihm vertraut, denn sie öffnet ihn mühelos. Darin herrscht das Chaos zu vieler eigentlich ordentlicher Menschen: sorgfältig zusammengelegte Klamottenstapel auf jeder sich bietenden Sitzfläche, ein wackeliger Turm aus sauberem Plastikgeschirr neben dem Spülbecken, überquellende Garderoben- und Handtuchhaken. Das Einzige, was das Bild verzerrt, sind die zwei benutzten Einwegspritzen, die neben den Mülleimer gefallen sind statt hinein.

Über allem wabert der Geruch von einer großen Menge Parfüm.

Hier hausen Romes »Mädchen«. Nicht nur ein paar von ihnen. Sondern viele. Womöglich alle.

»Rein da«, befiehlt Bully und schubst mich in Richtung einer winzigen Tür. Weil ich sekundenlang nur dastand und … mich gefragt habe, wie es sein kann, dass manche Frauen in meinem Alter so leben. Und ich … so ganz anders.

Noch immer verwirrt stolpere ich über die Ausbuchtung der Tür.

Kaum dass wir in dem Raum verschwunden sind, wirbelt meine Begleiterin herum und verrammelt die Tür mit dem Riegel. Draußen donnert Bully wütend dagegen und brüllt: »Ihr habt zwei Minuten und keine Sekunde l–!«

Seine Stimme verschwimmt zu einem dumpfen Grollen, als die Russin alle erdenklichen Wasserhähne aufreißt: den des winzigen Waschbeckens mit dem von Zahnbürsten überquellenden Becher, jenen an der Dusche. Und den des kleinen Bidets direkt neben mir. Während ich mich auf der sauberen Toilette niederlasse, frage ich mich noch, warum ausgerechnet in einem *Camping Trailer* wie diesem ein Bidet sein sollte – bis mir aufgeht, mit welcher Tätigkeit die Bewohnerinnen die Nacht verbringen. Wenn ich mir in einer solchen Situation irgendeinen Luxusgegenstand leisten wollen würde, dann wäre es dieser.

»Du bist eine Addington?«, raunt eine dunkle Stimme.

Irritiert reiße ich den Kopf hoch. Zu der Russin, die mit entschlossener Miene über mir steht und weder Scham empfindet noch der Ansicht zu sein scheint, dass ich sie empfinden sollte.

»J-ja.«

»Wie viel?«

»W-wie viel … was?«

»Wie viel zahlt dein Bruder, damit er dich heil wiedersieht? – Rome zieht die ganze Show nur ab, um deinen Preis zu steigern. Er will dich verkaufen. Wie Ware. Aber das Geschäft ist nicht lukrativ. Ein Geschäft mit *deinem Bruder* ist lukrativ.«

Oh.

»Eine Million. Mit Asher. Ohne Asher gehe ich nicht.«

»Zehn. Eine für dich. Und neun für diese … riesige Ansammlung völlig unnützer Muskelmasse. Den kriegt man nicht so unauffällig raus.«

»Okay.«

Sie blinzelt. Als hätte sie damit gerechnet, dass ich Nein sage. Verhandle. Oder irgendetwas anderes versuchen werde. Aber das werde ich nicht. Diese Frau vor mir hat es geschafft, über einen vermutlich langen Zeitraum hinweg einen hochmanipulativen Psychopathen davon zu überzeugen, kein Wort Englisch zu verstehen. Sie kann jedem Mann an die Wäsche gehen, ohne dabei Ekel zu empfinden, und bewahrt währenddessen sogar noch einen kühlen Kopf. Und sie sieht sich offenbar in der Lage, mich *und* Asher hier schadlos herauszuholen.

Mit so einer Frau verhandelt man nicht. Man sagt »Yes, Ma'am« und hofft, dass man heil rauskommt.

»Du bist dir sicher, dass du das Geld bekommst?«

»Gib mir ein Smartphone, und ich überweise dir zehn Prozent vorab.«

Sie hebt eine Augenbraue, taxiert mich von oben bis unten. Mich, wie ich in fruchtsaftbekleckerten Dessous vor Kälte zitternd auf einem winzigen Campingklo hocke und versuche, vor einer fremden Frau zu pinkeln.

»Nicht nötig. Sobald dein Bruder das Geld übergibt, kannst du das alles hier vergessen. Aber wenn dein Bruder es nicht tut …«

»Ich brauche Xavier nicht. Ich habe das Geld selbst.«

Sie lächelt. Ein frostiges und dabei dank ihres wunderschönen Gesichts doch irgendwie hübsches Lächeln. »Sehr gut, kleine Addington. Du bist mir sympathisch.«

Ich weiß nicht, womit ich dieses Attribut verdient habe. Aber ich bilde mir definitiv etwas darauf ein. Vielleicht hat es doch einen Vorteil, eine sehr, sehr reiche Frau zu sein, nachdem mein Bruder mir die Anteile der Firma abgekauft hat …

Die Russin reicht mir eine Box voll hauchdünner Taschentücher und sagt: »Jetzt mach hin, ich muss auch mal.«

»Wie heißt du?«, will ich wissen.

Aber sie schüttelt den Kopf. »Kein Wort. Zu niemandem. Über irgendetwas. Jemals wieder.«

Damit ist das Gespräch beendet.

Merkwürdig, dass sie Asher nicht mag. Die zwei scheinen eine skurrile Leidenschaft für Schweigsamkeit zu teilen.

30. KAPITEL

ASHER

Ich brauche nur deine Haarnadel«, murmle ich, als Roxys Schatten vor meine Füße fällt. Normalerweise setzt Roxanna *alles* daran, so viel Aufmerksamkeit wie möglich auf sich zu ziehen. Dass ausgerechnet sie diejenige ist, die jetzt so unauffällig hinter mich tritt, erscheint mir nahezu aberwitzig. Aber tatsächlich hat sie es geschafft. Womöglich liegt es auch daran, dass sich mit ihr fast die gesamte Gruppe Mädchen ebenfalls im Carrow eingefunden hat. Und im Gegensatz zu Roxy gehen sie wirklich bis zum Äußersten, um das Interesse jedes Schwanzträgers in Sichtweite auf sich zu lenken.

Ich spüre ihre Finger an dem Metall der Handschellen zupfen und unterdrücke ein schmerzerfülltes Stöhnen. Im Gegensatz zu Everly sind meine Gelenke nämlich keineswegs zu schmal. Wann immer ich auch nur Luft hole, reibt meine Haut gegen die Fesselung.

»Roxy, ich kann das selbst. Gib mir den Pin und sieh zu, dass du verschwindest, bevor dich noch jemand entdeckt und wir beide am Arsch sind«, zische ich.

»Du hältst gefälligst die Klappe und lässt mich machen.« Ein Sonnenschein war sie ja nie. »Du hättest Hattie nicht vorschicken sollen. Was, wenn Rome sie geschnappt hätte, hm? Das war grob leichtsinnig von dir, du Holzkopf. Allein dafür sollte ich dir nicht helfen!«

»Hast du ihr gesagt, dass sie abhauen soll?«

»Hat er dir den Schädel eingeschlagen? Natürlich habe ich das! Ich hab ihr das schon seit Monaten gesagt. Aber sie hört selbstverständlich nur auf den großen, starken Kerl mit den hübschen Muskeln. Verdammte, naive Mädchen …« Sie hält in ihrem Fluchen inne, als Deaf Dean zu uns herübersieht. Sein Gehör mag zu nicht mehr viel zu gebrauchen sein – dafür sind seine anderen Sinne bedauerlicherweise sehr scharf. Ich sehe Roxy im Augenwinkel ihren Zeigefinger auf ihre Lippen legen und verschwörerisch zwinkern. Daraufhin nickt er knapp und wendet sich ab. »Mach dir um ihn keine Sorgen, er kann schweigen wie ein … nun ja, er wird jedenfalls nicht petzen. – Hattie gab mir irgendeine mysteriöse Botschaft über ein Auto, und dass ich dir einen meiner Haarpins geben sollte.«

»Sie hat das Auto nicht gesehen?«

»Doch. Sie hat das Auto gesehen. Was auch immer das bedeuten soll … Ihr und Nora, ihr habt wieder irgendwas ausgeheckt, oder? Steckt ihr mit den Russen unter einer Decke? Ist es das?«

Ich schüttle vorsichtig den Kopf. In meinem Rücken plagt sich Roxanna noch immer mit ihrer Haarnadel in meinen Handschellen ab, und ich wäre ihr wirklich verbunden, wenn sie irgendwann einmal damit fertig werden würde. Aber schon im selben Moment dringt ein leises Klicken an meine Ohren, und die Spannung um meine Handgelenke lässt augenblicklich nach.

Ich atme auf, aber Roxy gibt mir kaum Raum für Euphorie. »Du wirst gefälligst hier stehen bleiben und so tun, als wäre nichts gewesen, bis ich deine Fußfesseln auch noch gelöst habe, verstanden?«

»Wie Eure Majestät befehlen«, nuschle ich.

Kein Wunder, dass sie unter den Mädchen den Hut aufhat …

»Was geht da vor sich?«, donnert plötzlich eine Stimme durch den Raum.

Meine Glieder erstarren unwillkürlich.

Shit.

Rome sieht geradewegs zu uns herüber. Nichts regt sich. Selbst Roxys Finger haben aufgehört, an meinen Fußgelenken herumzuziehen.

»Roxanna«, säuselt Rome, »du wirst doch nicht etwa ungezogen sein, hm? *Schon wieder?*«

Sie steht auf, tritt hinter mir hervor und reckt stolz das Kinn, als hätte sie nichts Falsches getan.

»Dance-Cage.« Rome nickt in Richtung der Bouncer, die es noch immer nicht gewagt haben, sich vom Fleck zu rühren. Sicherzustellen, dass ich auch ja noch brav festgekettet bin und mich nicht regen werde. Sie tun es nicht aus Loyalität zu mir. Sondern weil sie Angst haben.

»Ich fürchte, der Dance-Cage ist besetzt.« Ich muss Roxy nicht ansehen, um zu wissen, dass sie angepisst ist. *Richtig* angepisst. Das, was Rome sich ihr gegenüber in den letzten Wochen und Monaten herausgenommen hat, war zu viel.

Früher hat er ihr das Gefühl gegeben, etwas Besonderes für ihn zu sein. Sie war nicht nur die teuerste Hure im Carrow, sie konnte sich auch aussuchen, mit wem sie es treibt. Ob sie sich in ein Hotel einladen lässt. Oder in Romes Büro eine Show abliefert, bei der zahlende Kundschaft zuschauen darf. Damit gab Rome ihr Wert. Und die Möglichkeit, nicht einen Freier nach dem nächsten bedienen zu müssen. Er hat ihr Schmuck gekauft. Kleidung. Sie mit Drogen versorgt.

Aber er hat ihr nie genug Geld gegeben, dass sie auf die

Idee hätte kommen können, langfristig zu verschwinden. Sie brauchte das Carrow. Genauso wie Rome seine Nutten brauchte.

»*Dance-Cage*. Du glaubst, du könntest mir widersprechen? Ja? Was ist denn das letzte Mal passiert, als du dort oben drin warst, hm? Da hätte dich jemand am liebsten zu Sushi verarbeitet und noch deine Leiche gefickt. Aber ich hab auf dich aufgepasst, oder nicht? Also wird das nicht wieder passieren. *Es sei denn, du machst Probleme, Roxanna.*«

»Und wie soll Asher mir helfen?«

»Asher? Wer zur Hölle ist Asher, Roxy? Ich sehe hier keinen *Asher*. Ich sehe einen Hund an einer Kette. Wo er hingehört. Wenn ich ihm sage, dass er die ganze Zeit nackt auf allen vieren kriechend meine Gäste bedienen soll, dann wird er das tun. Und zwar genau wie du. – Habt ihr das alle gehört, ja?« Er breitet die Arme aus und sieht sich um. »Ihr glaubt doch nicht ernsthaft, die zwei da«, er wedelt mit einer Hand zwischen mir und Roxy hin und her, »würden irgendetwas *besser* machen. Einen Scheiß werden sie. Weil sie sich überhaupt nicht für euch interessieren. Sie interessieren sich nur für sich selbst. Sie wollen uns verraten! Sie haben mit dieser Schlampe da oben«, er deutet auf Nora, die mühsam blinzelnd den Kopf hebt und sofort wieder senkt, als sie Romes Blick begegnet, »einen Deal mit dem FBI gemacht. Ihre Aussagen dafür, dass wir alle in den Knast gehen!«

»FBI?!« Roxy springt entsetzt vor mir zurück. Ihre braunen Augen starren mich schockgeweitet an, als hätte Rome ihr eröffnet, ich hätte ein Mordkomplott auf ihre Mutter geplant.

Rome indes lacht. »Das hast du nicht gewusst, hm? Dass dein ach so toller *Asher* uns alle verpfeifen wollte, ja? Dass er Beweise sammeln wollte – gegen dich. Gegen die Mädchen.

Gegen uns alle! Er ist ein Verräter! Nichts anderes! Er gehört in Ketten. Und dort wird er bleiben. Habt ihr verstanden? Und ihr alle könnt heute Nacht mit ihm machen, was ihr wollt. Bespuckt ihn, schlagt ihn, bewerft ihn mit faulen Eiern – es ist mir scheißegal. Dieser Mann ist nicht mehr mein Bruder. Er ist ein störrischer Köter.«

31. KAPITEL

EVERLY

»Moment! Was ist mit Nora? Wir müssen sie mitnehmen!« Die Worte sind meinen Lippen entkommen, ehe ich realisiert habe, dass das Wasserrauschen in meinem Rücken verklungen ist.

Sekundenlang ist es totenstill, während ich vor der verriegelten Tür des winzigen Badezimmers im Trailer von Romes Mädchen stehe und bereue, meinen Mund geöffnet zu haben.

Dann dringt Gehämmer und Gebrüll durch die Tür. Bully hat offenbar eins und eins zusammengezählt. »Was soll mit Nora sein? Was treibt ihr zwei Schlampen da drinnen? Los, rauskommen! Sofort!«

Panisch drehe ich mich um und blicke zu der Russin gegenüber. Die mich allerdings genauso mordlustig ansieht, wie die Stimme des Bouncers gerade noch geklungen hat.

Ich habe sie verraten. Meinem dummen Ausruf konnte Bully entnehmen, dass ich nicht mit ihm, sondern mit ihr gesprochen habe. Dass sie mich *versteht*.

»Verfickte Scheiße, ihr kommt da sofort raus, oder ich trete die verdammte Tür ein!«

Mit stoischer Miene schiebt die Russin mich beiseite und öffnet die Tür. Sie lächelt entschuldigend, als sie Bully erblickt. Dann deutet sie auf ihren Schritt und verzieht das Gesicht.

»Spar dir deine Märchen, Hure. Rome hatte immer recht, oder nicht? Du verstehst jedes Wort!«

Sie schüttelt heftig den Kopf, beginnt, wild zu gestikulieren. Aber den Türsteher scheint das nicht zu interessieren. Er brüllt erneut, holt aus und rammt ihr seine Faust in den Magen.

Es ist nur ein einziger Hieb. Und die kleine Russin verzieht schmerzerfüllt das Gesicht, krümmt sich, und weil ich noch immer an sie gekettet bin, gehe ich mit ihr in die Knie. Ich will sie stützen, aber sie sackt bereits vornüber und bleibt reglos auf dem Boden neben dem Mülleimer liegen.

Schockiert starre ich auf sie hinab.

Er hat sie einfach so … niedergeschlagen. Mit einem einzigen Hieb.

Was kein Wunder ist – immerhin ist der Kerl mindestens doppelt so schwer wie sie. Trotzdem sehe ich ihn plötzlich mit anderen Augen.

Asher hatte immer recht, als er mir gesagt hat, ich solle gefälligst Angst vor jemandem wie ihm haben. Es kostet nur eine einzige Regung, und ich läge bewusstlos am Boden.

»Was hast du getan …?«, flüstere ich voller Entsetzen.

»Nicht ich. *Sie*. Sie hat Rome angelogen. Und uns alle mit ihm. Verfluchte Russenschlampe!«

Ich stottere eine Ausrede, dass ich nicht mit ihr, sondern mit ihm gesprochen hätte. Aber er hört mir gar nicht zu. »Spar dir deine verdammten Lügen! Wenn sie mich nicht verstanden hätte, Süße, hätte sie auch nicht mit dem Kopf geschüttelt. Sie hätte mich nur weiter so strohdoof angestarrt, wie sie es schon immer getan hat, oder etwa nicht?« Er packt meine Haare. Mir zieht ein jäher Schmerz über die Kopfhaut, als er beginnt, mich daran hochzuziehen, und ich hebe meine freie Hand, um irgendwie seinem Griff zu entkommen. Aber er schlägt sie grob beiseite. Spucketröpfchen treffen auf meine Wangen, als er mich anbrüllt: »Du wirst mir jetzt erzählen, was sie von dir wollte, kapiert? Was ist mit Nora? Steckt ihr etwa alle unter einer Decke?«

So vorsichtig ich kann, schüttle ich den Kopf. Er hebt die Faust, ich will vor ihm zurückweichen, habe aber keinerlei Spielraum. »Bitte … ich erzähl es dir ja. Aber erst … erst bringst du mich zu Rome.«

Er lacht. Ein lauter, höhnischer Klang, der den gesamten Innenraum des Trailers ausfüllt. »Du glaubst, *er* würde dir jetzt noch helfen, ja? Oh, das will ich sehen, Süße!« Er lacht weiter, während er frohlockt: »Ich werde dich zu ihm bringen, mein kleines *Täubchen*. Nur, damit ich zusehen kann, was er mit dir anstellen wird, wenn er erst erfährt …«

Während Bully seine grausamen Fantasien vor mir ausbreitet, bemerke ich eine kleine Regung in meinem Augenwinkel: die schlanken Finger der Russin, wie sie heimlich hinter dem Mülleimer nach der benutzten Spritze tasten. Sie ist nur noch wenige Inches entfernt. Aber kann sie doch nicht ganz erreichen. Ich schiebe meinen Fuß so unauffällig wie möglich hinter den Mülleimer, gerade so weit, dass ich die Spritze in ihre Richtung bewegen kann …

»Na, los, *Täubchen!* Gehen wir zu Rome!«

Ich schreie auf, als ein neuerlicher Schmerz durch meinen Schädel zieht, während ich brutal in die Höhe gezerrt werde. Mir schießen Tränen in die Augen, und ich versuche verzweifelt, meine Haare aus Bullys Griff zu befreien, während das Gewicht der Russin mich weiterhin nach unten zerrt.

Aber Bully lässt mich ohnehin los. Ein blondes Büschel

meiner Haare rinnt durch seine Finger und segelt vor mir zu Boden, während ich gekrümmt neben ihm stehe.

»Du musst die Handschellen lösen«, sage ich wimmernd. »Ich kann ihr Gewicht nicht tragen.«

»Oh, das hättest du wohl gerne! Aber das wird nicht nötig sein, Täubchen.« Er hockt sich vor ihren Körper. Kurz habe ich Sorge, ihm könne auffallen, dass sie so völlig bewusstlos nicht ist. Doch offenbar vertraut er seinen Fäusten so sehr, dass er keinen Widerstand mehr erwartet. Mit einem Ruck hievt er sich die kleine Frau auf die Schulter und marschiert in Richtung Ausgang.

Und mir bleibt nichts übrig, als ihm zu folgen.

Ich erinnere mich noch, wie es sich angefühlt hat, als Xavier mich früher hin und wieder über seiner Schulter getragen hat, als wäre ich lediglich ein Sandsack. Oder ein Saunahandtuch …

Ich hatte Mühe, mein eigenes Gewicht zu verteilen, und habe nur gehofft, dass er mich nicht aus Versehen fallen lässt.

Die Russin scheint weit weniger Probleme damit zu haben. Sie hebt ein winziges Stück den Kopf, wirft mir einen warnenden Blick zu und legt den Zeigefinger ihrer nicht gefesselten Hand auf ihren Mund. Das blutige Ende der Einwegspritze deutet dabei geradewegs auf ihren Hals, und am liebsten hätte ich ihr das Ding abgenommen, damit sie sich nicht noch selbst verletzt. Stattdessen nicke ich nur stumm. Und hoffe weiterhin, dass sie mich wegen meines Ausrutschers gerade eben nicht gleich genauso mit ihrer Waffe angreift.

Denn offenbar hat sie sehr wohl vor, es mit Bully zu tun. Wenn auch anders, als ich zunächst angenommen hatte. Sie sticht nicht wild drauflos. Sie macht sich nicht einmal bemerkbar. Stattdessen hebt sie in einer langsamen, sorgfältigen Bewegung die Spritze bis auf Höhe seiner Halswirbelsäule. Und erst dann sticht sie zu. Mit einem einzigen, schnellen Stoß. Wie eine Giftschlange, die ihre Fänge tief in ihrem Opfer vergräbt.

Nur dass sie haargenau den einen, verletzlichen Punkt zwischen den Wirbelbögen findet, in dem keine harten Knochen das Nervengewebe schützen.

Er öffnet den Mund. Aber nur ein dumpfes Gurgeln dringt daraus hervor.

Seine Gliedmaßen knicken ein. Als hätte jemand den Stecker gezogen. Er fällt in sich zusammen und zieht mich und die Russin mit sich zu Boden.

Während ich noch zu verstehen versuche, was genau ich gerade mitangesehen habe, klettert die Russin bereits von seinem erschlafften Körper herunter, greift unbefangen in seiner Hosentasche nach seinem Portemonnaie, Handy – und dem Schlüssel unserer Handschellen.

»Warum hast du das getan?«, flüstere ich, während sie beflissen unsere Fesseln löst.

Mir ist speiübel. Plötzlich scheinen selbstverständliche Dinge wie »Gleichgewicht halten« und »Atmen« all meine Konzentration aufzufressen. Und vermutlich ist das sogar gut so – denn dann muss ich mich nicht mit dem beschäftigen, was gerade um mich passiert.

Die Russin reagiert nicht auf meine Frage. Stattdessen zerrt sie den reglosen Körper zurück zum Trailer in die kleine Badkabine, versenkt seinen Kopf in der Toilettenschüssel, spült und schließt die Tür.

»Warum t-tust du das?«, krächze ich.

»Wenn du mich nicht verraten hättest, wäre das nicht nötig gewesen!« Sie greift nach einer Zigarettenpackung, holt eine Kippe heraus und dreht an den Reglern des alten Gasherds. Mit einem leisen *Klack* leuchtet eine Gasflamme auf, sie zündet den Glimmstängel daran an und erstickt die Flamme anschließend mit einem Glas Wasser.

Ich stehe daneben wie eine unbeteiligte Statistin, die das Drehbuch des Films nie gelesen hat und jetzt von den Ereignissen überrollt wird.

Soll ich etwas tun?

Oder befinde ich mich selbst in der Schusslinie und weiß es nicht einmal?

Sollte ich … wegrennen? Oder mache ich es damit nur schlimmer?

Und ohnehin: *wohin?* Allein. Während Asher und Nora noch immer im tiefsten Schlund der Hölle sind. Zumal ich das alles überhaupt nur verursacht habe, weil ich Nora unbedingt da rausholen wollte …

Ich presse die Lider aufeinander und verdränge die Möglichkeit, dass ich mein Blatt möglicherweise vollkommen überreize, wenn ich jetzt laut ausspreche, dass ich Nora mit uns nehmen will.

Aber die Wahrheit ist: Wenn ich es nicht tue – dann wird das alles hier umsonst gewesen sein. Asher und ich hatten immer die Wahl, alldem hier den Rücken zuzukehren. Zu gehen. Und wegzulaufen. Aber Asher hat es nicht gekonnt. Und wenn er es nicht kann, dann kann ich es auch nicht.

»Was ist mit Nora?«, frage ich also.

Während die Russin draußen vor dem Trailer in aller Ruhe einen tiefen Zug aus ihrer Zigarette nimmt. »Komm her und mach die Tür hinter dir zu«, entgegnet sie nur.

Und ich trete hinaus, schließe die Tür, in der Hoffnung, dass sie mir dann womöglich wenigstens eine Antwort gibt.

»Ich muss jemanden anrufen. Du wartest.«

Also warte ich. Während sie sich Bullys Smartphone ans Ohr hält. Ihr quillt weißer Rauch aus dem Mund, und plötzlich erscheint sie trotz ihrer geringen Größe so überhaupt nicht mehr klein und unschuldig. Im Gegenteil: Vor mir steht ein abgebrühter Killer. Und ich tänzle auf hauchdünnem Eis herum, indem ich ihr noch irgendwelche Forderungen zu stellen versuche.

Natürlich habe ich mich gefragt, warum sie mich nicht gleich mit erledigt hat. Es wäre ihr ganz sicher nicht schwergefallen. Aber der entscheidende Unterschied zwischen Bully und mir ist nicht der, dass er eine Gefahr dargestellt hat und ich nicht. Es ist der, dass er nicht über nennenswerte Summen verfügt hat – ich dagegen habe eine ganze Menge davon.

Genau darüber scheint die Russin auch gerade mit ihrem Gesprächspartner zu philosophieren. Ich verstehe nicht viel Russisch. Eigentlich überhaupt keins. Aber was *millionov* heißen könnte, davon habe ich eine ziemlich konkrete Idee.

Plötzlich hält sie mir den Hörer hin und sagt: »Er will mit dir sprechen.«

Er.

Wer um alles in der Welt ist *er?* Und will *ich* auch mit ihm sprechen?

Ich habe keine Wahl.

Mit zitternden Fingern nehme ich das Smartphone entgegen und halte es mir ans Ohr. »J-ja?«

»Everly … Addington.«

Oh, nein.

Während Ashers Stimme binnen zwei Worten Wärme, Attraktivität und Sicherheit ausdrücken kann – ist es hier Kälte, Kalkül und Killerinstinkt.

Was auch immer passiert – ich möchte dem Mann am anderen Ende dieser Leitung niemals persönlich begegnen.

»Ich kann deinen Atem hören, Kleines. Also *antworte* mir.«

Ich würde es tun. Ganz bestimmt sogar. Aber alles, was dort in meiner Kehle kreucht, ist ein winziges, jämmerliches Krächzen. Eines, das ihm sehr genau vermittelt, dass ich die mieseste Verhandlungspartnerin bin, die er je hatte.

Also nehme ich einen tiefen, wenn auch zittrigen, Atemzug und zwinge mich zu einem möglichst ruhigen: »Ja?«

Er lacht leise. Oder vielleicht ist es eher ein Schnauben. Ich bin mir nicht sicher. Das Geräusch war so gedämpft, dass es auch überhaupt nicht hätte dort sein können.

»Zoya hat erzählt, dass du nachverhandeln möchtest. Dabei war sie schon großzügig mit dir. *Ich* wäre nicht so großzügig gewesen.« Seine Worte versinken in einem tiefen russischen Akzent. Das R wird gerollt, jeden weichen H-Laut spricht er genauso harsch aus wie das scharfe CH. Während es bei Zoya in meinen Ohren noch charmant klang, rieselt mir jetzt ein Schauer den Nacken hinunter. »Ihre Mission bei Rome Hall hat sich als reine Verschwendung herausgestellt. Der kleine Psychopath hat nichts, wofür ich mich interessieren könnte. Selbst seine beste Ware – *dich* – will er noch ruinieren. Also habe ich ihr gesagt, dass sie dich gefälligst schnappen und mit dir verschwinden soll.«

»Nein!«

»Warum nicht?«

»Weil … Es geht nicht! Ich kann nicht ohne –«

»Du hast die Frage nicht verstanden, Everly. Ich will nicht wissen, warum *du* das nicht willst. Das ist mir egal. Ich will wissen, warum *ich* nicht will, dass sie dich einfach mitnimmt und verschwindet.«

»Geld!«

»Antworte in vollständigen Sätzen, bitte. Hat dir das niemand beigebracht?«

»Ich habe Geld. Viel.«

»Ich habe auch viel Geld, Miss Addington.«

»Ich habe sehr, sehr viel Geld. Und einen Bruder.«

»Einen Bruder mit einem *Pharmakonzern.*«

»Ich habe keinen Einfluss auf … ich …« Ich seufze. Mir brennen Tränen in den Augen, und ich bin kurz davor, die Fassung zu verlieren. Gerade eben hat irgendeine russische Auftragskillerin einen Typen direkt vor mir umgebracht, und jetzt telefoniere ich wahrscheinlich mit einem ranghohen Mitglied der Mafia und soll verhandeln. Über Ashers Leben. Und Noras. Und meines.

Oh, Gott, ich hätte einfach nie, niemals einen Fuß in diesen verfluchten Club setzen sollen.

»Weißt du, was Zoya bedeutet, Everly?«, fragt er. Er, am anderen Ende der Leitung, der mich noch immer atmen – und inzwischen vermutlich auch hemmungslos schluchzen hört.

»N-nein.«

»Es bedeutet *Leben*. Ich habe sie so genannt, weil sie nicht gern tötet. Also tu ihr den Gefallen, dich nicht umbringen zu müssen. Gib mir etwas, was dazu führt, dass *ich* dich nicht umbringen muss.«

»Aber gerade eben …«

»Mein Angebot hat sich geändert. Wir erhöhen den Einsatz. Dein Leben. Und das deines Freundes Asher. Gegen … dein Angebot. Was hast du mir anzubieten?«

»Nora! Und das von Nora.«

»Nora«, sagt er. Und merkwürdigerweise klingt es interessiert aus seinem Mund. »Erzähl mir von Nora. Warum ist sie wichtig?«

Asher bringt mich um, wenn ich ihm das verrate. Und Nora auch. Sie bringen mich beide um.

Aber wenn ich es nicht tue – dann bringt mich Zoya um. Oder der Kerl am Telefon. Oder alle beide.

So oder so … kann ich es nur falsch machen.

»Tick, tack, Miss Everly. Schnell, bevor ich es mir anders überlege …«

»Sie ist FBI-Agentin und sie hatte vor, euch – also … die russische Mafia?« Warum hört es sich so völlig verrückt an, das laut auszusprechen? Am Telefon? Einem … Mitglied ebenjener Mafia gegenüber? »Jedenfalls … Sie wollte Rome und die russische Mafia ans FBI ausliefern. Heute Nacht. Der Plan steht noch. Aber Nora ist … Sie ist bewusstlos und Asher ist außer Gefecht gesetzt und ich … Ich bin mit den Nerven total am Ende.«

So sehr am Ende, dass ich offenbar gerade allen Ernstes den gesamten Plan einfach ausgeplappert habe. Aber ich habe nicht mehr das Gefühl, eine Wahl zu haben. Es sind noch immer fast zwei Stunden bis zum geplanten Zugriff. Stunden, vor denen ich eine panische Angst habe. Und wer sagt mir, dass das Ganze überhaupt stattfinden wird? Was, wenn das FBI die Mission einstellt, nachdem sie nichts mehr von Nora gehört haben? Wird dieser Albtraum dann niemals enden?

Wenn ich die Wahl habe, stattdessen jeden Cent auf meinem verfluchten Konto dafür auszugeben, dass Asher, Nora und ich hier heil herauskommen – werde ich ihn zahlen!

Durch den Hörer dringt ein tief zufriedener Laut. Auf den ich mir überhaupt keinen Reim machen kann. Bis ich begreife: »Sie wollten mir nie helfen. Sie wollten mich nur unter Druck setzen, damit ich alles verrate …« Oh, Gott, ich bin so dumm.

So furchtbar, furchtbar dumm.

Meine Schultern sacken in sich zusammen. Der winzige Rest Hoffnung, an den ich mich gerade noch geklammert habe, zerfällt zu Staub.

»Niet, Miss Everly. Man wird nicht zu einem Patron der Bratva, indem man Geschäftspartner hintergeht. Du bekommst deinen Deal. Zoya wird dich bringen, wohin du möchtest. Aber für deinen Begleiter musst du zahlen. Mein Angebot sind zwölf Millionen. Wenn er dabei verletzt wird, sind es nur noch sieben.«

»Und Nora?«

Er gibt einen unzufriedenen Laut von sich. Die Art, als wäre ich ein Kind und hätte ihn gerade etwas furchtbar Dummes gefragt. »Ich bin ein Krimineller, Miss Everly. Ich werde keine FBI-Agentin befreien. Egal, was du mir dafür bietest.«

»Bitte«, flüstere ich. Auch wenn mir bewusst ist, dass das … vermutlich sehr naiv ist.

»Warum?«

Ich schweige. Denn er hat recht. Mir fällt ehrlich gesagt überhaupt kein Grund ein, warum ausgerechnet ein *Mafioso* mir dabei helfen sollte, eine FBI-Agentin zu befreien.

»Warum willst *du,* dass ich sie dort heraushole?«

»Weil sie sonst stirbt … Sie ist Ashers beste Freundin, und ich … ich könnte ihm das nicht antun.«

»Sie ist die beste Freundin deines Liebhabers. Eine *Frau.* Und du willst sie retten?«

»Ja.«

Er lacht. Und ausgerechnet dieser Klang ist weder herablassend noch kalt. Im Gegenteil, für den Bruchteil einer Sekunde könnte ich fast meinen, ich würde ein Gespräch mit einem *Menschen* führen. Nicht mit … einer Killermaschine.

»Ich bringe sie raus. Für dein Gewissen, Miss Everly. Aber du wirst sie nie wiedersehen. Ich nehme sie selbst mit.«

»Wa...? Aber –«

»Nichts *Aber*. Du bist nicht in der Position, Forderungen zu stellen. Du hast deine Informationen verkauft. Du hast dein Geld angeboten. Und jetzt gibt es nichts mehr, das du noch hast. Ich verspreche dir, dass der kleinen FBI-Agentin nichts passieren wird. Sie wird nicht sterben. Aber sie wird auch nicht mit dir mitkommen. Das ist alles, was ich dir anbieten kann. *Dawai.*«

Ich habe keine Ahnung, wie er mir garantieren möchte, dass Nora nicht verletzt wird. Aber gerade als ich ihn danach fragen will, hat er aufgelegt.

»Was sagt er?«, fragt Zoya.

»Dass wir Asher holen.« Kurz überlege ich, ob ich sie einfach anlügen sollte – behaupten, dass Nora im Deal mitinbegriffen ist. Aber ich fürchte, dieser Schuss könnte auch sehr schnell nach hinten losgehen. Also bleibe ich bei der Wahrheit und erkläre: »Nora … Er sagte … er sagte, er wolle sie selbst mitnehmen. Und dass ihr nichts passieren würde.«

Zoya hebt eine Augenbraue. Sagt aber nichts. Wenigstens scheine ich nicht die Einzige zu sein, die diesen Deal merkwürdig findet. Andererseits: Ich habe bisher noch nie mit der Mafia verhandelt. Geschweige denn »Deals« mit ihnen vereinbart. Ich habe überhaupt keine Vorstellung davon, was »normal« ist und was nicht.

»Du überweist, sobald du zu Hause bist. Die Kontonummer bekommst du per E-Mail. Inklusive einer sehr detaillierten Information darüber, was mit dir passiert, wenn du nicht zahlst …« Damit nimmt sie einen letzten Zug von ihrer Zigarette und schnippt das Ding durch den winzigen Spalt eines geöffneten Trailerfensters.

In derselben Sekunde ertönt ein ohrenbetäubender Knall. Eine Druckwelle reißt mich von den Füßen, ich falle zu Boden und sehe noch, wie ein Feuerball explosionsartig aus dem Fensterspalt in die Nachtluft steigt, bevor ich die Lider aufeinanderpresse und instinktiv meine Arme schützend über meinen Kopf hebe.

Meine Ohren klingeln.

Die Kälte der Nacht wurde von einer sonderbaren Wärme verdrängt.

Und als ich es wage, die Augen zu öffnen, flackert ein paar Schritte von mir entfernt ein Metallteil vor sich hin. Bevor die Flamme erstickt und die scharfe Kante nur noch vor sich hin glüht.

»Los, lass uns reingehen«, sagt Zoya und zieht an meinem Arm.

Entsetzt blicke ich zwischen ihr und den Überresten des Trailers hin und her.

Sie hat das ganze Ding in die Luft gejagt.

Einfach so.

Mit … dem Gas aus dem Herd und der Zigarette.

»Mach schon. Wir haben nicht ewig Zeit.«

Ich rapple mich auf, torkle hinter ihr her wie eine Betrunkene. Oder ein Kleinkind, das gerade erst das Laufen erlernt hat. Mein Gleichgewichtssinn gehorcht mir noch nicht. In meinen Ohren fiept weiterhin ein durchdringender, hoher Piepton.

Wir sind schon längst halb auf dem Weg durch die Gewölbe, als ich mich frage, warum um alles in der Welt ich ihr blind wie ein Entenjunges wieder in diese Hölle gefolgt bin.

Warum ich *irgendjemandem* wieder in dieses Gebäude gefolgt bin.

Wenn ich es doch niemals hätte betreten sollen.

32. KAPITEL
EVERLY

Ich tappe hinter Zoya her durch die Dunkelheit der Industrieruine. Aus der Ferne wummert der Bass des Clubs und lässt die alten Gemäuer um uns herum vibrieren. Hin und wieder rieselt Putz von der Decke auf uns herab. In den Schatten der Gewölbe erahne ich Schemen und Bewegungen, kann sie aber nicht zuordnen.

Bald mischen sich Gelächter, Gejohle und Gebrüll unter die Klänge der Musik. In der Ferne erahne ich die skurrile Mischung aus modernen Laserstrahlen und altmodischem Kerzenlicht. Ich sehe Romes albernen Altar. Im Vordergrund zwei Frauen in Dessous, die im Takt der Musik miteinander tanzen. Und im Hintergrund erkenne ich Asher. Aber er sieht nicht aus, wie ich ihn zurückgelassen habe.

Ich hatte so sehr gehofft, dass er nicht mehr dort sein würde, wenn ich hierher zurückkäme. Ich habe mir ausgemalt, wie er sich mit Roxys Hilfe hat befreien können. Dass er womöglich geflohen wäre. Oder mich suchen käme.

Aber ich habe mich geirrt.

Entweder hatte Roxy nie den Plan, ihm zu helfen – oder sie wurde erwischt.

Asher hängt reglos in Ketten. Sein Gesicht ist blutig geschlagen und angeschwollen. Blut rinnt aus einer Platzwunde auf seiner Lippe bis hinab auf seinen nackten Oberkörper.

Das dichte Narbengewebe darauf ist überzogen von neuen Verletzungen. Schwellungen. Roten Flecken, die sich schon bald dunkelviolett färben werden.

Mir wird übel.

Ich bleibe stehen, weil meine Füße sich weigern, einen weiteren Schritt zu setzen. Weil ich nicht mitansehen und nicht ertragen kann, was hier passiert.

Es ist zu viel.

Aber im nächsten Moment werde ich ohnehin grob beiseitegerissen. Zoya zerrt mich erbarmungslos in eine winzige Nische, sieht sich um, und kurz darauf leuchtet der Screen von Bullys Smartphone in der Dunkelheit auf. »Meine Leute werden in einer Stunde hier sein.«

»Das FBI wird sicher auch bald eintreffen«, erwidere ich.

»Dann beeilen wir uns besser, hier herauszukommen, bevor sie uns einquetschen.«

Ich spähe hilflos in die Richtung des Carrows. Ich kann Rome nirgendwo ausmachen. »Wie willst du das anstellen?«

»Du lenkst Rome ab, und ich sehe zu, dass ich deinen Boyfriend befreien kann. Das halbe Carrow wird euch auf den Fersen sein, sobald sie merken, was los ist. Also hoffe ich, dass du gut im Wegrennen bist. Ich kümmere mich um Nora, während sie euch hinterherlaufen.«

»Wohin willst du sie …?«

»Das hat dich nicht zu interessieren.« Damit schubst sie mich aus der Nische hinaus. Ich stolpere, schürfe mir die Knie auf dem harten, rauen Beton auf.

Sie kichert, während das giftgrüne Licht der Scheinwerfer immer wieder mein Gesicht streift. Die Gespräche um mich herum verstummen, und binnen einer Sekunde treffen mich zwei Dutzend Blicke. Irgendjemand johlt und ruft: »Vor meine Füße darfst du auch gern mal fallen, Süße.«

Wir sind zurück im Carrow.

Inzwischen sind hier nicht nur Bouncer, Techniker und die Mädchen – nein, Romes Publikum ist eingetroffen. Zahlende Kundschaft, die für ihr Geld alles sehen will, was es hier zu sehen gibt. Und wenn es nach Rome geht, wird das eine ganze Menge sein.

Wir müssen unbedingt hier weg, bevor er irgendetwas davon in die Tat umsetzen kann.

Ich werfe Zoya einen Blick zu, die nur auffordernd nickt.

Einer der anderen Türsteher tritt auf uns zu und fragt: »Wo bleibt Bully?«

»Kommt nach«, krächze ich.

Er lacht. »Ihr werdet doch nicht etwa unartig gewesen sein, hm? Habt ihn erst aufgegeilt und dann zurückgelassen. Los, ich will auch mal ran!« Er streckt seine Hände nach mir aus, aber ein schriller Pfiff lässt ihn innehalten.

»Nimm gefälligst deine dreckigen Pfoten von ihr.«

Rome.

Ich muss ihn nicht erst suchen.

Er ist längst hier.

Wie aus dem Nichts taucht er geradewegs vor uns auf. Er hält mir eine Hand hin, um mir aufzuhelfen. Kurz streite ich mit mir, ob ich sie ausschlagen sollte. Aber ich will keinen Verdacht auf mich lenken. Uns stehen alle Wege offen, hier herauszukommen – wenn ich jetzt nur nichts falsch mache.

Also lasse ich mich von ihm auf die Füße ziehen, befremdet davon, wie weich seine Haut ist und wie zierlich seine Finger. Asher ist das vollkommene Gegenteil von ihm, und mein Körper brüllt mich an, wie falsch sich das alles hier anfühlt.

Ich kann mir kaum mehr vorstellen, dass ich irgendwann einmal anders empfunden habe. Dass ausgerechnet Rome mir charmant und aufregend oder gar anziehend erschien. Inzwischen … fühle ich nur noch Ekel.

Gleichzeitig weiß ich, dass das hier meine beste Chance ist.

Bislang hat sich niemand gefragt, warum Zoya und ich nicht mehr aneinandergekettet sind. Oder warum Bully uns einfach so hat hierherlaufen lassen. Niemand zieht auch nur in Betracht, dass wir allen Ernstes freiwillig zurückgekehrt sind.

Niemand.

Außer Rome.

Die bohrende Musterung seines Blickes verrät mir, dass er nach einem Fehler sucht. Einem Grund, warum ich nicht vor ihm zurückweiche.

Also ringe ich verzweifelt meine Hände und sage: »Tu mir nicht weh.« *Das* fällt mir nicht schwer. Ich meine jedes Wort davon. Meine Finger zittern wirklich, aus Angst, er könne mit mir genauso umspringen wie Zoya gerade eben noch mit dem Türsteher.

Ich weiß nicht, warum es funktioniert. Ich sehe ihm nur an, dass es das tut. Die Berechnung in seinem Blick bricht. Und darunter tritt ein weicherer Ausdruck hervor. Ich habe sehr lange gebraucht, um ihn zu benennen. Weil diese Art Sanftheit nicht liebevoll ist, sondern voller Lust. Es ist nur kein Lustempfinden an mir. Es ist eines an sich selbst.

Es ist reiner Sadismus.

Rome genießt meinen verängstigten, schwachen Anblick. Er genießt es, wie viel Macht ich ihm zugestehe, indem ich ihn um Hilfe bitte.

Hier zu stehen und zu *wissen,* dass er all das empfindet,

macht es nicht leichter. Im Gegenteil. Ich fühle mich noch verletzlicher. Ich habe noch viel mehr Angst vor ihm.

Und gleichzeitig ist es genau das, was ich jetzt möchte. Ich möchte, dass er mir und meinen Ängsten all seine Aufmerksamkeit schenkt. Dass er nur noch mich ansieht, wie ich bebend und flehend vor ihm stehe und meine ohnmächtigen Hände nach ihm ausstrecke.

Komm schon, Rome. Weide dich daran, wie verloren ich bin.

»Bitte«, flüstere ich, »ich … ich geb dir freiwillig, was du von mir haben willst. Aber tu mir nicht weh.« Ich gehe sogar noch einen Schritt weiter und versenke meine Fingerspitzen in dem Stoff von Romes Hemd. Ich versuche, seine Knöpfe zu öffnen – hatte es mir kühn und sexy ausgemalt. So, wie Zoya es sicherlich getan hätte. Stattdessen zittere ich so sehr, dass ich Mühe habe, einen einzigen Knopf durch sein Loch zu ziehen.

Rome legt seine Hände um meine, hindert mich an meinem albernen Spiel und sagt: »Nicht so ungeduldig, mein Täubchen. Auf einmal kannst du ja gar nicht genug von mir bekommen.«

»Bitte tu Asher nicht weh«, hauche ich nur, schluchze und reibe mir mit dem Oberarm umständlich übers Gesicht.

Aber Romes Griff hält mich auf. Er schnalzt mit der Zunge und legt eine Hand an meine Wange. »Nein, nein, doch nicht weinen, mein Täubchen. – Wenn er dir tatsächlich *so viel* bedeutet, dann lasse ich ihn selbstverständlich in Ruhe. Wie wäre es, wenn wir herausfinden, was du noch alles zu tun bereit bist, damit mein armer Bruder nicht mehr leiden muss, hm?«

Er sieht kurz zu ihm hinüber. Und ich nicke hastig, verheddere meine Finger im Stoff seines Hemds aus lauter Eile. Ich brauche seine ganze Aufmerksamkeit zurück.

Sieh mich an, Rome. Du willst doch wissen, was ich alles aufgebe, nur weil du mächtiger bist als ich, oder nicht? Also sieh mich *an!*

Endlich fliegt sein Blick zu mir zurück.

Und Zoyas Abwesenheit bemerkt er unterdes tatsächlich nicht. Sie ist schon vor einer Weile verschwunden. Ist mit der Meute verschmolzen. Selbst ich sehe sie nicht mehr. Aber ich werde sie auch nicht suchen. Zu groß ist das Risiko, dass Rome es doch noch bemerken könnte.

Ich muss weiter mein tödliches Spiel spielen. Und hoffen, dass Zoya schneller ist als ich. Dass sie Asher schneller befreit. Schneller, als Rome all seine sadistischen Fantasien in die Tat umsetzen kann.

Ich kann sie sehen. Dort, in den Abgründen seiner Augen. Sie lauern auf mich. Ihre Grausamkeit ist es, was glitzert und funkelt, sobald er mich ansieht. Für ihn bin ich nicht mehr nur halb nackt und verschrammt, kalt und tränenbenetzt. Für ihn bin ich ein Opfer. Auf dem Silbertablett serviert. Aller Hoffnung beraubt.

Und vielleicht bin ich das auch. Wer sonst ist wahnsinnig genug, einen Deal mit der russischen Mafia einzugehen – und allen Ernstes zu glauben, dass es gut ausgehen würde?

33. KAPITEL

ASHER

Halt die Füße still.«

Ich habe die kleine Russin unterschätzt.

Mir war immer bewusst, dass sie Englisch versteht. Aber ich war mir nicht sicher, ob sie es auch fließend spricht. Und jetzt beehrt sie mich – ob freiwillig oder unfreiwillig – sogar mit einem Wortwitz.

Denn natürlich will ich meine Füße *nicht* still halten.

Der Schweiß ihrer schmutzigen Finger brennt auf meinen aufgeriebenen Knöcheln, während sie mich von den Fußfesseln zu befreien versucht. Ich presse die Zähne aufeinander, weil es gefühlte Ewigkeiten dauert.

Der Schmerz sollte mich nicht mehr interessieren. Mein linkes Auge ist zugeschwollen, und ich habe getrocknetes Blut zwischen den Wimpern. Mein Blickfeld sieht in etwa so aus wie in einem First-Person-Shooter, wenn man nur noch einen kümmerlichen Rest Lebenspunkte überhat und alles mit einem Rotschleier überzogen ist. Durch die Kopfhörer dringt dramatisch ein überhasteter Herzschlag, damit auch der letzte Idiot merkt, dass er jetzt besser den Hotkey für das Medkit drückt, bevor er endgültig abkratzt.

Mein Hotkey klemmt. Keine Wunderheilung innerhalb der nächsten Sekunden, Minuten, Stunden in Sicht.

Ich habe das Zeitgefühl verloren. Meiner Meinung nach hätte das FBI hier längst zehnmal reinstürmen und die Bude auseinandernehmen müssen. Allein die Tatsache, dass Everlys Gesicht nicht von Panik gezeichnet ist, lässt mich noch hoffen. Ich hab einfach nur einen Schlag zu viel in die Fresse abbekommen, um weiter einschätzen zu können, wie spät es ist.

»Gib mir eine Waffe«, raune ich der Russin zu meinen Füßen zu und hoffe, dass sie mich überhaupt hört.

Sie blinzelt zu mir auf. Sieht mich an, als hätte ich den Verstand verloren. »Woher soll ich hier eine Waffe herbekommen?«

»Du bist Bratva. Du würdest noch die Fleischfasern zwischen deinen Zähnen mit ’ner Kalaschnikow hervorpulen, wenn du könntest.« Selbst Sprechen tut inzwischen fies weh. Ich habe Probleme, ein vernünftiges T zu bilden. Irgendein Idiot muss mir den Kiefer ramponiert haben.

»Wenn es nach mir ginge, wären es *deine* Fleischfasern!«, zischt sie zurück.

Nett. Irgendwie. Bisschen aggro vielleicht. Aber sonst …

»Dir ist aufgefallen, dass du gerade dein Leben riskierst, um mich aus den Ketten zu befreien, ja?«

»Ich werde dafür bezahlt.«

»Von wem?«

»Deiner kleinen Freundin. *Everly.*«

Ich verenge die Augen. »Was meinst du?«

Sie hebt den Kopf und grinst zu mir auf. »Sie hat dich verraten, Asher. Dich und deine FBI-Freundin.«

Hat sie nicht.

Unmöglich.

Es ist ein Bluff.

Ich hebe den Kopf. Ein winziges Stück. Suche nach Everlys Blick. Und muss stattdessen lediglich dabei zusehen, wie sie ihre Hände um den Kragen von Romes Hemd geschlungen hat. Sie zittert am ganzen Leib, und in regelmäßigen Abständen bricht das grüne Laserlicht sich in den Tränenspuren auf ihrem Gesicht.

Und ich dachte echt, meine körperlichen Schmerzen wären ein Problem.

Sind sie nicht.

»Keine Sorge, ich werde dir deinen kleinen Engel bis vor die Tür bringen, wenn du erst draußen bist. Und ich bin wesentlich effektiver als irgendein unnützer FBI-Agent, der sich nur für seine eigene Karriereleiter interessiert.«

»Ach ja? Wofür interessierst du dich denn?«

»Geld.«

Aha.

Wie überraschend.

»*I simja.* – Familie«, fügt sie an.

Ich wette, die liebreizende Familie würde ihr umgehend eine Kugel in den Kopf verpassen, wenn dafür das besagte Geld reichlich fließt. Aber vermutlich wäre es nicht klug, ihr diese unbedeutende Wahrheit zum jetzigen Zeitpunkt aufzutischen.

Also tue ich überhaupt nichts.

Halte die Füße still.

Versuche, nicht zu Rome und Everly hinüberzusehen.

Und scheitere.

Mein Gehirn registriert – und versteht doch nicht –, dass sie ihm schöne Augen macht. Dass sie es nur tut, damit erst Roxy und jetzt die Russin meine verdammten Fesseln lösen können. Dass sie nichts von alledem meint. Weder die Art, wie sie ihn berührt. Noch die Hingabe, mit der sie ihn ansieht. Noch die Nähe, die sie zulässt.

Ich hätte sie nie in eine Situation bringen dürfen, in der ihre einzige Wahl es ist, sich *Rome* an den Hals zu werfen. Wortwörtlich.

Jetzt gerade verschränkt sie ihre Arme in seinem Nacken. Schmiegt ihren zarten Körper an seinen. Lässt sich von ihm berühren. Anfassen. *Küssen*.

Duldet, dass seine schmierigen Hände von ihrem Rücken die elegante Kurve ihrer Taille hinabfahren bis zu ihrem Hintern. Dass er zupackt und sie gegen sich presst. Seine Hüften gegen ihre drängt. Sich an ihr reibt.

Ich will ihn umbringen.

Ich *werde* ihn umbringen.

»Du wirst nichts tun«, zischt die Russin mitten in meine Gewaltfantasien.

Aber es ist zu spät.

Es war mir egal, dass Roxy mich wüst beschimpft.

Oder ein Bouncer nach dem nächsten, dem ich jahrelang den Arsch gerettet habe, auf einmal seinen Frust an mir auslässt. Schlägt. Tritt.

Scheiß drauf.

Es ist nur verletzte Haut. Sie wird verheilen.

Ein paar blaue Flecken.

Vielleicht eine geprellte Rippe.

Wen zur Hölle interessiert das schon.

Aber das hier – das ist etwas anderes.

34. KAPITEL

EVERLY

Ich sehe mir dabei zu, wie Rome mich küsst.

Das passiert mir manchmal.

Dass ich … mir selbst zusehe. Aus meinem eigenen Körper ausbreche wie aus einer leblosen Hülle. Weil ich es nicht mehr ertrage, dort zu sein.

Hilflos in Romes Armen. Er hält mich fest und küsst mich, er versenkt sein Gesicht in meinen Brüsten und leckt mit seiner Zunge über meine Haut.

Er sagt irgendetwas. Darüber, dass ich eine Teufelin sein muss, weil er mir nicht widerstehen kann.

Dass es mein Fehler ist. Meine Schuld. Meine Verdammnis.

Ich bin diejenige, die *ihm* das hier antut.

Und nicht umgekehrt.

Weil selbst mein Duft ihn betört. Meine Haut zu weich ist. Meine Taille zu schmal. Meine Lippen zu süß sind. Meine Brüste zu voll. Meine Hüften zu weit.

Ich raube ihm die Sinne und den Verstand.

Und all das ist meine Schuld.

Es ist alles meine Schuld.

Es ist nicht sein Fehler, dass er sich nicht beherrschen kann. Dass er seine Finger und seine Lippen und seine Zunge nicht von mir nehmen kann. Dass er meinen BH zerreißt und mich vor aller Augen entblößt. Dass er mich rücklings bis zu diesem Tisch schiebt.

Es ist merkwürdig, dass ich den Schmerz nicht spüre. Es sieht unsanft aus, wie er mich gegen die Kante drückt. Sich gegen mich presst. Mich einschließt zwischen seinem Opferaltar und seinem Körper. Wie er seine Hand um meinen Hals legt und mich rücklings hinunterdrückt.

Ich sollte Schmerz fühlen. Mir sollte der Atem stocken. Ich sollte um Hilfe schreien. Ich sollte mich bewegen.

Aber tatsächlich … empfinde ich überhaupt nichts mehr. Und ich tue auch überhaupt nichts mehr.

Ich schwebe nur hier oben schräg über mir und sehe in mein vollkommen ausdrucksloses Gesicht.

Bis sich plötzlich etwas bewegt. Dort drüben bricht ein Tumult aus. Irgendetwas … passiert. Aber ich erkenne nicht, was es ist. Meine Sinne sind stecken geblieben. Ich sehe nur noch mich und Rome. Mich und meine Leere. Rome und seine Hände. Seine Zunge. Seine harte Gestalt an meiner. Seine Bewegungen an meinem Körper. Sein Drängen.

Es kracht. Irgendjemand brüllt laut.

»Lass sie sofort los!« Da ist sie wieder. Ashers Stimme, die meinem Schweigen Worte gibt. Aber sie klingt zu wütend für mich. Zu wütend für meine hilflose Leere. »Lass sie los, oder ich schwöre, du bist ein toter Mann, Rome.«

Ein Kreischen, ein Knall.

Möbelstücke fliegen durch mein Blickfeld. Wie Kanonenkugeln zischen sie durch die Luft und reißen die Türsteher zu Boden, die in Ashers Richtung gehastet sind. Sie fallen um, als wären es Pappaufsteller. Ashers Wut lässt sie aussehen … wie Pappaufsteller. Einen nach dem anderen streckt er nieder. Egal, wie viele es sind. Egal, ob sie Schlagringe an den Händen tragen oder einen Gegenstand nach ihm werfen. Selbst die Pistole zwischen zittrigen Fingern – lässt ihn nicht innehalten. Er schlägt den Waffenlauf beiseite und versetzt ihrem Besitzer einen Tritt, bis er mehrere Yards quer durch den Raum fliegt.

Die Bemühungen der Türsteher prallen an Asher ab wie an jemandem, der kein Schmerzempfinden besitzt. Und keine Angst. Nur zielgerichtete Wut. Auf einen einzigen Menschen.

Rome zerrt mich auf die Füße und lässt mich los. Für den Bruchteil einer Sekunde. Lässt er mich los.

Ich hole tief Luft, und mit dem Atem in meinen Lungen kehrt mein Bewusstsein zu mir zurück. Ich schwebe nicht mehr unbeteiligt über mir – ich sehe mit eigenen Augen, was vor mir passiert. Wie sämtliche Umstehenden vor Asher zurückweichen und aufhören, sich seinem Zorn entgegenstellen zu wollen.

Ich spüre, was mein Körper spürt.

Ich spüre Romes linken Arm sich hinterrücks fest um meinen Hals schlingen. Ich spüre den Stoff seines Hemds unter meinen Fingerspitzen, als ich krampfhaft versuche, seinen Griff zu lockern. Weil er mir von Neuem die Luft raubt und mich dieses Mal doch die Angst packt, zu ersticken.

Aber das ist nicht der Grund, warum ich mir die gnädige Leere zurückwünsche. Nur noch einen Moment länger der erlösenden Gleichgültigkeit.

Mit ihr … wäre die Tatsache erträglicher gewesen, dass das kalte Metall an meiner Schläfe die Mündung einer Schusswaffe ist.

Dass das leise Klicken vom Entsichern der Kugel kommt.

Und vielleicht wäre die Gewissheit erträglicher gewesen, dass ich tot bin, wenn Rome abdrückt.

35. KAPITEL

EVERLY

Na los, Asher. Drück ab. Erschieß mich. *Bring mich um, Bruderherz.*«

Romes Stimme dröhnt an mir vorbei. Ihr Wahnsinn trieft so tief in meinen Gehörgang, dass mein Trommelfell zu klingeln beginnt. Mir wird schwindelig, und meine Knie hätten unter mir nachgegeben, hielte Rome mich nicht noch immer in seinem Klammergriff.

Ich will die Augen schließen und kann es nicht. So dringen meine Tränen ungehemmt daraus hervor. Rinnen meine Wangen hinab. Die zweite Pistolenmündung, die geradewegs auf mich zielt, verschwimmt in meinem Sichtfeld. So muss ich nicht mitansehen, wie Asher kaum zehn Schritte von mir entfernt steht und die Waffe in seinen Händen auf uns richtet. Auf mich. Und auf Rome, der sich direkt hinter mir befindet.

»Tu es, Asher«, flüstere ich. Aber meine Stimme ist zu erstickt. Er kann es nicht hören.

Doch schon in der nächsten Sekunde brüllt Rome: »Hast du gehört, Mongrel? *Tu es,* sagt sie. Na, komm, hab ein Mal Schneid. Und schieß. Wen kümmert es denn, wenn du nicht triffst, hm?« Er lacht.

Mein Herz windet sich darunter. Klein und schmerzhaft

verdreht es sich in meinem Brustkorb, bis ich mir sicher bin, dass kein Tropfen Blut mehr seinen Weg hineinfindet.

Das wäre schon okay.

»Tu es. Er hat recht. Es spielt keine Rolle, ob die erste Kugel mich trifft oder ihn. Die zweite … trifft ihn ganz sicher.«

Asher schüttelt den Kopf. »Nicht die zweite«, sagt er.

Und dann drückt er ab.

Ich kann die winzige Bewegung seines Zeigefingers noch erahnen, bevor ich die Lider fest aufeinanderpresse. Der Knall dröhnt in meinen Ohren.

Und dann ist es plötzlich still.

Ich werde zu Boden gerissen. Und falle.

Falle, falle, falle.

Lande weich. Und atme auf. Weil es jetzt endlich vorbei ist.

Ich werde Mom wiedersehen. Und … Dad.

Was werde ich ihm sagen?

Kann ich ihm verzeihen?

»Everly!«

Ashers Stimme dringt durch meinen angsterfüllten Nebel. Ich reiße die Lider auf, sehe geradewegs in sein Gesicht. Er streckt die Arme aus, zieht mich an sich. Aber erst als ich seinen Herzschlag warm und kräftig unter meinen Fingern spüre, weiß ich, dass ich noch am Leben bin. Er hat mich nicht getroffen.

Langsam wende ich den Kopf, will nachschauen, was mit Rome geschehen ist, aber Asher legt eine Hand um meinen Kiefer und wendet meinen Blick zu sich zurück, bevor ich sehen kann, was passiert ist.

»Schau nicht hin«, murmelt er, senkt mein Gesicht an seine Brust. Und ich schließe die Augen.

Vielleicht hat er recht.

Es ist besser, wenn ich es nicht erblicke.
Ich habe … genug Tod gesehen.
»FBI! Sofort die Hände hoch!«
»Lassen Sie die Frau los!«
»Sie sind umzingelt!«

36. KAPITEL
ASHER

Es ist wie im Film. Die Musik geht aus. Das Licht wird abgestellt. Dutzende vermummte Schwerbewaffnete stürzen von einer Sekunde auf die nächste in den Raum. Und der große Bösewicht – in diesem Fall: ich – findet sich im Lichtkegel und in dem Kreuzfeuer der Laserzielvorrichtungen des rettenden FBI wieder.

Wow, die sind ja echt … früh dran.

Ich hebe die Hände in Zeitlupe und sage: »Alles in Ordnung. Ich werde sie loslassen. Kein Problem. Nehmen Sie einfach die Waffen runter.«

Natürlich nehmen sie die Scheiße nicht runter. Und sobald ich mich von Everly gelöst habe, stürzt eine Meute auf mich zu. Ich werde Gesicht voran auf den Boden gepresst. Mir weicht die Luft aus den Lungen, und meine geprellte Rippe schreit mich an, bis ich das Gefühl habe, das Ding bricht mir gleich doch noch in der Mitte durch.

Fuck.

»Lassen Sie sie los«, krächze ich, so laut ich kann. Weil ich im Augenwinkel immer noch mitansehen muss, wie zwei Vollidioten Everly behandeln, als wäre sie die Schwerkriminelle. Und nicht ich.

Aber Everly ist intelligenter als ich. Das Erste, was sie

sagt, ist: »Ich heiße Everly Addington. Ich bin die Schwester von Xavier Addington, dem CEO von Addington Pharmaceuticals, und ich möchte sofort mit meinem Anwalt sprechen.«

Ihre Familie mag in absolut jeder fucking Hinsicht ein Totalausfall sein – aber wer auch immer ihr eingetrichtert hat, einfach direkt ihren Namen und ihren sozialen Status zu nennen, hat ausnahmsweise mal echt was gekonnt. Denn natürlich treten sogar die FBI-Fritzen von ihr zurück. Plötzlich verunsichert. Und Everly nutzt die Chance und redet weiter: »Ich wurde gegen meinen Willen hier festgehalten. Asher hat ausschließlich versucht, mir zu helfen. Er hat in Notwehr gehandelt. Sie *müssen* ihn gehen lassen.«

»Das entscheiden nicht Sie!«, poltert jetzt doch noch irgendein Kerl, der sich inzwischen schon seinen schwarzen Einsatzhelm vom Kopf gerissen hat. Offenbar ist er wichtiger als das restliche Fußvolk im Raum.

Wieder klicken Handschellen in meinem Rücken. Und allmählich kotzt mich dieses Geräusch wirklich an. Aber ich sage nichts. Natürlich sage ich nichts.

Ich habe keine Chance mehr.

Wenn irgendjemand mich jetzt noch herausholen kann, dann ist es Nora.

Aber ich kann sie nicht ausmachen. Vielleicht liegt es daran, dass ich von meiner überaus bequemen Liegeposition im Dreck nicht unbedingt die beste Sicht habe … Doch irgendetwas sagt mir, dass sie nicht mehr hier ist. Niemand brüllt nach einem Notarzt. Keiner schleppt eine Trage in Richtung Aufgang des Dance-Cages.

Womöglich ist Nora verschwunden. Und ich habe nicht einmal bemerkt, wohin.

Irgendwann zwischen … Everlys Rückkehr vom Trailer und … dem allen hier.

Lediglich vor Romes totem Körper direkt neben mir kniet ein Kerl und verkündet, dass Reanimation keinen Zweck hat.

Rome ist tot.

Er bleibt tot.

Ich werde ihn frühestens in der Hölle wiedersehen.

Aber weil das Schicksal nun mal ein verdammtes Arschloch ist, betritt stattdessen ein anderer Idiot die Bühne.

»Wo ist sie?«, donnert Xavier Addingtons Stimme durch den Saal. Ich sehe gerade noch sein silbergraues Hemd, bevor er in den Raum stürzt und seine blank polierten Lederschuhe vor meinen Augen haltmachen.

Everly hatte recht: Der Kerl stalkt wirklich seine eigene Schwester. Anders kann ich mir nicht erklären, dass er so schnell spitzgekriegt hat, wo sie sich befindet.

Sie zuckt zusammen, noch ehe er sich vor ihr aufbaut und sie fragt: »Was zur Hölle hast du dir dabei gedacht, einfach so wegzulaufen? Hast du vollends den Verstand verloren? Wir hätten dich schützen können, verdammt. Aber nicht, wenn du davonläufst!«

Mit jedem seiner Worte ist Everly tiefer in sich zusammengesunken. Noch immer halb nackt und mit lediglich einer Decke um den Schultern, hockt sie im Raum und wird ausgerechnet von ihrem eigenen Bruder derart bloßgestellt.

Der Anblick bestürzt mich. Weil es so nicht sein sollte. Sie ist seine kleine Schwester, verdammt. Was für ein seelenloses Arschloch muss man sein, um seine kleine Schwester so scheiße zu behandeln. Am liebsten hätte ich ihm den Hals umgedreht. Aber ich kann nicht mal mehr ein Wort sagen.

Irgendwer von den FB-Einzellern muss gecheckt haben, dass Xaviers Auftritt bei mir *nicht* auf Begeisterung trifft. Sie haben mich zwar in eine halb sitzende Position manövriert, aber einer der Kerle hat seinen Oberarm um meinen Hals geparkt, sodass ich kaum noch Luft holen kann.

Ich muss tatenlos zusehen, wie Everly sich auf ihr zitterndes Knie stützt, aufsteht und auf ihren Bruder zutritt. Mit leiser Stimme beginnt sie zu sprechen, hebt scheinbar zufällig eine Hand an ihre Wange, bis selbst ein im Lippenlesen trainierter FBI-Agent kapitulieren muss. Sie haben keine Chance, jemals zu erfahren, was Everly ihrem Bruder in diesem Moment sagt.

Aber was auch immer es ist – es erzielt seine Wirkung. Xaviers wutverzerrten Züge verhärten sich zu einer eisernen Maske. Vermutlich könnte man an seinem Unterkiefer jetzt Diamanten schleifen. Er senkt das Kinn und zischt: »Wie du meinst.« Damit wendet er sich an den FB-Eierkopf ohne Helm und sagt: »Ich werde meine Schwester zu einem Arzt bringen. Wenn Sie noch Fragen an Everly haben, besuchen Sie uns bitte zu Hause.«

Damit will er gehen. Aber Everly zupft ihn an seinem Hemdsärmel zurück. »Asher«, flüstert sie.

Xavier hält inne, ballt die Hände zu Fäusten und deutet schließlich auf mich. »Den da nehmen wir auch mit. Er gehört praktisch zur Familie. Ich bin mir sicher, es wird sich alles aufklären.«

Doch der FB-Eierkopf brummt unwillig. »Wir stehen mit den Ermittlungen noch ganz am Anfang.«

»Selbstverständlich. Sie können ihn natürlich auch für vierundzwanzig Stunden auf einem Polizeirevier festhalten, nach einem Eilverfahren gegen Kaution in den Hausarrest geben und Tausende Dollar von Steuergeldern auf einen sehr, sehr zermürbenden Rechtsstreit gegen meine Anwälte verschwenden, wenn Ihnen das lieber ist. *Oder* wir vereinbaren gleich hier, dass er unter der Auflage, das Haus nicht zu verlassen, mit uns kommt. Immerhin sieht er ohnehin nicht aus, als hätte er irgendwelche Ausweispapiere bei sich, mit denen er ausreisen könnte.«

Als der Einsatzleiter darauf nicht reagiert, verwende ich meine letzten Luftreserven doch noch auf ein: »Ich bin in Ihrer Akte als Informant vermerkt.« Nicht sicher, ob das irgendjemanden interessiert. Oder überhaupt nur hörbar ist.

»Lassen Sie das prüfen«, weist der Eierkopf irgendeinen seiner Minions an.

Im selben Moment hallen Absätze durch den Saal. Ich wende den Blick und sehe meine Schwester in einem ihrer völlig überteuerten Hosenanzüge geradewegs auf uns zumarschieren. Sie wirkt *noch* arroganter, als ich sie in Erinnerung habe. Und das will wirklich was heißen. Dieses Mädchen konnte einem in Moms Bruchbude das Gefühl geben, man hätte mit den eigenen Atemzügen ihren Palast beschmutzt.

Sie stockt leicht, als sie Romes Leichnam erkennt. Irgendwo unter der harten Fassade versteckt sie also immer noch ein Herz. Als ihr Blick auf Everly fällt, erkenne ich Erleichterung in ihrer Miene. »Lasst uns gehen. Ich habe draußen mit Assistant Director Faulkner gesprochen. Everly wird ihre Angaben in einem Interview bei dessen Mitarbeiterin machen. Zu Hause. In vertrauter Umgebung, nachdem sie ärztlich behandelt wurde.«

Der FB-Eierkopf murmelt irgendwas in sein Kragenmikrofon. Und nach einer entsprechenden Antwort zwingt er sich zu einem Lächeln. »Sicher. Dann wird Miss Addington Sie begleiten.«

»Und Asher«, wirft Everly erneut ein.

Jayna wendet den Blick in meine Richtung. Als hätte sie jetzt erst bemerkt, dass ich überhaupt hier bin. »Und … Asher«, fügt sie anschließend an.

37. KAPITEL

ASHER

»*Du* bist also Jaynas Bruder.« Xavier funkelt mich an. Keine Ahnung, was steriler ist: dieser Krankenhausflur hier oder seine Erscheinung.

»*Du* bist also Everlys Bruder«, entgegne ich.

Er verengt die Augen. »Ist das ein Problem?«

»Kommt darauf an. Hast du vor, sie weiterhin wie den letzten Dreck zu behandeln?«

Er schnaubt. »Was bist du? Ihr großer, böser Beschützer, oder was?«

»So was Ähnliches.« Ich bin der rote Button im Vorzimmer der Hölle.

»Ob du es glaubst oder nicht, die Stelle ist seit zwanzig Jahren besetzt. Wenn es nach mir ginge, wärst du nicht mal hier!«

Jayna seufzt ermattet. »Setzt euch gefälligst hin und seid still.« Sie deutet auf die winzige Sitzgruppe neben der Tür zum Untersuchungszimmer, in dem Everly seit etwa einer halben Stunde mit einer jungen Assistenzärztin verschwunden ist. Selbstverständlich hat Xavier auf Chefarztbehandlung bestanden. Aber Everly hat lediglich stumm die Schiebetür vor seiner Nase geschlossen. Seitdem stehen wir hier. Und warten.

»Das sind Plastikstühle«, sage ich.

»Ach, bist du dir zu fein dafür, oder was?«, fragt Xavier.

Ich schüttle den Kopf. »Sie gehen kaputt, wenn ich mich draufsetze.«

Er erwidert nichts. Starrt nur die weiße Wand an.

Bis die Schiebetür des Untersuchungszimmers endlich geöffnet wird und Everly in Begleitung der Ärztin heraustritt, die kurz ihre Untersuchungsergebnisse teilt. »Everly geht es gut. Sie ist leicht unterkühlt und dehydriert. Es ist durchaus möglich, dass sie in den nächsten Tagen einen Infekt entwickelt – aufgrund der schlechten Hygienebedingungen und der Schwächung ihres Immunsystems. Aber ich würde von einem präventiven Antibiotikum absehen. Wir haben ihr eine Ringerlösung gegeben und die oberflächlichen Wunden versorgt. Doch davon abgesehen geht es ihr den Umständen entsprechend gut. – Kann ich etwas für Sie tun?« Sie sieht mich auffordernd an.

Ich schaue an mir hinab. Bisschen verbeult vielleicht. Aber nichts Wildes. »Danke. Schon gut.«

Everly schnappt nach Luft. Meine Antwort scheint ihr nicht zu gefallen. »Du … du bist völlig –«

»Gesund. Kerngesund. Alles in Ordnung.«

»Oh, natürlich, du bist unkaputtbar«, zischt Xavier neben mir augenrollend.

»Ne. Ich glaub, wenn du weiter so viel sabbelst, fallen mir die Ohren ab«, antworte ich.

»Mein Gott, ihr benehmt euch wie zwei Kleinkinder, denen jemand die Barbie-Puppe geklaut hat!«, fährt Jayna dazwischen.

»Everly hat durchaus was von einer Barbie-Puppe«, murmelt Xavier.

»Und *du* hast was von einem ausgewachsenen Arschloch!«, blaffe ich.

»Jayna hat recht«, flüstert Everly. »Ihr müsst damit aufhören.«

»Er behandelt dich wie den letzten Dreck!«

»*Du* hast Jayna behandelt wie den letzten Dreck!«, wirft Xavier sofort ein.

»Ach, ja? Dann kannst du dir ja vorstellen, wie fucking sauer ich auf dich bin!«, entgegne ich.

Aus unerfindlichen Gründen bringt ihn das tatsächlich zum Verstummen. Für ein paar angenehme Sekunden. Dann sagt er: »Okay. Es tut mir leid, Everly. Ich … war ein Arschloch. Und es kommt nicht wieder vor. – Bist du jetzt zufrieden, *Asher?*«

»Ja«, presse ich mühsam hervor. Ich habe keine Lust, diesem Großkotz gegenüber *irgendetwas* einzugestehen. Aber de facto habe ich keinen Grund, ihn zu hassen, wenn er sein Verhalten bezüglich Everly ändert.

»Schön«, seufzt Jayna.

»Sollte er sich nicht noch bei dir entschuldigen?«, fragt Xavier.

»Nein!«, antworten Jayna und ich unisono.

Meine Schwester verzieht das Gesicht. »Das wird nicht nötig sein. Fahren wir einfach … nach Hause. Wir sollten alle schlafen. Ich bin mir sicher, das FBI wird morgen früh um Punkt acht Uhr auf der Matte stehen. Falls sie nicht ohnehin schon dort sind.«

Wir verlassen das Wartezimmer. Aber natürlich nicht, ohne dass Xavier noch auf mich deutend bestimmt: »*Er* schläft im Gästezimmer!«

Ich öffne den Mund, um zu widersprechen, aber Jayna wirft mir einen warnenden Blick zu. Und Everly … grinst.

Was ein sehr, sehr seltener Ausdruck auf ihrem Gesicht ist. Als ich fragend die Augenbrauen hebe, sieht sie schnell beiseite. Aber auf ihre blassen Wangen tritt ein rosaroter Schimmer. *Okay …* Vielleicht arrangiere ich mich mit diesem ominösen Gästezimmer. *Vorerst.*

Einige Zeit später finde ich mich in ebendiesem Gästezimmer wieder. Bedauerlicherweise muss ich Xavier Addington eines lassen: Sein Essen schmeckt gut. Und seine Bude ist schick.

Trotzdem – oder gerade deswegen – fühle ich mich wie in einem Hotel. Nicht auf die gute Art. Sondern auf die sterile »Nicht mein Zuhause«-Art. So ein Ort, wo ich nicht hingehöre. Und zu allem Überfluss habe ich den Eindruck, als wäre ich … eingesperrt. Ich hocke nur hier und warte darauf, dass morgen früh die FB-Eierschaukel-Fritzen ankommen und mich sowieso einbuchten.

Also liege ich todmüde in diesem grottenschönen Bett, das nach fremdem Waschmittel stinkt, und … starre an die Decke.

Irgendwo dort über mir dürfte Everlys Zimmer sein. Jedenfalls habe ich es so in Erinnerung. Mit Sicherheit sagen kann ich es nicht, denn selbstverständlich hat ihr schimmelbesetzter Duschvorhang von einem Bruder dafür gesorgt, dass ich auch ja nicht in ihre Nähe komme.

Asher
Du solltest Xavier sagen, dass er gefälligst aufhören soll, dich zu bevormunden.

Jup. *Das* ist die Nachricht, auf die Everly am Ende dieses Tages mit Sicherheit gewartet hat …

Wenn es nach Xavier ginge, hätte sie überhaupt kein Smartphone, nachdem das FBI ihres – wie meines – beschlagnahmt hat. Aber Jayna hat den Jungen um den Finger gewickelt wie Häkelgarn: Hat Everly und mich mit Ersatzhandys ausgestattet und mir ein paar passende Klamotten besorgt, nachdem Xaviers Kleidung an mir aussah wie beim Waschen eingelaufen.

Vermutlich sollte ich froh sein, wenn Everly längst friedlich schläft, anstatt sich meinen schmollenden Dünnsinn noch durchzulesen.

Aber die Häkchen unter der Chatbox leuchten auf. Sie hat meine Nachricht gelesen.

Everly
Es ist Nacht.
Und die anderen schlafen.

Ja. Ich weiß.

Ich habe keine Ahnung, worauf sie hinauswill.

Stell dir vor, jemand würde den Strom abstellen.
Es wäre stockdunkel im Haus.
Selbst der Bewegungsmelder im Flur vor meinem Zimmer würde nicht anspringen, wenn jemand dort entlangliefe.

Offenbar hat mein Schwanz hingegen eine sehr, sehr genaue Vorstellung davon, worauf sie hinauswill.

Ich müsste nicht einmal die Alarmanlage abstellen.

Nein, müsstest du nicht. Du könntest einfach so in mein Zimmer kommen. Und niemand würde es bemerken …

Das braucht sie *mir* nicht zweimal sagen …

Wer würde so etwas tun, Everly?
Wer würde mitten in der Nacht
in dein Zimmer eindringen?
Wäre es ein Einbrecher?
Oder wäre es dein Schwarm aus der Highschool,
der mit dir in dieselbe Klasse geht und den
du nicht mit nach Hause bringen darfst?

Ich hoffe für meine geprellte Rippe, dass Everly recht hat. Und ihr toller, großer Bruder inzwischen wirklich schläft. Und mich nicht am Treppenabsatz dort oben erwartet, um mir eine mit dem Baseballschläger überzuziehen.

Es wäre derselbe Unbekannte, der mich einmal entführt und in sein Haus verschleppt hat. Ich wüsste nicht, wer er ist. Oder wie er aussieht. Aber ich erinnere mich an jede einzelne seiner Berührungen auf meiner Haut. Wie es sich angefühlt hat, wenn er mich geküsst hat. Als sein Gewicht mich in die Laken gedrückt hat und ich nicht wusste, ob ich ihn hassen oder lieben soll.

Weißt du es jetzt, Everly?

Vielleicht verrate ich es ihm, wenn er wiederkommt.

Stell dir vor, er stünde vor deiner Tür. Was würdest du tun? Würdest du dich vor ihm verstecken? Müsste er dich erst suchen? Oder lägest du längst in deinem Bett? Splitterfasernackt, deine Augen verbunden und deine Beine voller Erwartung weit für ihn geöffnet?

Finde es heraus. Aber du solltest aufpassen.
Was, wenn sie doch noch vor dir wegläuft?
Du solltest sie gut festhalten, Asher …

38. KAPITEL
EVERLY

Ich stehe mit angehaltenem Atem direkt neben der Tür meines Zimmers und lausche in die Dunkelheit.

Er ist dort.

Gleich hinter dieser Tür.

Jeden Moment wird er sie öffnen und … hier vor mir stehen.

Wie lange wird es dauern, bis er mich in seinem Schatten entdeckt hat? Wird er ungehalten in den Raum stürmen oder ausharren? Was wird er mit mir anstellen?

Mein Blut rauscht laut durch meine Ohren unter all diesen Fragen. Aber das allererste Mal seit vielen, viel zu vielen Stunden mischt meine Aufregung sich nicht mit Panik. Im Gegenteil. Ich bin zu Hause. Ich fühle mich sicher. Es ist nur … mein vollkommen persönlicher, stiller Rausch.

Die Klinke gibt ein ganz, ganz leises Quietschen von sich, als sie heruntergedrückt wird. Langsam, sehr langsam schwingt die Tür auf. Ashers Duft strömt mir in die Nase, gepaart mit dem Geruch des Shampoos aus der *Pharmaceuticals Hygiene Line*. Er muss nach dem Essen noch geduscht haben.

Die Tür fällt mit einem leisen Klicken hinter ihm zu. Seine große Gestalt schält sich schwach aus der Dunkelheit. Er trägt nur eine lange Jogginghose, kein T-Shirt. Ich möchte meine Hand nach ihm ausstrecken. Seine nackte Haut berühren. Aber ich bewege mich nicht von der Stelle, sehe nur stumm dabei zu, wie er langsam den Kopf wendet, als müsse er jeden Winkel meines Raumes erfassen. Kurz stockt er, als er in Richtung Fensterwand sieht. Einer der Vorhänge wiegt sich sanft in der hereinströmenden Brise. Auf dem Boden darunter liegt noch mein Smartphone. Ich stand dort drüben am Fenster, als er mir geschrieben hat.

Er mustert weiter den Raum. Dann holt er tief Luft. Und urplötzlich dreht er sich zu mir herum, legt eine Hand über meine Lippen und eine zweite um meinen Hinterkopf. Er presst mich gegen die Wand, ungestüm und hart. Mir weicht die Luft aus den Lungen, und mein unterdrückter Schrei zerschellt an seiner rauen Haut.

»Wenn du ein Messer dabeigehabt hättest, hättest du mich damit sicher noch erwischt«, murmelt er. Seine tiefe Stimme vibriert gegen meinen Hals. Er gibt mir einen Kuss auf meine wild pulsierende Schlagader.

»Ich hätte dir nie etwas angetan«, erwidere ich leise, als er seine Finger von meinem Mund löst und stattdessen meine Linke umfasst.

»Ach, nein?«, fragt er, hebt meine Hand über meinen Kopf. Erst eine. Und dann die andere, bis er sie mühelos dort halten kann.

»Nein.«

»Was, wenn ich dir etwas antue?«, fragt er und senkt im selben Moment seinen Mund erneut auf meine Haut. Auf die empfindliche Stelle gleich unter meinem Ohr. Dann wandert er hinab bis zu meinem Schlüsselbein. Dem Ansatz meiner Brüste, der unter meinem kurzen Nachthemd hervorlugt.

»Ich *möchte,* dass du mir etwas antust.« Ich höre mich atemlos an, hole zu tief Luft, damit mein Brustkorb sich enger an seinen Mund drängt.

»Wo soll ich beginnen?«, fragt er, legt eine Hand auf meine Brust und umspielt durch den Stoff meinen harten Nippel. »Hier. – Oder hier.« Er streift hinab bis zu meinem Bauch, und das begierige Flattern in meinem Inneren schlägt in Hitze um. »Oder lieber hier«, fragt er, während er die Innenseite meines Oberschenkels hinauffährt. Über die nackte Haut unter dem Saum meines Nachthemds. Immer höher und immer höher.

»Überall«, hauche ich.

Er murmelt einen zustimmenden Laut. Dann wirbelt er mich herum, ich werde wieder gegen die kalte Wand gepresst und spüre seine Erregung gierig an meinen Rücken pochen.

»Du hast gesagt, ich müsse dich festhalten, damit du mir nicht davonläufst«, raunt er.

»Ja. Das solltest du.«

Er zupft das Band aus meinen Haaren und windet es um meine Handgelenke.

»Und dass du mich nicht ansehen willst.«

Auf dem Rahmen meines Bettes liegt ein Schal. Ich habe ihn dort bereitgelegt. Aber plötzlich befallen mich Zweifel. Und ich schüttle den Kopf. »Ich habe dich schon einmal nicht verraten, erinnerst du dich? Vertraust du darauf, dass dein Geheimnis bei mir sicher ist? Wenn ich dir nur verspreche, niemals einer Menschenseele hiervon zu erzählen?«

»Ich vertraue dir«, murmelt er, ganz dicht an meinem Ohr. Der Satz verursacht Schauer von meiner Kopfhaut bis hinab zu meinen Zehen.

»Ich vertraue dir auch«, flüstere ich.

»Das ist gut.« Er streicht meine Haare zurück über meine Schulter. Seine Hand fährt weiter meinen Rücken hinab, malt den Schwung meiner Taille nach und zieht weiter bis auf meine Hüften und meinen Po. »Du solltest mir vertrauen, Eevee.« Seine Finger erreichen erneut den Saum meines Nachthemds, streichen über meine Haut. Ich biege mich ihm entgegen, aber schon bei der leisesten Regung presst Asher mich enger gegen die Wand, lässt nur gerade so viel Platz, dass seine Hand weiter freien Spielraum hat. Sie zieht meinen Schenkel hinauf. Hauchzart streift sie daran entlang. Mein Körper beginnt, sich unter ihm zu winden vor lauter Erwartung.

»Noch immer so sensibel«, raunt Asher. Und noch in derselben Sekunde streicht sein Finger über meine Scham. »Und du trägst keine Unterwäsche.«

»Ich wusste, dass du kommen würdest.«

Er lacht leise. Ein warmes, tiefes Geräusch, das meine Wirbelsäule hinabrinnt. »Ich werde immer sein, wo du bist, wenn du mich lässt, Everly.«

Ich will etwas darauf erwidern. Ihm sagen, dass ich ihn immer, immer, immer in meiner Nähe wissen will. Aber mir bricht nur ein ersticktes Wimmern über die Lippen, weil Ashers Finger im selben Moment meinen empfindlichsten Punkt trifft, umkreist und reizt. Ich beginne, in seinen Armen zu beben, stemme mich gegen die Wand, um mich enger an ihn zu drängen.

»Es gefällt dir«, sagt er zufrieden, klingt fast überrascht. Als gäbe es irgendetwas, das Asher mit mir anstellt, was mir nicht gefallen könnte.

»M-mach weiter.«

Doch er tut das Gegenteil. Hält inne, zieht seine Hand unter meinem Nachthemd hervor, und ich seufze protestierend auf. »Nein! Nein, nein, n...« Mein Widerspruch wird von seinem Finger erstickt, der sich über meine Lippen schiebt. Ich lecke daran, sauge und beiße zu, damit er weiß, wie unzufrieden ich mit ihm bin. Aber kaum dass meine Zähne ihn wieder ziehen lassen, kehrt seine Hand zurück zwischen meine Beine. Kühl und feucht fährt er an mir entlang. Mit jeder Bewegung wird er drängender, bis seine Fingerkuppe in mich eindringt. Und wieder hinausfährt. Und wieder hinein. Instinktiv spreize ich meine Beine, mache ihm Platz, damit er noch tiefer in mich gleiten kann. Mein Kopf fällt in meinen Nacken, und augenblicklich findet sein Mund den meinen. Er küsst mich, hart und intensiv, saugt an meinen Lippen und meiner Zunge, im selben Takt, in dem sein Finger in mich stößt. Er schiebt einen zweiten nach, drängt seinen Daumen auf meine Klit, und ich stöhne hemmungslos in seinen Mund, unfähig, meine Lust noch irgendwie im Zaum zu halten. Mein ganzer Körper brennt vor Erregung, und gefangen in der Kraft seiner Arme habe ich keine Möglichkeit, alldem irgendwie Raum zu geben. Er hält mich fest umschlossen, und ich habe keine Wahl, als unter dem Geschick seiner Finger zu kommen.

Der Orgasmus spült die Anspannung in meinen Gliedern fort. Ich fühle mich weich und im Rausch, während Asher seine Finger aus mir hervorzieht. Er hebt sie erneut an meine Lippen, streift darüber und sagt mit rauer Stimme: »Spürst du, wie feucht du bist? Wie erregt? Als hätte dich nie zuvor jemand berührt. Als hättest du ein ganzes Leben lang auf diesen Moment gewartet. Und auf alle, die noch kommen.«

Ich bin nicht in der Lage, ihm zu antworten. Noch nicht. Mein Kopf ist voller Nebel und mein Körper schwerelos. So fühlt es sich an, als würde ich schweben, als Asher mich aufhebt und durch die Dunkelheit hinüber zu meinem Bett trägt. Er legt mich darauf ab und … harrt vor mir aus.

Ich strecke ihm meine Arme entgegen, weil es mir zu lange dauert, wie er nur dort steht und mich ansieht. Er greift nach ihnen, zupft an dem Haarband und windet es um eine der Metallstreben am Kopfende des Bettes. Als sein Gewicht meine Schenkel ins Laken drückt, habe ich keine Möglichkeit mehr, ihn zu berühren. Ich kann ihn nur ansehen, wie sein Brustkorb sich unter seinen tiefen Atemzügen hebt und senkt. Das schwache Mondlicht, das durch die dünnen Vorhänge dringt, zieht die Linien nach, die jeder einzelne Muskel auf seiner Haut wirft. Es ist so wunderschön, dass es mir beinahe wehtut. Weil ich auch die Verletzungen kenne, die dort lauern. Die Narben. Den Schmerz.

Mir treten Tränen in die Augen, und Asher streckt seine Finger danach aus. »Was ist?« Er macht Anstalten, meine Hände zu lösen, aber ich schüttle hastig den Kopf.

»Nein! Nein, es ist … nicht du. Beziehungsweise … Ich bin einfach nur froh, dass du hier bist. Bei mir. Dass du lebst und … so weiter.«

Ich schluchze leise und schlucke den nächsten Schwall Tränen herunter. *Schlechter Zeitpunkt, Everly. Ganz, ganz schlechter Zeitpunkt für blöde Traurigkeit.*

Asher schüttelt den Kopf. Er beugt sich über mich, küsst meine Stirn und meine tränenfeuchten Wangen. »Weißt du, was das Besondere an Menschen wie uns ist? Wir sind keine Märtyrer. Weil Märtyrer sterben. Aber wir sterben nicht. Wir werden immer, immer weiterleben. Uns biegen, aber nie brechen. – Du kannst immer weinen, wenn dir danach ist. Aber du darfst dich nie verloren fühlen.«

Es bricht mir das Herz, wie sanftmütig er mit mir ist. Wie dieser riesige, ungestüme, von Narben übersäte Mann zu mir so … so rücksichtsvoll ist. So zärtlich. Und einfühlsam.

»Ich liebe dich«, platze ich heraus. Und schluchze schon wieder. »Auch wenn das … vermutlich sehr, sehr naiv ist und ich dich noch nicht lang genug kenne und … Ich habe das Gefühl, dass mich kein Mensch jemals so verstehen wird, wie du es kannst. Du hast den Code geknackt, Asher. Du hast das Enigma meiner Gefühlswelt entschlüsselt und du hast nicht einmal den Eindruck erweckt, als wäre es dir schwergefallen.«

»Es ist auch nicht schwer, Eevee. Du bist genau wie ich. So, wie ich wäre, wenn ich nicht … die Möglichkeit gehabt hätte, das hier zu sein.« Er deutet nachlässig auf die Naturgewalt seines Körpers. »Ich kann mich nicht in dich verlieben, Eevee. Weil ich dich vermutlich schon geliebt habe, als irgendein Wesen dort draußen beschlossen hat, dich aus der Asche zu heben. Du bist ein Teil von mir. Und mir ist relativ egal, wie scheißkitschig oder unlogisch sich das anhört. Es ist ein Fakt. Und ich werde mich nicht davon abbringen lassen.«

»Das trägt nicht unbedingt dazu bei, dass ich weniger heulen muss«, erwidere ich.

Er lacht. Sein Atem fließt über mein Gesicht. Malt mir ein Bild davon, wo meine Tränen verronnen sind, weil überall dort heiße und kalte Spuren über meine Haut ziehen.

Asher schiebt einen Arm unter meinen Rücken, drückt mich an sich, bis ich seinen Herzschlag an meinem Körper fühlen kann. Er küsst mich. Erst voller Sanftmut und Hingabe, dann immer intensiver. Und ich lege all meine Liebe und meine Lust und mein Glück in diesen Kuss, spüre seine Erregung darunter heftiger an meinen Bauch pochen und dränge mich enger an ihn. Ich sauge an seiner Unterlippe und drücke meine Hüften gegen seine.

Er flucht leise, greift nach dem Saum meines Nachthemds und zieht es hoch bis über meine Brüste, senkt seinen Mund auf sie und quält mich mit den Verlockungen seiner Zunge und seiner Zähne. Seine Hände streifen über meinen Bauch und meine Hüften, meine Schenkel und alles dazwischen. Bald zittert mein ganzer Körper voll Erregung unter seinen Berührungen. Aber als seine Zunge an mir hinabzieht, murmle ich: »Was ist mit dir?«

»Was soll mit mir sein?« Es klingt fast unwillig. Als gefiele ihm nicht, worauf ich hinauswill.

»Zieh dich aus.« Es kostet mich Mühe, den Satz *laut* auszusprechen. Dabei schreie ich ihn in meinem Kopf, seit er diesen Raum betreten hat.

»Das … würde es schwerer machen, mich zu beherrschen, Everly.«

»Ich will auch gar nicht, dass du dich beherrschst.«

»Eevee, du hast noch nie …«

»Aber ich möchte. *Jetzt.*«

Er seufzt leise. Dann rückt er von mir ab, zieht sich aus und steht schließlich vollkommen nackt vor mir. Ich kann ihn ansehen. Alles an ihm. Wie noch nie zuvor. Ich habe ihn gespürt. Unter meinen Fingern. Und in meinem Mund. Aber ich habe ihn nie angesehen.

»Hör auf«, knurrt er.

»Womit?«

»Mich anzustarren, als … wäre ich der einzig verbliebene Mann auf diesem Planeten, von dem du dir alles nehmen wirst, was du von ihm haben willst, wenn er es dir nicht freiwillig gibt.«

»Das würde ich ganz sicher tun.« Habe ich das gerade wirklich gesagt?

Er lacht, lässt sich auf mich sinken, als müsste er mir noch beweisen, dass ich momentan definitiv nicht in der Position dafür bin. »Du kannst dich nicht bewegen, Eevee. Du kannst nur hinnehmen, was ich mit dir tue.«

»Das ist wirklich überaus bedauerlich«, erwidere ich.

»Ist es das?«, fragt Asher. Seine Stimme hat einen ungewöhnlichen Ernst darin, und ich schüttle den Kopf.

»Nein.«

»Gut.« Er beugt sich zu mir herab, sieht mir geradewegs in die Augen, mustert jede Regung in meinem Gesicht, während ich das leise Knistern eines Kondompäckchens höre und anschließend spüre, wie erst seine Finger über meine Klit streichen und dann … etwas anderes. Mein Herzschlag beschleunigt sich unwillkürlich. Er fühlt sich so groß an.

»Sehr, sehr gut.« Ashers Stimme lullt mich in ihren Kokon aus Sanftheit, während ich die Augen schließe und zu vergessen versuche, *wie* groß Asher sich in meinen Händen angefühlt hat. Und sich jetzt genau dort anfühlt, zwischen meinen Beinen. Er dringt in mich ein. So quälend und erleichternd langsam. Und mit jeder Haaresbreite schwillt ein seltsames Gefühl in meinem Inneren an. Etwas, das ich noch nie zuvor gefühlt habe. Auch vorhin nicht, als Asher mich gegen die Wand gepresst hat und seine Finger all die unerklärlichen Dinge mit mir getan haben. Das hier – ist ungewohnt. Es ist intensiver. Berauschender. Es ist so viel mehr als alles andere.

Wäre ich nicht so vollkommen bewegungsunfähig, ich hätte mich gefragt, ob ich etwas tun müsste. Oder sollte. Ob ich seinen Bewegungen entgegenkommen muss. Ob ich etwas falsch machen kann.

Aber so … muss ich daran keinen einzigen Gedanken verschwenden. Ich kann hier sein, ich kann meine Augen schließen und in mein Inneres lauschen und jeder einzelnen Regung von Ashers Körper nachspüren, ohne dass ich irgendetwas anderes tun muss – als genau das. Ich kann mich ihm vollkommen hingeben, und alles, alles daran fühlt sich so befreiend und wundervoll an.

Bis er plötzlich innehält, sich zurückzieht und meine Beine über seine Schultern legt. Irritiert blinzle ich zu ihm auf, erhasche aber nur den milden Nachhall eines genüsslichen Grinsens auf seinem Gesicht, bevor er erneut in mich dringt. Nicht sanft und abwartend dieses Mal. Sondern hart. Und tief.

Ich schnappe nach Luft, winde mich unter ihm und sehe zu, wie er einen Arm über mir an der Wand abstützt, um die Kraft seiner Stöße abzufangen. Jeder Muskel daran ist bis zum Bersten gespannt, und ich weiß, dass mein Körper nachgeben würde wie ein dünner Zweig in einem Sturm, würde er mir nur ein einziges Mal all diese Kraft zumuten. Ich spüre es, wann immer er tief und ungebremst in mich eindringt. Immer schneller und immer heftiger.

Aber ich gehe auf unter diesem Gefühl. Ich liebe es, wie ungezügelt er sich gibt. Und wie er dabei doch nie aufhört, mich festzuhalten, sicherzugehen, dass er mich in all seinem Sturm niemals verletzt. Sondern nur mit jedem weiteren Stoß eine neue Welle aus Erregung durch mich hindurchpulsieren lässt, bis alles an mir vibriert in einem einzigen Ozean aus Verlangen. Ich biege mich ihm entgegen, beiße mir auf die Lippen, bis ich Blut schmecke, in dem Versuch, seinen Namen nicht laut schreien zu müssen. Obwohl ich es so dringend will. Ich will, dass er weiß, wie sehr ich es genieße, seinen Körper so nah an mir zu spüren. In mir zu spüren. Immer wieder. Bis ich vergessen habe, wo wir sind. Oder was in dieser Nacht alles passiert ist. Nur er und ich und dieser Moment.

Ich spüre ihn anschwellen, spüre meine Muskeln sich fester und fester um ihn zusammenziehen. Ich weiß die erlösende Erleichterung direkt vor mir. Genau in diesem Augenblick trifft Asher irgendeinen Punkt tief in mir. Einmal. Und noch einmal. Und noch einmal. Und mein Gefühl von Lust verschwimmt mit einem unermesslichen Gefühl aus Euphorie und Erfüllung.

Irgendwo darunter höre ich Asher fluchend stöhnen, bis sein Gewicht und seine Wärme und das Pulsieren seines kräftigen Herzschlags mich einhüllen.

»Alles okay?«, fragt er heiser.

Ich murmle einen zustimmenden Laut. Ich kann nicht sprechen. Bin mir nicht sicher, ob ich es je wieder kann. Ich bin noch immer benebelt von dem Cocktail aus Gefühlen in meinem Inneren. Ich habe den Verstand verloren und finde das nicht einmal bedenklich.

Träge winde ich eine Hand aus dem Haarband und bin überrascht, dass es mein Zerren überstanden hat. Ich versenke meine Fingerspitzen in Ashers kurzen, dunklen Strähnen, hebe meine Lippen an seine Haut und schmecke den Salzfilm darauf.

»Wehe, du gehst irgendwohin ohne mich«, wispere ich. »Du darfst nie wieder irgendwohin gehen. Ohne mich.«

»Würde mir nie einfallen. – Bis auf ins Badezimmer vielleicht.«

»Nimm mich mit!«

Er schnaubt leise. »Ah ja?«

»Trag mich. Und dann wieder zurück. In dieses Bett. Du

wirst neben mir einschlafen. Und neben mir aufwachen. Und niemals, niemals weggehen.«

»Ist das ein Befehl, Eevee?«, fragt er. Und ich kann das Schmunzeln darin hören. Dieses gemeine, fiese, furchtbare Schmunzeln von jemandem, der genau weiß, dass ich all meinen Forderungen nie Nachdruck verleihen kann.

Trotzdem sage ich: »Ja. Allerdings!«

39. KAPITEL
ASHER

Ich sehe lächelnd auf Everly hinab, wie sie frisch geduscht, erschöpft und übermüdet in ihrem Bett liegt. Sie sieht zufrieden aus. So zufrieden, wie ich sie eigentlich nie zuvor gesehen habe.

Aber mit Sicherheit noch sehr, sehr oft sehen werde. Dafür werde ich sorgen. Ist mir scheißegal, was ich dafür anstellen muss.

»Hier schlafen!«, erinnert sie mich, nuschelt vor lauter Müdigkeit und würde es vermutlich nicht mal mehr bemerken, wenn ich doch noch das Zimmer verlassen würde.

Aber das tue ich nicht. Stattdessen lasse ich mich neben sie fallen und stelle beim ersten Lidschlag zwischen den Laken fest, wie verdammt fertig ich eigentlich bin. Trotzdem will ich sie noch etwas fragen. »Eevee, eines muss ich wissen: Was hast du deinem Bruder gesagt? Im Carrow. Nach … dem das alles passiert ist.«

»Dass ich dem FBI erzählen werde, dass er unseren Vater mit dem Cyanid versorgt hat, mit dem jener sich das Leben genommen hat. Da Xavier von seinem Tod profitiert hat, würde es ihn von der Erbfolge ausschließen. An seiner Stelle wäre ich Alleinerbin der Firma. – Ich habe ihm versprochen, dass ich diese Information niemals gegen ihn verwenden werde, wenn er dafür sorgt, dass du heil aus dem Ganzen rauskommst. Du kannst dich also darauf verlassen, dass Xavier alles daransetzen wird, dass du nie wegen irgendetwas verurteilt wirst, was im Carrow passiert ist.«

Oh, Shit.

»Du bist ein bisschen *badass.* Manchmal.«

Sie dreht sich zu mir um, schlingt ihre Arme und Beine um mich, als wäre ich ein zu groß geratenes Kuschelkissen und nickt. »Ja. Ganz manchmal. Eigentlich nie.«

Ich schüttle vorsichtig den Kopf. »Öfter, als du glaubst.«

Sie reagiert darauf nicht mehr. Ein einziger Atemzug – und sie ist eingeschlafen.

Stattdessen vibriert mein Smartphone, das ich vor dem Duschen auf einem der Kopfkissen geparkt habe, und ich stelle es rasch auf lautlos. Dabei fällt mein Blick auf die gerade eingegangene Nachricht.

Unterdrückte Nummer

Danke, dass du mir den Arsch gerettet hast. Hätte nicht jeder gemacht.
Die Russen haben mich mitgenommen. Es geht mir gut. Alexej Zharkov ist neuer Junior-Boss der hiesigen Bratva und noch nicht lange in den USA. Ich glaube, ich kann sein Vertrauen gewinnen und Infos leaken. Sprich für mich mit meinem Chef. Ich brauche das O.K. für den Auftrag.
N.

Tolle Charaktere, mitreißende Dynamik und bissiger Witz: Diese Romance macht süchtig!

L.J. SHEN & PARKER S. HUNTINGTON

My Dark Romeo

Es sollte nur ein harmloses Intermezzo mit einem sexy Fremden auf einem rauschenden Ball sein – doch als Dallas Townsend mit Romeo Costa erwischt wird, bleibt ihr keine Wahl: Um den Ruf ihrer Familie zu retten, muss sie Romeo heiraten. Dass er es nur darauf angelegt hatte, weil sie zuvor mit seinem größten Rivalen verlobt war, macht die Sache nicht besser. Außerdem weigert sich Romeo aus Hass auf seinen Vater, die Linie der Costas fortzuführen – während es Dallas' größter Wunsch ist, Mutter zu werden. Die fügsame Ehefrau zu spielen, hat sie dagegen ganz sicher nicht vor! Erst als Dallas und Romeo die tiefen Verletzungen des jeweils anderen entdecken, könnte sich zwischen ihnen etwas ändern. Aber da droht längst eine viel größere Gefahr …

Beliebte Tropes wie enemies-to-lovers, billionaire romance, marriage-of-(in)convenience, grumpy meets sunshine und viele mehr.

Perfekt für Fans von Lauren Asher, Ana Huang und Penelope Douglas.

KNAUR

Ein gebrochener Prince Charming trifft auf
eine in Ungnade gefallene Cinderella

L.J. SHEN &
PARKER S. HUNTINGTON

My Dark Desire

Farrow »Fae« Bellentine bricht in das am besten bewachte Anwesen Potomacs ein, um ein Erbstück ihres Vaters zurückzustehlen – und wird prompt vom reichsten und kältesten Junggesellen Amerikas erwischt! Statt sie anzuzeigen, macht er sie zu seinem Dienstmädchen. Doch schon bald merkt sie, dass Zachary Sun hinter seiner kalten Fassade mit der Schwere seiner Vergangenheit kämpft. Und der Milliardär, der keine Berührungen erträgt, erkennt schnell, dass Farrow der Schlüssel zur Bewältigung seiner Ängste sein könnte. Eine unwiderstehliche Anziehungskraft entwickelt sich, die beider Leben für immer verändern wird.

Der heiß ersehnte zweite Teil der Dark-Prince-Road-Reihe.

Auch einzeln als Standalone lesbar!

KNAUR